U0043361

作者李一冰先生三十歲之照片。
（1942 年攝於杭州）

與家人合影，中坐者為作者母親，後排中為夫人陳凝芳女士。
（1947 年攝於杭州）

改革開放後作者夫婦重遊西湖。（1987 年攝於杭州）

作者踽踽獨行於莫哈韋沙漠（Mojave Desert）。
（1982 年攝於加州）

作者夫婦於哈德遜河遊輪上，背景是自由女神像。（1980 年攝於紐約）

作者八十歲生日與夫人之合影。（1991 年攝於洛杉磯）

冰心玉壺：李一冰文存

前言

先父李一冰先生的名著《蘇東坡新傳》，一九八三年出版於臺灣聯經出版公司。四十年來，不斷有讀者探詢此書作者之生平及相關著作。透過讀者的回應，讓我們深深感覺到，仍有眾多的讀者賞識此一鴻篇巨著對蘇東坡生平資料的嚴謹考證，並且欣賞此書以古樸典雅的文字，精簡洗練的語言和文采斑斕的風格，表達出令人共鳴的綿密情感。因此之故，我們覺得有必要將先父早年（一九五〇－一九六〇年）在臺灣發表過的文章，以及若干尚未刊印的文稿，都為一冊，以饗讀者，此即出版這本《冰心玉壺：李一冰文存》的緣起。

先父少時讀書，受明、清之際黃宗羲、全祖望等浙東學派大儒影響，頗注重南明史實。一九四七年因緣際會由大陸杭州遷來臺灣，凜於歷史之不斷重演，遂重讀南明史，隨即陸續發表一些研究成果。這本文存中有多篇文章與南明歷史人物有關，其原因即在此。此後，他又遍讀張蒼水所作詩文及相關史料，撰成《張蒼水傳》，以表彰其人繼承並發揚儒家「知其不可而為之」的堅毅精神。

此文存所收錄的另四篇文章，就是撰寫蘇傳過程中的即興隨筆。其中〈宋人與茶〉發表於一九七五年四月間的《聯合報》副刊。此文久佚，由臺灣韓棠先生代為尋獲，特此誌謝。日本漢學家楠田觀山先生讀到此文後甚為喜愛，並將它譯為日文，發表在昭和五十年（一九七五年）八月號的茶道雜誌《淡交》上。楠田觀山先生與先父兩位老人，雖然從未謀面，但是「雁便」（楠田信中用語）往還無間，老輩的文字之交淡如水，清澈久遠。先父謝世後，楠田先生聞訊，立即來信悼唁。

先父於一九八〇年來美依親，定居加州，仍繼續日常讀寫生活。由於他在詩、書、畫三方面都有深厚的興趣和學養，因此選定揚州八怪作為研究對象。其後數年，他不斷搜尋有關揚州八怪的詩文畫作、往來書信，為撰寫揚州八怪的傳記作準備。這本傳記的篇章目錄已於一九九〇年擬定，共十六章，一九九一年開筆寫成其中一章，即本書所收錄的〈羅兩峰畫鬼〉。另有一章殘篇，題作〈厲樊榭與金冬心〉。不料這竟是先父一生文字生涯的終筆。是年十月，他即因心臟衰竭去世，享年八十。

文存中還收錄一篇〈臺灣啤酒史〉，原文發表於一九五〇年代的《臺灣銀行季刊》（十卷二期）雜誌，這是一本高水準的學術刊物，收錄這篇舊作，是紀念他在日本明治大學主修的專業經濟學。

此書文章大多完成於先父拂逆困窘之時，而文章則大多描述堅忍卓絕之人物。他並非專業作家，也不同於一般世俗定義的學者。但他在憂患勞生之餘，沉浸於讀書寫作之中，並以此安身立命，至老弗退。這些文字書冊留下的雪泥鴻爪，記錄了先父一生與命運掙扎奮鬥的心路歷程。而他晚年精神境界的寫照，正是文天祥〈正氣歌〉的結語：

哲人日已遠，典型在夙昔。風檐展書讀，古道照顏色。

在這次重校過程中，有幾篇文章，我們附加了一些注釋和後記，若有謬誤之處，是由於我們才疏學淺，並非作者的本意。

李東、李雍　謹記

目次

附錄

王昭君的悲劇

一

王昭君故事流傳，經過詩歌、戲曲和音樂的渲染，久已深入千餘年來大眾的心目，蔚為悲劇的典型；然而，故事的內容，卻並不即是歷史的事實。

從中原以北游牧民族那方面來的「邊患」，原非從漢朝才開始有的災難。即今蒙古人先祖的匈奴，計自周朝就已向肥沃的中國平原，時時入侵，以劫掠中原的人畜貨物為其常事了。後來即在那北鄙廣大無垠的沙漠地上，建立了單于王庭，勢力雄盛，即如秦始皇那樣豪雄的君主，也因不勝匈奴的糾纏，才不惜動員整個中原的民力，構築萬里長城，長城的工程雖然是千古不朽那樣的偉大，卻也不能完全收穫防邊的實效，秦的後人仍不斷地借重大量的黃金、絹和窈窕淑女，為國家作「懷柔殊域」的工具。所以，遣嫁邊塞，歷史上的「和番公主」既非王昭君個人獨有的命運，更不是遲至漢元帝時代才開始上演的悲劇。

雄才大略的漢高祖，距離秦始皇帝的年代，並不太久，但是他已深深體驗偉大的萬里長城，並不足以完全防制倏忽來去的游牧英雄，因此曾下決心，麾兵北塞，親征匈奴，不幸高度文明的漢軍，兵至白登城時，卻被匈奴四十萬驍勇的騎兵所包圍了，不得已轉而與匈奴單于訂了「城下之盟」，以年輸繒絮酒米，遣嫁皇族女兒，永結兄弟姻契那樣的約定，用以逃避國家的災禍。自此代代沿為成例，即如文景之治的名君——漢文帝與漢景帝——也都嚴守這項約定，忠實執行「和親政策」，不敢怠忽。

直到以武功赫奕四方的漢武帝朝，才數伐匈奴，但又並不能徹底征服，後來武帝改與西北沙漠上另一新興的強者——烏孫，即今珍珠河上游的土耳其民族，結為盟好，箝制匈奴，此是漢武帝遠交近攻，以夷制夷的良策，然而盟好的手段卻仍然是子女玉帛，用女人作工具，使烏孫王具有皇親的身分，因以為己所用而已。

其時，遣嫁烏孫王的「和番公主」群中，曾有個江都王劉建的女兒，閨名細君。元封六年（前一〇五年），漢武帝封劉細君為公主，下嫁烏孫國王昆莫獵驕靡。中國文學中有首著名的哀歌，就是抒寫她或她自述遠適異國下嫁年老番王的哀傷：

吾家嫁我兮天一方，遠托異國兮烏孫王。

穹廬為室兮旃為牆，以肉為食兮酪為漿。
居常思土兮心內傷，願化黃鵠兮歸故鄉。1

漢武帝時代遠嫁烏孫的細君，這薄命的江都王女，在時間上遠早於元帝時代的昭君，其途程的遙遠也甚於北鄙的匈奴，然而，現在家喻戶曉者，卻只有千古以來「和番公主」的憫憐代表王昭君了。

二

漢元帝竟寧元年（前三十三年）正月，匈奴呼韓邪單于降順了中國，親自到長安來入覲大皇帝。元帝賜宮女五人，昭君不過是這五個宮人中的一個而已。據《後漢書》載：王昭君是南郡秭歸（今湖北省宜昌市興山縣）人，王襄之女，本名嬙，十七歲時，被選入宮，在宮裡住了三年，從未得見皇帝的龍顏。她是個勇敢活潑但有些歇斯底里的少女，怎麼也耐不住那種長門寂寞的生活，心懷萬分悲怨，所以一遇到選拔宮女遠遣塞外的機會，縱然是萬里投荒也勝於深鎖深宮，在這種反抗心理之下，也許昭君是有幾分自願地入了選。

一般人傳言，昭君之不能獲得元帝的寵召，是由於畫工毛延壽的賂求未遂。這一說法最早見於《西京雜記》。此書成於晉朝，本來只是專門記錄漢代風俗歷史的一部筆記小說而已，雖然有很多可供參考的地方，如言漢元帝命宮廷畫師描繪後宮群女的肖像，憑以選擇之類，很可能是當時的事實。如說宮女若是不能對毛貢獻十萬五萬的賄賂，他便將絕世的美貌畫成醜惡的無鹽，假使賂金豐厚，也能筆底生花，將她渲染成漢宮第一美人，像這樣的話，是否真實，就很難說了，著名的拗相公王安石便曾為這貪瀆的畫師叫過冤屈：「意態由來畫不成，當時枉殺毛延壽。」然而，毛在此一事件中成了貪瀆的典型，挨著千古的痛罵，自為常情，即如詩人李太白就曾作〈王昭君〉詩二首，非常憤慨地吟曰：

---

1 編者按：《漢書・西域傳》載此詩，言是公主悲愁，自為作歌。天子聞而憐之，間歲遣使者持帷帳錦繡給遺焉。

漢家秦地月，流影照明妃。一上玉關道，天涯去不歸。
漢月還從東海出，明妃西嫁無來日。燕支長寒雪作花，
蛾眉憔悴沒胡沙。生乏黃金枉圖畫，死留青冢使人嗟。（其一）

昭君拂玉鞍，上馬啼紅頰。今日漢宮人，明朝胡地妾。（其二）

元帝賜呼韓邪五宮人，照例舉行一個宮廷儀式，將作遠行的宮女須向君王作臨別前的請訓，同時也邀請呼韓邪單于出席。五宮人盛服出場，王昭君美麗的儀容終於揭了開來，據《後漢書》的描寫，竟是：「豐容靚飾，光明漢宮；顧景裴回，竦動左右。」像這樣「後宮第一」的美麗落入元帝眼中時，不論畫工在這中間有無奸謀，毛延壽當然是無可逃避其失職的責任了。傳說中毛延壽是因此而被殺的，但官書上卻並無此一明白的記載，不過後來有很多人借這題目狠狠地譏刺過漢元帝的愚昧無知。如歐陽修的《明妃曲》說：「雖能殺畫工，於事竟何益？耳目所接尚如此，萬里安能制夷狄！」劉健莊詩曰：

漢王曾聞殺畫師，畫師何足定妍媸。宮中多少如花女，不嫁單于君不知。

在殿陛上同時初見王昭君絕色的呼韓邪單于，縱然他是個不能完全明瞭中國人審美評價的番王，但是他立刻徹底做了昭君光豔的俘虜，雖只驚鴻一瞥，卻已喜不自勝，據記載，他立即趨元帝座前恭奏：「臣願代守自上谷以西至敦煌一帶邊疆，請罷邊塞官兵。」——這是美麗的王昭君當場換來的代價。

《文選》描畫昭君之行，說：「辭訣未及終，前驅已抗旌。僕御涕流離，轅馬為悲鳴。」這本來是說昭君辭宮當時一腔離國的悲涼，但是假如說昭君此時已經獲得了復仇的快感，則這一份感傷的心只應屬於那空虛無知的元帝，而並非憤怨出宮的昭君。到底還是王安石〈明妃曲〉說得好：

明妃初出漢宮時，淚濕春風鬢腳垂。低徊顧影無顏色，尚得君王不自持。歸來卻怪丹青手，入眼平生幾曾有。意態由來畫不成，當時枉殺毛延壽。一去心知更不歸，可憐著盡漢宮衣。寄聲欲問塞南事，只有年年鴻雁飛。家人萬里傳消息，好在氈城莫相憶。君不見咫尺長門閉阿嬌，人生失意

無南北。（其一）

又說：

漢恩自淺胡恩深，人生樂在相知心。（其二）

縱然安石因這詩句曾為他的政敵范沖訐為「漢奸」，誣為「禽獸」，但我們不得不說他倒差似王嬙的知己。二千年前漢宮中有這麼一位勇赴萬里蠻荒，手拓自己命運的少女，實在可以稱得上是歷史的驕傲。

三

照一般傳說，昭君出塞以後的命運是非常悲慘的。如《西京雜記》、《琴操》等書俱說：「昭君在匈奴長日以淚洗面。」又曰：「初嫁呼韓邪單于，呼死，不肯再嫁其長子珠累若提單于而自殺。」甚至還有一段最普遍的神話點綴昭君的身後，如《歸州圖經》說：「胡中多白草，王昭君冢獨青。」《大同府志》也說：「塞草皆白，惟此冢草青。」表面上是以墓草的顏色來表示昭君的「故國之戀」，而事實上只不過是大漢民族的優越感的表曝而已。最能證明這一點的是元代馬致遠所作的劇曲《漢宮秋》，他更深一層的敘述昭君根本不肯足履胡地一步，到得漢胡交界處的大江上，她便縱身投江，死了。其實，此僅元代的漢族文人，生活在蒙古人的統治之下，杜撰昭君來發洩自己被壓抑的反抗情緒而已。歷史事實上的王昭君，又何嘗自殺過？

無疑地，隨著番王出塞的五宮人中，呼韓邪單于最鍾愛的是王昭君。蓋依匈奴習俗，呼韓邪原有妻妾甚眾，其后妃中主要者原有匈奴呼延王的兩女，長女封顓渠閼氏，生有兩個兒子，長子且莫車，次名囊知牙斯。次女封大閼氏，也生有兩個兒子，長名雕陶皋莫，在呼韓邪的諸子中，年齡最大，次名且靡胥。所以昭君從歸匈奴時，呼已有了兩個王后（閼氏意即后），四個王子。但是昭君一到單于的王庭，立即被晉封為寧胡閼氏，她之為番王所尊寵，是不難想像的了。

然而昭君到了夫家，不得不住入所謂穹廬的蒙古包裡面去，衣食必須著皮毛之衣，以羊肉為常食，以馬羊之乳作飲料，過著逐水草而居的游牧生活，縱然也是王庭的享受吧，對於這個來自高度文明的上國深宮少女，其適應生活習慣上的苦惱，當是不言而喻的。塞外的風沙是否將有損於絕代佳人昭君的美麗呢？詩人白居易假想她憑藉漢使之口寄語國人道：「君王若問妾顏色，莫道不如宮裡時。」[2]活生生地寫出一個倔強少女的口吻，毋寧比任何詩篇都要令人感到親切。

昭君下嫁匈奴的漢竟寧元年（前三十三年），元帝不久即崩。翌年（漢成帝建始元年），昭君與呼韓邪生了一子，名伊屠智牙師，後封右逐日王。建始二年（前三十一年），呼韓邪死，這時候，王昭君還只不過是個二十二、三歲的少婦，依照匈奴的習俗：「父死，娶其後母，兄弟死，以其妻為妻。」呼韓邪的最年長的兒子雕陶皋莫繼立為匈奴單于，自然要以他那年輕的後母——寧胡閼氏繼為王后。這時候，昭君站在兩地不同的倫常觀念中，感到非常的困難。聰明的她曾於嫁前專使請示長安，而漢廷答以：「從當地習俗。」於是，昭君便又再嫁雕陶皋莫，是為珠累若提單于，據說再嫁的昭君，與她的後夫情好甚篤，所生兩個女兒，長名雲，後為須卜居次，次名當，即當於居次。「須卜」和「當於」都是她們後來夫家的氏族名，「居次」意即公主。

雕陶皋莫在位十年，於漢成帝鴻嘉元年（前二〇年）又死，其時再寡的昭君還在三十二、三歲的盛年，雕弟且麋胥繼位，昭君曾否再嫁，則已史無明文，朔北風寒，易令人老，大約自此她就寡居了，昭君在塞外的夫婦生活之短暫與波折，倒真是她最大的不幸。

四

老單于呼韓邪死後，他的兒子挨著年輩繼承為代代的匈奴單于，只有昭君的兒子伊屠智牙師卻沒有輪得到單于的寶座，據《後漢書》說是因故被殺的，倘使其時昭君還健在人間的話，這應是她暮年更大的感傷。

然而，昭君的直系後裔在以後的漢胡關係上，卻是異常的飛黃騰達。特別是長女須卜居次，與漢宮的關係更是深密，漢平帝時（西元前一年至五年），曾

2 編者按：原詩全文：「滿面胡沙滿鬢風，眉銷殘黛臉銷紅。愁苦辛勤憔悴盡，如今卻似畫圖中。漢使卻回憑寄語，黃金何日贖蛾眉。君王若問妾顏色，莫道不如宮裡時。」

經召入中土，進宮為太皇太后的侍女。她的丈夫即王昭君的大女婿須卜當，為匈奴右骨都侯，曾握政治重柄，因妻子的關係竭力主張親漢政策。王莽時，實施強硬外交，匈奴不能自安，蠢然欲叛，須卜當一面力加制止，一面親向王莽政府交涉，這時候，他所交涉的對手和親侯王歙，就是王昭君哥哥的兒子，雙方的代表既是中表血親，政治上樽俎折衝的諧睦自是可期的結果。其後，新王莽天鳳五年（十八年），須卜當的兒子且渠與奢，以及昭君次女當於居次的兒子醯櫝王，都曾相偕入朝長安，這一班親漢的匈奴貴族，都是王昭君的血胤外孫子女。

兩國政治的風雲變化，原是不可捉摸的。須卜當因在匈奴遭受政治壓迫，不久又逃來中土。王莽稱當為須卜單于，以其庶女嫁給他的兒子奢，封為公爵，對他們都非常優遇；然而也就因此激怒了匈奴單于（且靡胥繼位七年而死，這時候也許即是他那異母弟且莫車繼任單于的時期），逐漸入侵華夏。直至王莽被殺，漢與匈奴才再度成立和議，但其時迴旋在中國與匈奴的政治漩渦中的昭君後裔，須卜當和他的兒子奢都已被害了，奢的母親即昭君的長女須卜居次也是死在長安的。

昭君次女當於居次和兒子右逐日王伊屠智牙師的後人一系，在匈奴國內甚為興盛，人丁繁衍，地位高華，但，他們既都是王昭君的血胤，生來即帶有極濃厚的政治色彩，昭君的獨子既因此喪身於前，到東漢與匈奴的關係重又交惡時，她那次女一系和右逐日王的後人，便都無法在匈奴境內存身了。

朝代既已變更，昭君在祖國方面的根芽已經斷亡了，於是秉有她那樣勇敢心性的孫兒輩，便率領著部分民族，勇邁西行，越過中亞，在歐洲建國，據考即現今的匈牙利和塞爾維亞等地。

自古來，紅顏薄命，大抵弱質臨風，都無佳果。但是勇邁絕倫的王嬙，縱然身為悲劇的典型，挹取千古的憫憐，然而，她卻源遠流長，又何用空言「青冢」的神話哩。

玄奘出國以前的困學

一

無論從他一生奮鬥的經歷，足以代表中國人的民族精神，或從民族文化史上體認他所作貢獻之巨，唐僧玄奘的偉大，為古往今來所公認，從未有過懷疑存在。

然而，一般論玄奘者，大多樂於闡述他那艱苦孤危的旅途，如怎樣單人匹馬橫度綿亙八百里的莫賀延沙漠，如何擔簦徒步翻越積雪萬年的帕米爾北的冰山等等。誠然，玄奘是西元七世紀中第一個偉大的旅行家，他所口授的《大唐西域記》，更為研究中古亞洲史的世界學者據為最基本的資料，但是，他的目的，豈在旅行而已！玄奘在印度苦學了十七年，回國時，從印度帶回來的大乘經論，經律和因明論，聲明論復多至五百二十夾、六百二十七部，他自回到長安，立即開始埋頭於經文的翻譯，專心一志，唯日不足，繼以昏夜，這樣趕著譯寫，一直到唐高宗麟德元年（六六四年）二月，他以六十三歲高齡安然圓寂於玉華宮址，從事譯經大業歷時一十九年，總得七十五部，都一千三百四十一卷，自有譯者以來，在數量上從無像玄奘那麼豐富，而內容的精確、暢達、典雅，不但前無古人，即千載而下，清末嚴幾道[1]譯歐西政論，還要引他的業績為典範，玄奘的成就，絕非常人可及。

又如他所傳授的《唯識論》與《成唯識論》，[2]這本是佛教哲學中最高的造詣，他祖述龍樹（Nagarjuna）的《中論》，[3]在中國創立法相宗，弘揚非有非空，空與不空之間的中道教理，領導中國佛教思想者幾近三百年，後來雖因陳義

---

1 編者按：即嚴復（一八五四年一月八日－一九二一年十月二十七日），乳名體乾，初名傳初，改名宗光，字又陵，後名復，字幾道，晚號瘉　老人，福建福州人，祖籍河南固始。

2 《成唯識論》是中國唯識宗的主要理論依據，以大乘佛教唯識宗創始人之一世親的《唯識三十頌》為主軸，由玄奘法師以護法學說為本，揉合印度十大論師的詮釋編譯而成，以唯識為主題展開論證，分破執、顯理、釋難、行果四個方面。本書的宗旨在於：破除常人的我法二執，從而證得人、法二空之理，持續修行，直到成就佛果。

3 龍樹菩薩，印度古代佛教哲學家、邏輯學家，印度大乘佛教中觀派（空宗）的奠基人。在印度佛教史上被譽為「第二代釋迦」，大約活躍於西元一五〇年至二五〇年之間，他首先開創空性的中觀學說，肇大乘佛教思想之先河。龍樹的學說見於《中論》，其核心思想即是緣起法的本質「八不偈」：「不生亦不滅，不常亦不斷，不一亦不異，不來亦不出。」因為緣起法的本質是空，空即無礙，不落入空有二邊，即為中道，《中論》之名即是以其闡明中道而得。

過高，逐漸消歇，然而，他所介紹的唯識哲學，即至民國時代，還有大學者歐陽漸、熊十力據為研究的對象。

玄奘偉大的成就，雖然得力於出國深造，然而，水有源，木有本，玄奘之所以決心冒險犯難，西行求法，自有他的一片不得不然的苦心，而這一片苦心，卻萌芽在他出國之前十餘年困學的基礎之上。

假使玄奘未曾在國內下盡苦功，遍讀群經，他不可能對經旨教義發生那麼多認真的疑問，假使他遍走國內名城，訪求請教當代的宗師大德，所獲的解答和闡釋，真能使他在對照經義，綜合異辭以後得到滿意的結論，他也絕不會發下那麼宏大的願力，非拚著性命到那佛教發源之地的印度去求經問法不可。那個時代的交通情形，絕不是現在坐飛機，搭郵船，「乘長風破萬里浪」的人們所能想像的，而且當年邊境森嚴，他是冒著禁令，晝伏夜行偷度玉門關才能出國的，豈有政府外匯可配，但他也無法預料，到了外國以後，竟會受到西域、印度各國君主給予那麼優厚的款待。

《大慈恩寺三藏法師傳》所載玄奘辭高昌國王鞠文泰的謝啟中，有一段敘說他西行的動機和目的，非常明白動人：

……遠人來譯，音訓不同，去聖時遙，義類差舛，遂使雙林一味之旨，分成當現二常，大乘不二之宗，析為南北兩邊，紛紛諍論，凡數百年，率土懷疑，莫有匠決。

玄奘宿因有慶，早預緇門，負笈從師，年將二紀，名賢勝友，備悉諮詢，大小乘宗，略得披覽，未嘗不執卷躊躇，捧經侘傺，望給園而翹足，想鷲嶺而載懷，願一拜臨，啟申宿惑。

玄奘於此說明，他之非西行不可，係由於他在國內求師訪友，博讀大小乘論的結果，已經走到了為學之最高的限界，國內佛學研究上兩大嚴重的窒礙，無法打破，使他不得不冒最大的危險，身受最大的艱苦，親往佛教的祖國去作採本求源的深造不可。這兩大窒礙，第一是經文譯義的錯誤和晦澀。玄奘出國以前，漢譯佛經的數量本已不少，不過大部分是中外來的胡僧翻譯的，由於語文程度的限制，他們的翻譯方法，如言：「前代所譯經教，初從梵語倒寫本文，次乃回次順同此俗，然後筆人亂理文句，中間增損多墜全言。」似此生吞活剝的做法，內容自然錯落不堪，這樣的經論已經不可盡信了，玄奘便只得遍從名師，希望從大德們的妙悟中釋惑破疑，無奈各大宗派，人自立說，不但同文多異解，甚至有不惜作離經叛旨的釋論者，五花八門，使得這個認真的學徒有莫知適從之苦。

然而這一番痛苦的困惑，不是先有苦學的基礎，如何能夠發生？但看隋唐之際，佛學何等昌明，上自國師名德，下至閭巷居士，捧經諷誦者、開座聽講者，奚止萬千！何以「執卷躊躕，捧經侘傺」者，只有玄奘一人？也唯有憑藉如此認真為學的基礎，才能完成玄奘後來的成就。

所以，玄奘出國以前在國內如何苦學的經過，正如長江大河的源頭，不容忽視，然而世人每好絢爛的事象，容易忽略平淡的根基。際茲每年一度的留學生考試放榜以後，我願略事勾稽玄奘出國前為學的經歷，以勵後來。

二

玄奘生性沉靜，淳謹，不好活動，《大慈恩寺傳》說他自小：「不交童幼之黨，無涉闤闠之門，雖鐘鼓嘈雜於通衢，百戲叫歌於閭巷，士女雲萃，其未嘗出也。」他只喜歡躲在書齋裡面，潛心讀書。

這麼一個生性寂寞的孩子，不幸十歲時即已喪父，他便只得往依早已出了家的二哥長捷法師，一同住在洛陽淨土寺裡。自從住進寺院以後，他的讀書環境變更了，他只得日詣道場，改與佛典相親。

隋煬帝大業四年（六〇八年），他在洛陽被度為僧，其時年只十三。當時主持銓選的官員曾說：「誦業易成，風骨難得。」預料這個沙彌將來必為佛門的偉器。

其初，淨土寺中有景法師者，開講《涅槃經》，[4]這是玄奘初入佛門的第一節課程，他如在家讀書一樣，異常用功，在講場上執經問教，幾忘寢食。後來又從嚴法師習真諦所傳的《攝大乘論》，[5]這是大乘教派中最基本的理論，玄奘深悅誠服這一宗派的哲理，他一遍兩遍地研讀，再三再四地問難，真到

4 《涅槃經》的中心思想，主要有三：第一，如來常住；第二，涅槃「常樂我淨」；第三，一切眾生皆有佛性。

5 《攝大乘論》，簡稱《攝論》。印度無著菩薩所造，此論是大乘佛教瑜伽行唯識學派根本論典之一，是漢傳佛教法相宗的「六經十一論」之一，攝論宗因以此論為根本而得名。

字字精熟，義無略遺的地步，主講的嚴法師發現在座數以百計的學侶中唯玄奘用功最勤，所以凡他講過一遍以後，就命玄奘升座複述，他即以抑揚流暢的口才，申明教旨，剖析條理，非常清楚動聽，贏得四座的讚嘆。——他在這一部攝論宗大乘教理上所下的功夫，這時候還在啟蒙階段，此後他畢生的研究，都離不開這一理論的基礎。

長捷、玄奘兄弟倆在淨土寺裡潛沉修行的生活，突然因隋煬帝在江都（揚州）為叛臣所殺，洛陽跟著發生兵變的大動亂，完全被打破了。於是，他們為了避難，便跟著名僧道基同奔長安。

其時唐公李淵，初在長安稱帝，是為武德元年（六一八年）。他們本來認為洛陽既已變成豺虎之穴，「衣冠殄喪，法眾銷亡」的廢墟，所以趕到新興都城去。滿以為那地方必有新興的道場，和領導法眾的高僧大德足以追隨，不料到得長安，又很失望。

原來這時候，唐朝到底還在草創之初，長安以外各地，群雄割據，都還在戰爭之中，在此戎馬倉皇之際，政府和地方都沒有興學問、宣教化的餘裕，長安城中，有關佛學的講席卻一處也沒有。此在求知欲熱烈熾盛如玄奘那樣的青年，真如忽然投身蠻荒，一刻不能忍耐。

他們後來打聽到，大亂當初，舊都洛陽的名僧大德，因為全國唯有西蜀天險之地最為太平，所以大都早已先後入蜀，成都，此時便成了非常時期的佛學中心，法筵甚盛。

玄奘便和哥哥商量：「這地方（長安）一樣的兵荒馬亂，沒有法事，既然無法進修，徒然浪費時間，很是可惜，我們為什麼不也跟著到成都去呢？」

長捷法師依從弟弟的志願，兩人重行摒擋行李，相偕啟行，經子午谷入漢川。他們在漢川，遇到了空、景兩大法師，都是洛陽道場上有名的大德，而景法師還是玄奘初度為僧時從受《涅槃經》的師父，現在師徒得在亂離中途執手相見，不禁悲喜交集，因此，兄弟兩人便在漢川略事耽擱，重溫了一番舊業。月餘以後，方才繼續成都之行。

益州成都，本來是個非常美麗的城市，在天下滔滔都陷入兵燹和饑荒的危難時代中，唯有這寧靜的錦官城，得有豐食、平和的安樂。在洛陽所熟識的大德們，果然，大都可以在這城市裡找尋到了，大叢林、大伽藍的建築雖沒有洛陽那麼多，但因四方避難而來的僧侶法眾，雲集此城，所以，開講的道場不少，而法座中趺坐受業的，又常達數百人之多，熱烈非凡——玄奘至此，才如鳥翔高空，魚躍深淵，先後聽寶暹法師講《攝論》，道基法師講《毗曇》，震法師講《迦延》，他小心翼翼地珍惜每一分鐘，靜心聽講，尤其集中精力，在聽講以後再自對照經典，逐一鉤稽每條經文的義理，不辭反覆提問，一本其自幼以來的習慣，無間晝夜，手不釋卷。倏忽之間，竟在成都住了三、四年。

兄弟兩人都住在成都城內空慧寺裡。長捷法師佛學方面的造詣雖也精深，但是他和弟弟不同，為學的興趣比較廣泛，同時通曉儒家的書傳，特別旁通老莊哲學，在處世為人的態度上，又善於辭令，長於應對和接待，所以，深受當地官紳的推重；不像玄奘，只是埋在繁重的經典堆裡，心無旁騖。這種性格上的差異，使攜手同來的兄弟，終於分了手。

三

武德五年（六二二年），玄奘在成都受了具足戒，從這前後開始，他對於成都這一戰時佛教中心裡的名僧大德們的信心，漸漸發生了動搖。本來，以他那麼聚精會神、不舍晝夜的研究，自然會成為一個不容易滿足的學徒；同時，這時候的長安社會，已經不是他們初入蜀時的情形了，顯然已經安定而且在迅速地繁榮起來，宗教學術的空氣也已開始恢復了新興的活力——於是，為重重教義上的疑惑糾纏著的玄奘，「入京問道」的新希望，又重新倔強地抬起頭來。

然而，他的二哥，長捷法師受著這城市裡人們的尊崇，對這城市發生了感情，他不願離開成都，也堅決留住弟弟。依照僧規，和尚是不許自由行動的，然而，這限制不了玄奘向學的熱情，他私下與往來三峽的旅商約好，決意犯禁出奔，也靠著這班慣於行路的商人帶路，他從揚子江泛舟東下，逃到了荊州天皇寺掛單。

荊州的道俗留他講經，他就在天皇寺裡開講《攝論》、《毗曇》各三遍，從夏季開始一直講到年底。這是玄奘自己主持講會的第一次，當時的講經，不很容易，依照法筵的慣例，注重辯難，道場上法師主講，聽眾可以執經問難，隨時辯駁。幸得玄奘對於所講經義，融會精熟，旁徵博引，令人心服口服，聲譽鵲起，駐鎮荊州的皇室漢陽王也曾親自命駕到天皇寺來拜訪玄奘，率領眷屬群僚到道場來聽他講說，非常讚嘆，布施甚豐。

翌年，玄奘再自荊州北上，渡黃河，到相州（河北省大名府），從慧休法師學八個月；再向北行，至趙州，師事道深法師，學呵梨跋摩（Harivanan）《成實論》（Satyasicldhi）[6]又十個月。

武德七年（六二四年），二十七歲的玄奘，第二次重到了長安。重遊長安的玄奘，寄寓在大覺寺裡，此行果不虛負，他在此新興的都城裡，跟從道岳法師學習世親（Vasubarsdhu）的《俱舍》（Abhidhanna-Kosa）。[7]

道岳法師是初唐佛教界最崇高的權威，就在玄奘師事他的這一年，唐高祖約集儒道釋三家的名流大德，舉辦三教講論，公開論難，當時佛教方面的代表即是勝光寺沙門慧乘和道岳二人，道岳且將道士劉進喜詰問得啞口無言，聲望之隆，實學之富，可以想見。

當時長安攝論宗的大師，除出道岳外，還有法常、僧辯二人，法常以精研《攝大乘論》知名於世，僧辯最得意的是《俱舍論》，這些都是玄奘十餘年來最專門研究的課題，他又設法叩謁，至誠從學。

玄奘的記憶力本來很強，悟性也高，平常讀一遍的經文，就能記誦要旨，像曾經那麼下苦功的《攝論》和《俱舍》，其「鉤深致遠，開微發伏」的能力，自然與眾不同，深為這兩位法師同聲激賞。說道：「你是釋門千里之駒，將來光耀佛門者，必在你身。」

語曰：「一登龍門，身價十倍。」何況他受到了一代宗師們如此難得的揄揚，使這潛沉的年輕僧人玄奘之名，忽然揚溢京華，從同儕中嶄露了頭角。

然而，「學，然後知不足。」玄奘自己卻益發感到不能滿足，疑難的不解與問學的進展作著苦痛的競賽，他功夫愈深疑惑也就更多，更糾結得無法打開起來。自入佛門，已經十年多了，其時遊歷各地，到處叩謁大德之門，靜聽各個宗派不同的說法，雖然，倘使聽從一方的解法，把每個宗派獨立起來，似乎都能開

6 《成實論》是一本佛教論書。古印度訶梨跋摩著。成實即成就四諦之意。為提倡人、法二空，弘揚苦、集、滅、道四諦之理。

7 世親（Vasubandhu），北印度犍陀羅人，約生活於西元四世紀。與其兄無著（Asanga）為印度瑜伽行唯識學派（即印度唯識宗）創始人。世親著有《俱舍論》，對有部佛學（小乘）思想有深刻獨到的見解。後受到其兄無著的影響，轉入大乘，力弘唯識，著述甚豐。他在《唯識二十論》和《唯識三十頌》中，充分闡明了他「識生似外境現」的思想，意即外境本來並不存在，由於識生起的作用，轉變成為心的對象，如同病目見空花。他的這兩部論頌，集唯識思想之精華，也是唯識學說發展的高峰。

啟深覺之門，但如匯合眾說，比照聖典，便發生非常隔閡的歧異，或則隱顯不同，各有短長起來。因此，認真的玄奘便不能不懷疑：「釋尊的本義到底是怎樣的呢？」──「這歧異到底是由於經文的譯誤，還是由於釋義的失常呢？」

他從國內各派的宗師懷疑起，更疑惑到所據書的譯文的忠實程度。他積有一百多條必須明確解釋的疑義，但無論是佛學權威的宗師，還是插架充楹的經卷，都不能給他完滿的解答。

自從在洛陽出家之後，他到過長安，遠入成都，又從成都偷渡三峽，到荊州，泛長江，渡黃河，再遊長安，在這個亂離的世代裡面，經歷過兩朝的都城，在變移的佛教中心之地，努力於尋師問道，他也曾執贄於像道岳、法常、僧辯那樣巍巍的門牆之下，然而，這些努力不但沒法破除他的疑問，反而煩惱越積越多，於是，一個非常自然的結論，或者說，一個迫切的新欲望又在這青年僧人的胸中，堅強地形成起來。「除非到佛教發源聖地的婆羅門國（印度）去，在國內，已經沒有辦法可以破惑解疑的了。」

在這麼苦學的基礎上，才懷有如此抱負的玄奘，始於貞觀元年（六二七年）之秋，悄悄動身，單人匹馬出了長安城，向西而去。

玄奘在國內困學的經過，略如前述；但他出國當時的造詣，就一般人看，實在已經是難得的鳳毛麟角了，所以，他經歷西域、印度一百三十餘國，凡是熱心佛法的君主，無不欽慕他的學養，爭相供奉，他以一個外籍和尚的身分，在異國君主之前與小乘派，異教徒作教義上的辯論，無不高人一等，令人折服。甚至他到了那爛陀（Nalanda）寺，從戒賢大師（Silabhadra）學習時，即深被賞識，待他遨遊五印度各地後重歸該寺，以一個外來的留學生，他竟被首席座師命其代為講授《攝大乘論》，教育就讀於國家最高學府的萬餘僧徒。設若玄奘沒有那樣早期的苦讀博學，涵泳功深，他怎麼有可能達到這種地位！水有源，木有本，玄奘出國以前，奔走各地困學求真的經過，實是他日後偉大成就的基礎，假使沒有這樣深厚的基礎，縱使深入寶山，也未必都能滿載而歸。

每年一度留學考試中選的，固然值得高興；但在榜下的，甚至限於條件被隔閡在試場門外的人，必然更多。二十世紀的現代，留學的幅度固然不必如唐代那樣狹窄，不過無論怎樣，國內的基礎築得愈寬闊，愈厚實，則一旦到得外國，它的吸收能力必然更強。成就的大小，原不在乎遲走早走。玄奘在國內困學的這一個階段，這一份精神，還是值得表揚的。

玄奘曲女城之會

一

唐僧玄奘，西行求法，於貞觀五年（六三一年）抵中印度摩揭陀國（Magadha，即今印度Patna），[1]就在那爛陀（Nalanda）寺，從世親菩薩嫡傳大德戒賢（Silabhakra）法師研習教理，首尾五年，嗣後遍遊印度東部、南部、西部數十國，訪求各地論師，巡禮聖跡者又五年，貞觀十五年（六四一年）重返那爛陀寺，代本師為寺眾講授《攝大乘論》及《唯識抉擇論》，著《會宗論三千頌》，聲譽鵲起。

歲月踰邁，玄奘離國至此，已歷十有五年，自揣學已有成，便欲束裝東歸。不料正在這個時候，東印度迦摩縷波國（Kamaroupa）[2]的鳩摩羅王（Koumaro）忽然遣使來到那爛陀寺，致書戒賢說：「弟子欲見支那大德，願以發遣，慰此欽思。」戒賢認為鳩摩羅王是不大相信佛法的人，此來邀請玄奘，恐怕還是戒日王要他去與小乘派教徒對論之故，這卻如何使得，不宜遣去。所以便對來使推託道：「支那僧意欲還國，來不及應召赴命了。」

鳩摩羅王二次派人來說：「支那高僧果欲歸國，可以先到我處暫住，再去不遲。」戒賢仍然不許。於是鳩摩羅王勃然大怒，第三次遣使來說，已經是聲色俱厲的了。

「弟子一介凡夫，染習世俗享樂，對於佛法，未知回向。今聞外國僧名，身心歡喜，似已開豁道芽；師復不許其來，此乃欲令眾生長淪永夜，豈是大德紹降遺法，拯救沉溺之道？……若也不來，則弟子分明已是惡人。近者，設賞迦王猶能壞法，毀菩提樹，師即謂弟子無斯力耶？必當整理象軍，雲萃於彼，踏那爛陀寺，使碎如塵。此言如日，師好試看。」

戒賢長老沒有辦法，只得對玄奘說道：「這位王爺，善心素來微薄，所以在他國內，佛法不大流行；但是自從聽得仁弟的聲名後，似已忽發深意，或許仁弟

---

1 摩揭陀國（Magadha），古代中印度的一個重要王國。佛陀一生多半在摩揭陀，因此是印度重要佛教聖地之一。摩揭陀位於恆河中下游地區，大體相當於今比哈爾邦（Bihar）的中南部，其都城即今印度巴特那（Patna）。

2 迦摩縷波國（Kamarupa），為古時南亞諸國之一，其故址位於今天的印度阿薩姆邦（Assam）西部高哈蒂（Ganhati）及其附近一帶。

與他是宿世有緣的善友。出家人以利物為本，今正其時，希望仁弟努力。譬如伐樹，只要樹根砍斷，枝幹自然落地，只要使得鳩摩羅王發生善心，則百姓從化，佛法從此弘揚。堅決違拗不去，也許會生魔障，還是仁弟你去辛苦一趟吧。」

玄奘允諾，便與來使一同前往東印。

迦摩縷波國，北與不丹接境，位於布拉馬普得拉河[3]河濱，即今之噶侖堡（Kalimpong）地方。《大唐西域記》：「逝摩縷波國周萬餘里，國大都城，周三十餘里，土地卑濕，稼穡時播……河流湖陂，交帶城邑，氣序和暢，風俗淳質，人形卑小，容貌黧黑，性甚獷暴，志存強學，宗事天神，不信佛法。故自佛興以迄於今，尚未建立伽藍，招集僧侶，其有淨信之徒，但竊念而已。天祠數百，異道數萬。」

又《唐書西域傳》所說印度東北境的「箇沒盧國」，大約也就是指的這方國土。當地人民，大多數是與尼泊爾等同屬蒙古系的種族，今王為那羅延天的後裔，婆羅門種，從遠祖時代起就君臨斯土，據說「已歷千世」。王的本名為婆塞羯羅伐摩，號鳩（拘）摩羅，我國舊稱童子王，素性好學，遠方才能之士，招集闕下者，為數很多，雖然不甚信佛，但是對於飽學的沙門，一樣敬重。

玄奘既到該國都地，國王大喜，親率群臣出迎，延入王宮，每日以音樂、香花、齋膳供養，非常執恭有禮。

《大唐西域記》載錄他們會面時的一番說話：

王：「我雖不才，但是常慕高學，耳聞盛名雅譽，敢事延請。」

奘：「寡能徧智，猥蒙過聽。」

王：「好哦，大德慕法好學，不顧一身安危，踰越重險，遠遊異國，實在敬服之至。到底貴國明王化治，國風尚學。現在印度各國很流行摩訶震旦國的秦王破陣樂，我亦聞名已久，這就是大德的祖國嗎？」

奘：「是的，這是一闋稱頌大唐今天子（太宗）之武勇的樂章。」

王：「不料大德就是從這上國來的高僧，我欽慕風化，東望已久，可惜山川道阻，無由自致。」

3 布拉馬普特拉河（Brahmaputra River），亞洲主要大河之一，是印度和孟加拉國的第二大河，僅次於恆河。上游在中國境內，稱為雅魯藏布江，被藏族視為「母親河」。為中國第五大河，僅次於長江、黃河、黑龍江和珠江。

鳩摩羅王言下非常感慨，玄奘便說：「我皇上聖德遠洽，仁化萬方，各國拜闕稱臣的很多。」

鳩摩羅王便說：「大國皇帝覆載所被，我真希望能有朝貢的機會。」

這番說話，在日後唐代與西方國家的外交關係上，發生極良好的影響。

在迦摩縷波國的王宮裡，轉瞬間已過了一個月時間。玄奘歸心如箭，聽當地士人說：從此地到蜀中西南邊境，不過兩月路程；但是，蠻荒未闢，道路險惡，瘴氣和毒蛇毒草，漫山遍野皆是。他卻又動身不得。

二

果然不出戒賢長老所料，戒日王征伐恭御陀國[4]歸來，引兵殑伽（Ghnges，即恆河）河岸時，隨即聽到了玄奘已在鳩摩羅處的消息。

據唐彥悰《大慈恩寺三藏法師傳》說戒日王聞訊當時，大為驚訝。他說：「我先頻請不來，今何因在彼？」立刻派遣專使往告鳩摩羅王：「急送支那僧來。」

戒日王（Ciladitya），字喜增（Hqrsha），本吠奢種，發祥於塔內薩爾

（Thanesar 是印度哈里亞納邦 Kurukshetra 的一個城鎮），屬於恆河流域，緊接五河旁遮普（Punjcab）的極東地方，君臨斯土，已歷二世三王。自他即位以後，演習戰守，整頓象軍，自西徂東，討伐不臣，至今已是統領中印、北印許多小國，早是威震全印的霸主了。更難得的是他不但武功赫赫，治國三十餘年，國內則政教和平，本人又努力於營福樹善，唯恐不及，他又擅長文學，所作反映宮廷生活的劇本《瓔珞記》（*Ratnavali*）、《鍾情記》（*Priyardarsika*）以及富有佛教色彩的《龍喜記》（*Ngananda*），並為印度文化史中極有地位的不朽名著。[5]戒日王深信佛法，曾令五印度境內不得食肉，在恆河兩岸建立窣堵波

4 恭御陀國（Kongoda），東印度之古王國。該國瀕臨海隅，土地濕熱，氣候溫暑。其人形偉貌黑，略通禮義，崇敬外道，不信佛法。因其臨海之故，多奇寶；出大象。玄奘西游時，此國為戒日王所征服。其都城位於今之坎迦姆市（Ganjam）與喀特克市（Cattack）之間。

5 戒日王留傳下來的劇本有三部：

（一）《瓔珞記》（*Ratnavali*）中，戒日王視願「眾神聯合，與世共存，造福人類」，表達了他希望眾王國聯合的願望，體現了戒日王對統一的追求。

（Stupa）[6]數千，國內聖跡獨多，遍築伽藍（Vihards），每年舉行盛大法會，廣大布施，原是當時印度佛門中一大護法。

玄奘到那爛陀寺以前，曾在戒日王領下的跋達羅毗訶羅寺掛單數月。雖然戒日王所說「頻請不來」的經過，未見記載，但是他之久欲接見這位遠來的高僧，則總是事實。

據《慈恩寺傳》說：戒日使至，鳩摩羅王竟因不舍離玄奘，嚴詞拒絕。他說：「我頭可得，法師未可即來。」使者回去傳言，戒日王自然大怒，對近臣說道：「鳩摩羅簡直對我輕侮，如何為了一個僧人，說出這樣的粗話來。」於是，再另派使者去對鳩摩羅王說：「汝言頭可得者，即宜付使將來。」——鳩摩羅王至此便又不得不大為恐慌起來，去與玄奘商量，同往參謁戒日。

這樣的經過，《大唐西域記》未載。卷十迦摩縷波國條記，鳩摩羅王對玄奘所說的只是：「今戒日王在羯朱嗢祇羅國[7]將設大施，崇樹福慧，五印度沙門，婆羅門有學業者，莫不召集，今遣使來請，願與同行，於是遂往焉。」又同書卷五羯若鞠闍國條，記曰：「初受拘（鳩）摩羅王請曰：自摩伽（羯）陀國往迦摩縷波國。時戒日王巡方在羯朱嗢祇羅國，命拘摩羅王曰：宜與那爛陀遠客沙門速來赴會。於是遂與拘摩羅王往會見焉。」

這兩種說法，《慈恩寺傳》的內容雖然充滿著傳奇的趣味，然而回顧戒賢的預料，戒日王當日的地位與威力，不能不使人懷疑《慈恩寺傳》不免有點渲染溢份。

（二）《鍾情記》（*Priyadarsika*），取材於印度民間傳說故事集。劇本分四幕，主要情節如下：國王與王后身邊的美貌侍女一見鍾情，引起王后的嫉妒，侍女受到王后虐待。後來真相大白，侍女不但是一位吉祥的公主，誰娶了她就可以成為大地的統治者，而且是王后的親侄女。最後國王與公主結親，王后與大家皆大歡喜。

（三）《龍喜記》（*Nnganamda*，Joy of the Serpents）是五幕戲，取材於印度故事集《故事廣紀》中的雲乘故事和現已失傳的佛典《持明本生活》。劇中主人公也是國王，戒日王在這部劇中讚美了自我犧牲的崇高品德。前三幕描寫雲乘太子與悉陀國公主相愛結婚。後兩幕描寫雲乘太子生憐憫之心，為解救他人的性命，犧牲了剛剛得到的愛情，以自己的肉身餵食大鵬鳥，後被高利女神救活。是一部佛教和印度教教義相混合的戲劇。

6 窣堵波（Stupa），半球形佛塔，存放僧侶骨灰，佛教徒用來冥想的地方。

7 羯朱嗢只羅國（Kajnghira），印度古國，都城在今印度比哈爾邦（Bihar）恆河南岸巴加爾普爾（Bhagalpur）東部的臘季馬哈爾（Rajmahal）遺址。

鳩摩羅王整備象軍二萬，舟三萬隻，與玄奘同行溯布拉馬普特拉河而入恆河。既抵羯朱嗢祇羅國境，先於大河北岸建樹營幕，安置玄奘。戒日王大營在恆河南岸，鳩摩羅王乃先率隨臣渡河參見。

「那爛陀寺遠客沙門何在？」戒日王一見面就問。

「在某行幕。」鳩摩羅王回答。

「何不來此。」

「大王欽賢愛道，豈可遣彼就此參王。」

「好，你且回去。某明日自來。」

鳩摩羅王歸來後對玄奘說：「大王雖然說是明天，恐怕今天夜裡就會來的，仍須候待。到時候，法師，你且不必舉動。」

「玄奘依照佛法，理應如是。」

是夜，一更時分，人來報告：「大河中有數千火炬燭光行來，同時聽得有步鼓的聲音。」

「哦，這是戒日王來了。」鳩摩羅王立即吩咐侍從擎燭，親率諸臣往河岸迎駕。原來戒日王出行時，必須有數百金鼓手編隊隨扈，王行一步，擊鼓一響，制為一定儀式，稱「節步鼓」，其餘國王不准仿行。

威服全印的戒日王，對玄奘執禮甚恭，照佛教規矩，匍匐在法師足下頂禮，散花瞻仰，稱「無量頌」。然後問玄奘道：「法師從哪國來？」

「從大唐國來，請求佛法。」

「大唐國在哪個方面？離此路途遠近？」

「當此東北數萬餘里，即印度所謂摩訶震旦者是。」

「哦，我早聽說摩訶震旦國有秦王天子，頗行善政；並且也聽過秦王破陣樂的歌章，所謂大唐者，也就是秦王之國嗎？」

「震旦者，古代的國號，而今曰唐。唐之今天子在即位以前，稱秦王。」

「好哦，那地方蒼生有幸，福感聖主。……弟子今且告辭，明日奉迎，還請勞駕。」

玄奘與戒日王的會見，時在貞觀十六年（西元六四二年）中。《新唐書》中〈天竺國傳〉記其事，有曰：「……國大亂，王尸羅逸多（戒日 Ciladitya 之音譯）勒兵，戰無敵，象不解鞍，士不解甲，討四天竺，皆北面稱臣，其後唐之浮屠玄奘至其國，尸羅逸多召見曰：『汝國有聖人出，作秦王破陣樂，試為我言其人。』玄奘為言太宗神武，平定禍亂，四夷賓服之狀。王喜曰：『我當東面朝之。』」

就由於與玄奘這一回晤談為基礎，翌年，戒日王即遣使上書太宗，自稱摩伽（揭）陀王。唐太宗也即派雲騎尉梁懷璥持節撫慰。梁使至，戒日王驚問國人曰：「自古有摩訶震旦使者至吾國乎？」左右都說：「從未有過。」他即出迎膜拜，受詔書，復遣使者隨同入朝。太宗後來又派衛尉承李義表赴印報聘，至則大臣郊迎，士民傾巷縱觀其盛，戒日王率群臣東面受詔。這一幕交睦鄰封的動因，不得不推許係得力於玄奘以一留學僧人的身分當初所作的貢獻。

三

翌朝，戒日王使者來，迎玄奘及鳩摩羅王共渡恆河，至行宮附近，王與門下僧侶二十餘人一起出迎，招待入宮。宮內備陳珍美素齋，作樂，散花供養畢。戒日王問：「聽說法師曾作《制惡見論》，此書何在？」

「現有攜來。」玄奘即席取書上陳。戒日王即在當場細續一遍，容色顯露滿心喜悅的模樣。一面回顧他那班門師說道：「弟子聞：日光既出則螢燭奪明，天雷震音而錘鑿絕響，師等所守宗說，都已被他破訖；現在試可救看。」

在座那班小乘派的和尚，竟沒有一人敢站起來說話。於是，戒日王繼續說道：

師等上座提婆犀那法師，向來自稱解冠群英，學賅眾哲，時常毀謗大乘；但是這次一聽到這位遠客大德到來，他便藉口往吠舍厘（Vaisali）[8]去參禮聖跡，託故潛逃了。從這時起。我就見得你們真是無能。

戒日王座後，坐著一位貴婦人，從她的容貌儀態，都可看出是個絕頂聰明的女性。她側耳靜聽玄奘敘述大乘教理的閎達、深微、破說小乘教派之處處顯得

8 吠舍厘（Vaisali），位於今天印度比哈爾邦（Bihar）首府巴特那（Patna）的北邊。鉢羅耶伽國（Prayaga），都城位於恆河與閻牟那河交流之處。閻牟那河（Yamuna River），是恆河的支流，起源於北阿坎德邦的喜馬拉雅山冰川，在安拉哈巴德（Ilahabad）注入恆河。古城 Prayaga 就在安拉哈巴德。

局淺，似乎非常領會，時時流露出歡喜讚嘆的表情。她是戒日王的妹妹拉芝修黎（Rajyashri），本是深通小乘正量部（即數論派 Sankhya）理論的才女。

師論大好，弟子與此間諸法師俱皆信服。但恐其他各國的小乘外道，仍在墨守愚迷，我希望在曲女城為師作一場法會，命五印度境內沙門、婆羅門、外道都來參加，示以大乘微妙之理，令彼等增長智慧。

戒日王就在當天，分遣使者敕告諸國：「凡各教派，咸集曲女城，聽震旦國法師論道。」

是年冬初，玄奘即從戒日王溯恆河而上。河之南岸為戒日王號稱數十萬眾的大軍，沿河扈從；河之北岸，為鳩摩羅王的數萬軍眾，隨舟前行。分河中流，水陸並進，兩王親自衛護著玄奘，放舟中流，所有侍衛、部隊，或乘船，或乘象，擊鼓鳴螺，拊弦奏管，威儀壓境，浩蕩前行。凡歷九十日，才到曲女城下。

曲女城，本名羯若鞠闍國（Kanyakoubja），即今之卡奴機城（Kanauj），國周四千餘里，都城西臨恆河，其長二十餘里，廣四、五里。「城隍堅峻，臺閣相望，花林池沼，光鮮澄鏡。異方奇貨，多聚於此。……氣序和洽，風俗淳質，容貌妍雅，服飾鮮綺，篤學遊藝，談論清遠。」玄奘口授《大唐西域記》所述如此，可見此一城市當時的文化程度，已經很高。

據傳說，羯若鞠闍國人，都很長壽，舊王城本號花宮（拘蘇磨補羅）後來改稱「曲女城」的由來，卻包含著一個極美的故事。

昔王梵授，是個文武兼資的明主。他有一百個女兒，個個生得儀貌妍雅，俊逸非凡。

當時有個仙人，住在恆河之濱，棲神入定，經數萬年，形如枯木，飛鳥在他肩上遺落尼拘律果，寒來暑往，竟然生根發芽，長成了一株垂蔭合拱的大樹。仙人從「定」中起來，為了不忍傾覆鳥巢，所以並不毀拔此樹，人稱「大樹仙人」。

仙人游目河濱，遠眺林薄，遙見梵授王諸女在那兒遊戲，一時欲界染著愛心，便往叩謁宮門，向梵授王請求婚事。王遍問諸女，沒有一人肯應大樹仙人之聘。但是，仙人威力很大，倘然因此瞋怒，一定可以使他們毀國滅祀，辱及先王。他只自憂愁焦灼，無計可施。這時候，他那最小的一個女兒問知其中原委，便慨然答應：「既然如此，我願以此微軀，解救父王的困難，綿延國祚。」梵授王大喜，親自送這最小的女兒下嫁大樹仙人。不料仙人一看，勃然大怒：「你太輕視我這老漢，所以才把這最不漂亮的小女兒許配與我。」他就發出惡咒：「九十九女，一時腰曲。」

梵授王回宮驗看，諸女皆已腰傴背駝，畢生不能嫁人。從此以後，這座著名花宮的王城，就改稱「曲女城」了。

戒日王、鴻摩羅王和玄奘等一行到達曲女城時，五印度境內十八個小國的國王都早已先到了，大小二乘的佛僧三千餘人，婆羅門以及尼乹（耆那教Jainism）外道三千餘人，還有那爛陀寺僧也有一千多人前來參加，與會者都是各地飽學能言之士，再加上各人的從者，會眾更多，或乘象，或乘輿，樹幢立蟠，成群圍駐，綿延數十里，真有「舉袂成帷，揮汗為雨」之盛。

四

戒日王未來之前，先已派人在恆河西岸構築草殿兩間，各可容坐一千餘人，殿東，建高達百餘尺的寶臺一座，上供與王等身的黃金佛像。其南，另築寶壇，為浴佛之場。

戒日王的行宮，在會場東北十四、五里，日在宮中鑄造金佛一軀。

這時候，早春已過，正式會期決定在四月一日開始。但自二月初一起，即以珍美飲撰連續供養所有與會的沙門和婆羅門。自行宮到會場，沿途「夾道為閣，窮諸瑩飾，樂人不移，雅聲遞奏。」於是，從王行宮中出來，乘滿身裝飾珠寶文繡的巨象，背上張著寶帳，帳內安置三尺餘長的黃金佛像一尊，戒日王扮成帝釋天，手捧寶蓋侍於佛像之右；鳩摩羅王扮作大梵天，手執白拂侍從佛右，都頭戴天冠、花鬘、垂瓔佩玉，緩步而出。這所扮演的正是釋尊登天宮時的情狀。

二王之外，各有五百象軍，身披鎧甲，周衛從行，佛乘前後，有一百頭大象的編隊，載著樂鼓奏音樂，另有兩頭大象滿載珍珠雜寶，金銀造花，戒日王隨行隨散，紛落四方。

玄奘領先和戒日王的門師乘大象隨行王後，各國國王、大臣、高僧等分乘三百頭巨象，在路旁分二列行進。

每天自清晨即起裝束，從行宮行至會場，至院門，各令下乘，戒日王先上寶壇，用香水沐浴佛像，然後親自背負佛像供在西方臺上。各種珍寶和憍奢邪衣（野蠶絲織），堆積如山，作為供養。其時，有二十餘名高僧及十八國王，隨王在殿充警護之任，玄奘亦在這二十餘人之列。

然後命各國高僧千餘名人，婆羅門外道有名行者五百餘人入，諸國大臣等二百餘人依次入殿禮拜。

其餘道俗人等，各令於院門外部伍安置。禮拜完畢，內外設食佛前供金槃一、金椀七、金澡罐一、金錫杖一、金錢三千、上氈衣三千、玄奘和諸高僧各有布施。

於是，設寶床，請玄奘上座，為論主。

玄奘首即稱揚大乘，先以梵文序作論意，是即有名的《真唯識量頌》，交那爛陀寺沙門明資（Vedabhakra），大聲朗誦；另寫一份，揭示會場門外，使無法進入會場的人們都可看到。文末，寫上一行：

若其間有一字無理，能難破者，請斷首相謝。

如是至晚，靜聽玄奘講論大乘教理，並無一人發言挑戰。戒日王大喜，罷會還宮，玄奘亦與鳩摩羅王同返。

明晨復來，迎像，送引，集會均如首日。初經五天，一切順利進行，平靜無波；然而這不過是表面的情形，遭受澈底攻擊的小乘派人們，心結怨毒，而又無力公開辯難，他們暗中實在謀劃暗殺玄奘。幸已先期發覺，戒日王宣令：

邪黨亂真，其來自久；埋隱正教，誤惑群生，不有上賢，何以鑒偽。支那法師者，神宇沖曠，解行淵深，為伏群邪，來遊此國，顯揚大法，汲引愚迷。妖妄之徒，不知慚悔，謀為不軌，翻起害心，此面可容，孰不可恕。眾有一人傷觸法師者，斬其首；毀罵者，截其舌；其欲申辭救義，不拘此限。

自此邪謀暫戢，經連續十八日的會期，仍無一人以攻破玄奘的法論。最後一天的午後，玄奘更竭力陳說大乘教義之美，讚頌佛陀的功德，令很多原來相信小乘的人改皈大乘教派。戒日王重施玄奘金錢一萬，銀錢三萬，上氎衣一百領，十八國王也都各贈珍寶。玄奘一概辭謝不受。

戒日王照該國慣例，命人將一巨象，上裝繡幢，請玄奘乘坐，由貴臣陪護，巡行街市，鳴唱告眾。凡法論告勝者向例如此，但是玄奘再三謙辭不肯，王說：「自古定法如此，事不可違。」乃載著玄奘的袈裟巡行遍唱曰：「支那國法師立大乘義，破諸異見，自十八日來無人敢與辯論，普宜知悉。」民眾一同歡呼作答，齊聲讚頌玄奘之名。

大乘派人為玄奘立尊號曰「摩訶耶那提婆（大乘天）」，小乘派也為立稱號曰「木叉提婆（解脫天）」，燒香、散花、禮敬而去。

散會當日，大臺忽然起火，會場草殿門樓，煙焰熾烈。戒日王說：「我遵先王之法，傾舍國家珍寶，建此盛會，為求福佑，不料自身德業不足，遭此災異。咎徵如此，何以為生。」於是焚香禮拜，禮曰：「朕以宿善，王諸印度，願以我之福力，禳滅火災。若無所感，從此喪命。」禮告畢，就奮身跳上著火的門閾，如有撲滅的異術，立時火盡煙消，經這一場擾亂之後，戒日王便更相信大乘法力的無邊了。

於是從諸王上會場東邊的大塔登臨觀覽。剛下塔階時，忽然有個男子手操白刃突襲戒日王，咄嗟間，王回身跳上二、三級階坡，順手抓住了凶手，交付侍臣。

諸王都說應該立刻殺此凶獠。而戒日王卻面無怒色，親自詢問凶手說：「我有什麼負汝之處，竟要行凶。」暴徒說：「大王德澤無私，與我並無私怨。只是誤聽外道的唆使，才來做刺客。」

「外道為何要起這樣的惡念呢？」

「大王召集各國國王，傾府庫供養佛僧，鎔鑄佛像。各外道都從遠方召來，又不蒙省問慰撫，心懷愧恥，所以出此下策。」

於是，召問外道。當有五百多名婆羅門來應詢，說是因為妒嫉佛僧獨蒙禮重，所以先射火箭焚燒寶臺，打算乘著救火混亂的時候，殺害大王，但是火自熄了，沒有機會，乃雇用這個人伏階行刺。

其時，諸王及大臣請盡誅這班陰謀的婆羅門，戒日王則僅殺首惡，將那五百婆羅門教徒，驅逐出國。

五

玄奘辭別那爛陀寺時，已將所有經典佛像隨身帶來，預備由此直接取道歸國。所以曲女城法會終結後的第二天，他就向戒日告辭。然而，王說：「弟子即位三十餘年，常慮善行太少，所以積儲財寶，每五年一次，在鉢羅耶伽國，9作為期七十五日的無遮大施，這回是第六次會，法師何不暫留隨喜。」

「菩薩為人，福慧雙修，智者得果，不忘其本。大王不吝財寶，玄奘豈可辭不暫留，請即隨同前往。」

戒日大喜。至第二十一日，他們便動身前去。

鉢羅耶伽國（Prayaga），都城位於恆河與閻牟那河交流之處，大城之東，兩河交廣十餘里，地漫大城之東，兩河交廣十餘里，地漫細沙，境界澄闊。西有大場，周圍十四、五里，平坦如鏡，自古以來，諸王皆在這地方舉行施捨，故稱大施場。據傳：在該地方布施一錢，功德勝於他處施捨百錢千錢。這地方又是婆羅門外道「絕粒自沉」的聖地，據說，沐浴中流，就能滌淨一生罪垢，往生天界。玄奘還看到過修練苦行的耆那教徒，在那河中樹立高柱，從清晨起爬升柱上，一手攀住柱頂，一足踏在柱邊木檔上，另一手一足懸伸空中，身子挺直，延頸張目，隨著日影右轉，至暮方下，如此勤苦不息，有歷數十年，希望出離生死者。

這次，戒日王先在大施場圍築竹籬，每邊千步，場中築草堂數十間，貯藏金銀、真珠、紅玻璃寶、帝青珠、大青珠等，在這旁邊又築長舍數百間，貯藏憍奢耶衣、斑氈衣、金銀錢等。籬外另闢造食處，寶庫之前更作長屋百餘棟，類如當時長安的市廛，每一長屋可坐千餘人。

先經敕告五印度沙門、婆羅門、耆那、外道、貧窮孤獨的人民都來施場受施，其中有許多人在就曲女城會後直接前來受施，等玄奘與十八個國王抵達時，大施場裡道俗到者，已經有五十多萬人了。

戒日王駐營於恆河北岸，南印度王杜魯婆跋吒營於河西，鳩摩羅王營於閻牟那河南岸花林之側，受施者即在南印度王營址之西露宿。

這一天清晨，戒日王與鳩摩羅王乘戰艦，南印度王乘象，進入會場，十八國王以次陪列。

第一日，於施場草殿內安置佛像，將最上等的寶物、衣物、珍膳上供佛前，

---

9 鉢羅耶伽國（Prayaga），都城位於恆河與閻牟那河交流之處。閻牟那河（Yamuna River），是恆河的支流，起源于北阿坎德邦的喜馬拉雅山冰川，在安拉哈巴德（Ilahabad）注入恆河。古城 Prayaga 就在安拉哈巴德。

奏樂、散花，日晚歸營。

第二日，安置日天像，供寶供衣，數量照第一日減半。

第三日，安自在天像，供奉與第二日同。

第四日，施僧，僧有一萬餘人，分百行並坐，人各金錢百文、珠一粒，氈衣一具，飲食香花供養而出。

第五番：施婆羅門，經二十餘日才施放完畢。

第六番：施外道，十日方遍。

第七番：施遠方求者，歷時又十日。

第八番：施諸鰥寡孤獨，貧窮乞者，一月方遍。

等到全部施遍，五年所積的府庫財寶，便已完全送光，毫無遺留；只剩象馬兵器等國防所需未捨，其餘，甚至戒日王在身的衣服、瓔珞、耳當、臂釧、寶鬘、頸珠、髻中明珠等也都一一摘脫下來，施捨無留。

一切已盡，他只得光著身子向他妹妹索來粗鄙衣服遮蔽身體，踴躍歡喜，禮拜十方諸佛，合掌言道：

快活啊，凡我所有，已入金剛堅固藏了。某願生生常具財法，等施眾生。

無遮大施完畢以後，各國國王就自備錢物從受施大眾中把戒日王所施的瓔珞、髻珠、御服等一一贖回，用以獻王，數日之後，王身上的珍寶服用等，便又恢復了。

六

參觀過戒日王的一代盛典之後，玄奘便欲告辭。戒日王堅決挽留，鳩摩羅王更是殷勤，他說：「法師如能常住弟子的地方，當為法師造一百座寺院。」

經玄奘詳細解說他此行目的，在使本土眾生同沾正法，所以不得不即作歸計。經十餘日，終於獲得了戒日王的諒解，他說：「既然如此，不敢強留，但不知法師要從何路而歸，假使法師要取道南海歸國，某當遣使相送。」

本來，這時候玄奘如從海道歸國，最為便利；但是他在來時，曾受過高昌國

王麴文泰特別的知遇和扶助，當時相約歸程一定重聚，他不肯失約，決定還從北路回去，

戒日王又問；「師須幾許資糧？」玄奘說：「無所需。」

戒日王說：「那怎麼行！」隨命施與金錢等物，鳩摩羅王也致贈許多珍寶，玄奘一概辭謝不受，只受了鳩摩羅王所贈粗毛織的易刺厘帔一襲，擬在途中作防雨之用。

啟程之日，兩王及其他人等遠送數十里，分袂之際，嗚咽各不能已。

玄奘所帶的許多經卷，佛像，都託了參加曲女城法會的北印某國國王烏地多的護衛軍軍馬載運。戒日王知道了。便以大象一頭，金錢三千，銀錢一萬付託烏地多王，供玄奘旅途所需。

別後三日，玄奘一行後面，塵頭起處，一團騎士策馬來追。行近相見，原來就是一度告別了的戒日王，鳩摩羅王，跋吒王等再來送別，同時派遣摩訶恆羅（散官官名）四名，持戒日王寫在素氈上的書函，紅泥封印，使從玄奘分致途經各國令「發乘遞送」，至漢境為止。

新羅的花郎

一

最近，韓國歌舞團來臺表演，有舞姬趙勇子者，作花郎舞，倜儻風流，英姿煥發，豔驚四座，因考其事，作新羅花郎篇。

漢宣帝五鳳元年（西元前五年），古辰韓部落崛起於朝鮮半島之東南部，即今慶尚北道地方，建國新羅。

新羅與高句麗、百濟鼎足而立，三國中以新羅民族的文化最年輕而又最活潑。他們政治民主，生活自由，知識分子的精神潛力非常深厚，泱泱乎有大國之風。

特別在唐代，太宗父子連續五征高麗，卒平其國，百濟旋亦滅亡，獨新羅與唐始終親睦，而且竭誠向慕華化，努力吸收盛唐的文化，所以始則獲得大唐的支持，巍然獨存，終則統一三韓，成了海東半島唯一的主人，這種歷史上偉大的成就，卻完全得力於新羅民族文化之特別的昌明。

如唐顯慶五年（六六六年）七月，左衛大將軍蘇定方率兵與新羅合力討伐百濟，滅其國，即以其地分置熊津、馬韓、東明、金漣、德安五都督府，然後凱旋歸朝。當時高宗即問蘇定方：「何故不即並討新羅？」蘇答：「新羅，其君仁德愛民，其臣事國以忠，下者事其上如父兄，不可以其小而謀之。」唐代歷世遠征朝鮮半島，新羅之得獨存，便是倚仗這種民族文化力量的運用，初非武力足以抗衡唐軍。稍後，唐開元二十五年（七三七年），玄宗派鴻臚卿邢璹弔祭新羅王興光之喪，便說：「新羅號君子國，知詩書。以卿惇儒，故持節往，宜演經誼，使知大國之盛。」新羅在唐人心目中的地位，於此可以概見。

二

考索古新羅文化，當然事非一端，但在此一時期中，有所謂花郎者，最具新羅文化的特色；花郎的活動，最足代表此一時代的新羅精神。

新羅之有花郎，據歷史記錄，最早者見於真興王朝（五四〇－五七六年）。花郎是從貴族子弟中特別選拔出來，年約十五、六歲的美貌少年，施以特殊的團體教育，為國人所尊奉，在血緣階級制度向來嚴格的新羅社會中，他們作為國民精神崇高的代表，處於領導的地位。在新羅王朝九百九十二年上下三代之中，花郎至少約有二百餘人，時各擁有數百乃至近千的徒眾，號稱「花郎之徒」。簡述花郎的著錄，久已失傳，但如唐代令狐澄《大中遺事》引顧愔著《新羅國記》的逸文，有曰：

擇貴人子弟之美者，敷粉妝飾之，名花郎，國人皆事之。

又《三國史記》引紀元八世紀初，新羅聖德王時代金大問作《花郎世記》，又曰：

賢佐忠臣，從此而秀；良將勇卒，由是而生。

雖僅片鱗隻羽，已非常簡明扼要地述出花郎的身分及其發展了。花郎既是貴族子弟，受過貴族集團的特殊教養，為國人所尊奉，及其年長，在新羅常時的閥閱政治中，成為國家的柱石，固是預有安排的結果；而花郎及其門徒對於國家的貢獻，確也令名遺烈，史不絕書。

三

據《三國史記》列傳所載花郎及其徒眾的事蹟，例舉以見一斑。

事蹟見於記載為時最早的花郎，當為真興王二十三年（五六二年）征伐加羅時，從名將異斯夫建立卓絕戰功的斯多含，《三國史記》本傳說他：「本高門華胄，風標清秀，志氣方正，時人請奉為花郎，不得已為之。其徒無慮一千人，盡得其歡心。真興王命伊滄（官名）異斯夫襲加羅國，時斯多含年十五六，請從軍，王以幼少不許；其清勤而志確，遂命為貴幢（軍隊名）裨將，其徒從之者亦眾。」

——是為《花郎世說》「良將勇卒，由是而生」的好注解。

其次，真平王時代的花郎金庾信，年十五歲，已負時名，為人翕服，他的門徒號稱：「龍華香徒。」

金庾信為自真平王至文武五王之間的名將，特別以翊佐太宗武烈王（金春秋）統一朝鮮半島，更稱英偉。庾信的次弟欽純，亦為真平王時代的花郎，至文武王時，出任冢宰，史稱「深仁信厚，能得眾心」，一時有資相之譽；與庾信及王弟仁問同為真平所讚美：「公等三臣，國之寶也。」——是為花郎出將入相，「賢佐忠臣，從此而秀」的事實。

新羅太宗武烈王七年，即唐顯慶五年（六六〇年）討滅百濟之役，在有名的黃山之役中，前軍失利，當時將軍之一的金欽純對他的兒子盤屈說：「為臣欲忠，為臣欲孝，見危授命，忠孝兩全。」純潔的盤屈就此奮戰而死。同時，另一將軍品目，亦召其子官狀（或曰官昌）於馬前，示諸將士曰：「吾兒年才十六，志氣頗勇，今日之役，不知能為三隊標目否？」於是，官狀便不顧一切，突入敵陣。史官稱狀「儀表都雅」，當是花郎無疑。

關於「花郎之徒」的事蹟，可舉劍君、金歆運、實弓三人為例。

劍君，微官「沙梁宮舍人」，是伊食大日之子近郎（花郎）的門徒。真平王五十年（六三三年），新羅歲大饑饉，飢餓的沙梁宮諸舍人，便益分官倉存穀，獨劍君說：「苟列花郎之徒，必修品敦行為上，知其不義，雖千金之利，不動於心。」拒不接受分潤，退往近鄰處。其他舍人恐怕他敗露其事，便設宴邀請劍君，預備殺以滅口。劍君悟得此中陰謀，但是仍擬應邀赴宴。近郎說：「何不告官？」劍君說：「畏我死而陷眾人於罪，於情不忍。」近郎說：「那麼避開吧！」劍君回答道：「彼曲我直，不敢告官而反自逃，非丈夫。」遂毅然赴約，即在席上中毒而死。雖然後來史家評議：「劍君死非其所，可謂輕泰山於鴻毛者也。」不免蒙矯飾之譏，然而充分表現花郎之徒這個團體的道德修養之高，重義氣、尚節概的美風，由此概見。

其次是金歆運，他是花郎文努的門徒，每於同道間聽說「某人自從戰死，至今名留天壤」的話，他便義形於色，自然流露一種感動激越的神態。因此有個同門的和尚叫轉密的，便說：「他日此人苟臨戰陣，必不生還。」太宗二年（六五五年），為金庾信作裨將，赴助山城之役，果然力竭而死。據說：同時其他僚將受他感動，跟他榜樣以自殞其身者，絡繹不絕。此是花郎團為國家捨命疆場之犧牲精神的表現。

以上事蹟見於《三國史記》列傳。又《朝鮮史略》（明萬曆刻本，不著撰人，國立北平圖書館景印善本叢書）記一則：

> 新羅上舍人實兮，剛直，為上舍人珍提所讒，謫冷林。或謂曰：「何不自辯？」實兮曰：「昔屈原孤位而見擯拙，李斯盡忠而被極刑，佞臣感主，忠

臣被斥，何足怪乎！」

像這種超然的氣概，即置於古中國的高士傳中，亦無愧，而於新羅史傳中見之，我們不能不承認此一民族文化素質之高，當非高句麗、百濟可比。

回顧前述，有金欽純那樣的賢相，斯多含、金庾信那樣的名將，君子之風所吹拂，自然便有盤屈、官狀那樣的好兒子，劍君、金歆運、實弓那樣耿介慷慨的門徒。

真興王以後約一世紀間的新羅，正是國家多事之秋，蓋自真興略取高句麗竹嶺以北、臨津江以南廣大的土地之後，高句麗便與百濟聯合，多方挑釁，合力壓迫新羅；新羅人也確能含忍耐苦，一面全力抗衡，一面求助大唐，終於獲得大唐之助，討滅兩國，其後復能逐漸膨脹勢力，完成統一三韓的偉業，這當然是太宗文武王和武將金庾信二人的豐功偉績，但在他們兩人背後，給予強大支持者，無他，即當時新羅人無分道俗，無間上下的忠勇精神，為護衛祖國不惜身命的戰士精神作他們後盾的結果；而花郎及其徒眾，實為國人所尊奉的戰士的代表，忠勇的中心。

從新羅的歷史看，花郎及其門徒的行誼，以盡忠報國、勇烈耿介為行動之基本的原則，正是此一時代新羅人精神生活之基調；非但花郎及花郎之徒如此，流風所布，此種精神，已經成為此一時代文化的本質，如《三國史記》列傳忠勇義烈之士即多至數十百人，花郎以貴族子弟處於社會的領導地位，主持風氣，身體力行的結果，成一時之盛，當是不可忽視的一大因素。

四

關於花郎精神修養之第二本質，表現在這班貴族子弟的行動上者，則常率領徒眾，遨遊名山大川，吟嘯鄉歌，交接社會各方面的人物，擴充眼界和心胸，同時培養判別社會善惡邪正是非的能力，如《三國史記》遺事所傳憲安王將王女許配花郎（王族）膺廉的故事說：有一天，憲安王召見十五歲的花郎膺廉，為要考察他的志趣，忽然問道：「你，當了花郎，遊學已有多日，曾見到有善行之人嗎？」膺廉回：「臣嘗見善者三人，高門子弟與人共事，處處自謙，此其一也；家道殷富而衣不奢侈，常服麻紵自熹，此其二也；聲威甚盛而不加於人，此其三也。」

憲安對他的答覆，非常滿意，就將王女下嫁膺廉。

從這故事中，固然可見花郎遠遊名山大川，具有廣見聞、增閱歷、辨邪正的教養績效，特別從膺廉的話中，可以看出他所稱道的善行，都是作為一個貴族子弟所需要的生活教養的準則，所以花郎及其門徒遊學的意義，已經非常明白。

花郎率領徒眾遠遊名山勝地，據《三國史記》遺事卷三「柏栗寺」條載，孝昭王元年壬辰（六九二年）「王奉大玄」薩飡（官名）之子夫禮郎為國仙，珠履千徒。「翌年，記夫禮郎率徒遊金蘭，抵北溟境，為狄賊（靺鞨）捕虜，諸門客驚惶失措，皆逃歸，獨賴所親之門徒中僧安常追蹤而至，得柏栗寺（位於韓國慶尚北道慶州西北，小金剛山山腰。）大悲像冥中護佑，二人相偕脫險。」

《遺事》卷三又記文王時，國仙邀元郎、譽聽郎、桂元郎、叔宗郎等遊覽金蘭。金蘭這地方確實的位置已不可考，但如以所謂「北溟之境」來考察，當為江原道之東海岸一帶地方。又據《遺事》卷五「融天師彗星歌」條，有真平王時，居烈郎、實處郎、寶同郎等三花之徒遨遊楓岳（金剛山）的記錄，無論是江原道的東海岸，或是金剛山那樣的勝地，花郎遊蹤所至，盡是名山濱海之區。而且，花郎本身既是貴族中特別選拔出來，如斯多含的「高門華冑，風標清秀。」如官狀之「儀表都雅」的翩翩年少，再加以「珠履千徒」，鄉歌酬唱，山水怡情，難怪《遺事》的作者稱之為「國仙」，事實上，花郎之姿，在一般俗目中，也真有「望之如神仙中人」的感想。

花郎及其門徒，在國家有事時，馳驅疆場，捨身衛國，不啻是國家的一個近衛戰士組織；在承平時期，則率領徒眾，旅行全國，為本身作精神上修養，體格上鍛鍊的團體，為樂育國家未來柱石的一種教養方法，所以及其既長，賢佐良將，皆從此出，事實上，這一時代中，出將入相的，視同國寶的大臣，也大抵都是從花郎集團中薰陶出來的人物。

花郎這一團體，當其發生之初及新羅盛時，他們以貴族門第，在血緣階級制度極嚴格的政治社會中，作為「將」、「相」的種子，擁有「珠履千徒」，備為將來事業的幹部，都是可以想像的。不過，他們除在旅行中觀察學習以外，其他比較具體的教育方法和內容，現在則已書闕有間，莫可考見了。但據新羅末期景文王時代入唐求學、文名藉甚的崔致遠所作〈鸞郎碑序〉，有曰：

國有玄妙之道，曰風流設教之源，備詳仙史，實乃包含三教接群生；且如入則孝於家，出則忠於國，魯司寇之旨也。處無為之事，行不言之教，周柱史之宗也。諸惡莫作，諸善奉行，竺乾太子之化也。

這段文字，充滿著唐代盛行的道教氣味，並可看出新羅末期花郎的精神生活中，除出保持新羅固有文化特質外，且已深受外來思想的濡染，包括儒釋道三教的教義在內，幾乎將有蛻變成為一種教派的趨勢。同時又明顯地可以看出，自真興王時代向慕華化起，新羅接受中國文化的陶冶，至此已如滲透血肉一樣的密切，花郎以及花郎之徒的精神領域，自然不能例外。

五

〈鸞郎碑序〉說：「國有玄妙之道，曰風流設教之源。」金庾信的副帥竹旨，歷仕真德、太宗、文武、神文四王，並為統一三韓的名將，他在少年時亦為花郎，其門徒中有得烏谷者，善作鄉歌，人稱「名隸風流黃卷」。於此具見花郎及其門徒，在私生活中充滿著綺聞韻事，魏弘與大矩和尚編修的《鄉歌集》中，吟詠甚富；想來也是人性之常，我們已經知道，花郎都是貴族中的韶秀少年，自幼即為「國人所奉事」，又都是國家棟梁的後備人員，像這樣前程似錦的五陵年少，又何怪其在風月道中獨擅勝場。

不過，這種風流韻事的傳布，大抵都在半島統一大業已成，上下安享太平的時期，才見絢爛的發展。這一點特別重要，花郎等是須待不必馳驅疆場，太平盛時，才有如許豔聞遺韻，綴美人間的。

所謂「國仙」，所謂「珠履之徒」，都是比較後起的新羅統一三韓以後的名號，並非早期花郎的行誼。

六

關於花郎的起源，有兩種類似而不甚完全符合的傳說，如《三國史記》說：

（真興王）三十七年春，始奉源花。初，君臣病無以知人，欲使類聚群遊，以觀其行義，然後舉而用之。遂簡美女二人，一曰南毛，一曰俊貞，聚徒三百餘人；二女爭媚相妒，俊貞引南毛於私第，強勸酒，至醉，曳而投河水以殺之，俊貞伏誅，徒人失和罷散。

其後，更取美貌男子妝飾之，名花郎以奉之，徒眾雲集，或相磨以道義，或相悅以歌樂，遊娛山水，無遠不至，因此知其人邪正，擇其善者，薦之於朝。

比較晚出的《三國遺事》中「彌勒仙花」條其記花郎之源起如此：

第二十四（代）真興王（五四〇年至五七六年在位），姓金氏，名彡麥宗，一作深麥夫，以梁大同六年庚申即位，慕伯父法興之志，一心奉佛，廣興佛寺，度人為僧尼。又天性風味，多尚神仙，擇人家娘子美豔者，捧為原花，要聚徒選士，教之以孝悌忠信，亦理國之大要也。乃取南毛娘、峧貞娘兩花，聚徒三四百人。峧貞娘嫉妒毛娘，多置酒飲毛娘，至醉潛舁去北川中，舉石埋殺之。其徒罔知去處，悲泣而散，有人知其謀者，作歌誘街巷小童唱於街，其徒聞之，尋得其屍於北川中，乃殺峧貞娘；於是，大王下令，廢原花累年。

王又念欲興邦國，須先風月道，更下令選良家男子有德行者，改為花娘（郎），始奉薛原郎為國仙，此花郎國仙之始。故豎碑於溟州，自此使人悛惡更善，上敬下順，五常六藝，三師六正，廣行於代。

此兩記載，俱說花郎之前，先有女性的「原花」。《史記》說「類聚群遊，觀其行義，然後舉而用之」；「或相磨以道義，或相悅以歌樂，遊娛山水，無遠不至。」《遺事》說：「聚徒選士，教以之孝悌忠信，亦理國之大要也。」如所說都是指述花郎這一組織的性質，為青少年的教養集團，揆諸歷史事實，要皆符合。

然而，據日本治滿鮮史的權威池內宏的研究，記為此項記載不可盡信，因為最早的花郎事蹟見於《三國史記》的列傳中者，為參加真興王二十三年從加羅之役的斯多含，而同書本紀述花郎之起源，卻繫年真興王三十七年之春，時間已經倒誤；而《三國遺事》更說「廢原花累年」以後，才下令選良家男子改為花郎，自然為時更晚，尤與事實不符。其二，《遺事》以薛原郎為花郎國仙之始，有碑豎於溟州。溟州為今西河府，既非花郎遊娛之地，而薛原郎的事蹟和溟州的碑文又均不見著錄。第三，以美豔的娘子為團體的中心，負選士與教化之役，在文化潮流與今迥異的古代社會，實為不可思議之事。至於花郎具有「擇其善者，薦之於朝」的任務，也不見有若何事實的根據，或為從膺廉故事中想像出來的蛇足，所以，池內的結論，認為原花之說，不過是由於敷粉盛飾的花郎先已存在，因此發生花郎之前還有美豔花郎的一種幻想而已。

另有從民族學方面去研究花郎的源流者，徵引《後漢書》及《三國志》的記載，有曰：

少年有築室作力者，輒以繩貫脊皮，縋以大木，歡呼為健。（《後漢書·韓傳》）

其國中有所為，及官家使築城郭，諸年少勇健者，皆鑿脊皮，以大繩貫之，又以丈許木鍤之，通日歡呼作力，不以為痛，既以勸作，且以為健。（《三國志·魏志韓傳》）

此一習俗，意義不在苦役，以為這在民族學上是一種原始的成年式，係課於青年的一種巫咒的宗教的試練。由此原始的成年集會的關係，推想到新羅花郎的源頭，雖然比較是近於科學的一種研究的門徑，但何以此種制度只在真興王時代的新羅社會裡突然出現，又此種原始成年式，又如何於事隔數世紀以後，突然以花郎的型態出現於歷史，其間推移的過程如何，到底又不可蹤跡了。

七

然而無論如何，基於現存文獻來考察：

花郎，最具新羅文化的特色。

花郎，是新羅血緣階級制度的政治社會中，教養貴族子弟，儲備國家人才的一種方法。

花郎負擔得起歷史賦予的任務，在新羅統一三韓的偉業中，具有戰士身分的輝煌業績；在文化社會中站得住領導的地位，具有類似中國士大夫階級所持有的影響群倫的力量，但是，古新羅的花郎卻更活潑，更年輕而富有朝氣。

蘇東坡的俗語入詩與詩成俗語

一

蘇東坡讀書萬卷，才氣縱橫，筆端有口，舌底瀾翻，不論什麼材料，都可以入詩，牛溲馬勃，皆是文章，只要一經他的妙手點染，立刻指瓦礫為黃金，千載以來，沒有人能夠不承認他是個絕頂的天才。

東坡寫詩，和他作文皆是一樣，純任才氣。當才氣奔放時，他即來不及雕章琢句，泉湧而出，當意欲宣洩時，也就顧不得選擇詩料的精粗，文辭的雅俗，街談巷語，盡是他的詩庫。

宋代周紫芝《竹坡詩話》，記李端叔（之儀）言：東坡曾經對他說道：「街談平語，皆可入詩，但要人鎔化耳。」另一條說：有僧明上人者，以為作詩甚難，求捷法於東坡，作兩頌與之，其二云：「衝口出常言，法度法前軌；人言非妙處，妙處在於是。」乃知作詩到平淡處，要似非力所能。

「要似非力所能」，既須極高的修養與造詣，更須充沛的生氣與才華，因為不是拼拼湊湊硬做作出來的東西，所以東坡的詩，從第一句到結束一句，即使全篇皆是敘述，然而行進輕快，生氣勃勃，好像他在毫不經意的隨口而道，其實妙辭雋句，滔滔不竭皆如他的秘訣——衝口所出的常言，但卻那麼富有機智，饒有韻味。東坡詩中常見活用現成的俗語，靈機閃爍間，脫胎換骨，可以表現出無上的妙諦，不是安在他那種行雲流水的才調中，就不能將俚俗鎔化為風雅。有人批評蘇詩粗率，缺乏含蓄，是他的短處；但如我們欣賞天上的行雲，澗中的流水，也不曾要求什麼含蓄，則他這短處，也不足為病了。

如有手段能將街談巷語，鎔化入詩，至少有兩大好處，一是這種口頭上熟悉的語言，大家容易心領神會，有接於目就愜於心的快感，所以能被各個不同時代的讀者大眾，歡喜接受；二是以大眾熟悉的語言來作詩，即是使大眾平凡的日常生活，賦予精神上的詩化和美化。即此二端，已極可貴。

二

說：

俗語入詩或詩成俗語，本非東坡獨有。陸放翁《老學庵筆記》裡，就有一條今世所道俗語，多唐以來人詩。「何人更向死前休。」韓退之詩也。「林下何曾見一人。」靈徹詩也。「長安有貧者，為瑞不宜多。」羅隱詩也。「世亂奴欺主，年衰鬼弄人。海枯終見底，人死不知心。」杜荀鶴詩也。「事間無心得。」章碣詩也。「但有路可上，更高人也行。」龔霖詩也。「忍事敵災星。」司空圖詩也。「一朝權入手，看取令行時。」朱灣詩也。「自己情雖切，它人未肯忙。」裴說詩也。「但知行好事，莫要問前程。」馮道詩也。「在家貧亦好。」戎昱詩也。

雖然如此，但是詩體主流，唐詩重華麗，宋詩主平淡，所以口語入詩，宋比唐多，而宋詩中能將街談平語，衝口而出，鎔化入詩，了無痕跡者，不得不推東坡為第一。這是才氣足以駕馭材料的天分使然，不是學習所能致之事，東坡也很自負有此氣勢，曾言：

吾文如行雲流水，初無定質，行其所當行，止其所當止。

不是他這樣的作手，如在詩裡勉強砌入街談巷語，則比堆砌典故還要糟，典故還有華麗的辭藻作掩護，赤裸裸的俗話，必使詩的面目精神，完全倒塌了。

三

茲舉東坡俗語入詩的若干例證：

一、尋醫入務，風飽水肥，軟飽黑甜

宋代蔡絛《西清詩話》——王君玉謂人曰：詩家不妨間有俗語，尤見功夫。……東坡亦有之。「避謗詩尋醫，畏病酒入務。」又云：「風來震澤帆初飽，雨入松江水漸肥。」尋醫送務，風飽水肥，皆俗語也。又南人以飲酒為軟飽，北人以晝寢為黑甜，故東坡云：「三杯軟飽後，一枕黑甜鄉。」

上舉尋醫入務一聯，為熙寧九年（一〇七六年）守密州時所作「七月五日二首」之一的首聯。其時東坡為懼他人誣謗，不敢作詩，全詩寫他長夏的無聊。尋醫入務，意謂避謗不作詩，畏病不飲酒。

二、殺風景

這是直至今日，仍然非常流行的口頭語。始見於唐代李義山《雜纂》，說：

清泉濯足、花上曬裩、背山起樓、燒琴煮鶴、對花點茶、松下喝道為殺風景。

宋代，揚州芍藥花為天下冠，故每年春天於府邸舉行萬花會，一次用花十萬餘枝，陳列廳堂，燕賞旬日。這批花，都徵自民間，胥吏借此機會敲詐勒索，老百姓疲於供應，痛苦不堪。東坡於元祐七年（一〇九二年）為揚州太守，察知弊情，立即下令禁止舉行，對於自命風雅的人來說，確是很殺風景的一條禁令，所以東坡作〈次韻林子中春日新堤書事見寄〉詩，挖苦自己道：

東都寄食似浮雲，襆被真成一宿賓。收得玉堂揮翰手，卻為淮月弄舟人。
羡君湖上齋搖碧，笑我花時甑有塵。為報年來殺風景，連江夢雨不知春。

三、舶趠風

江浙間，每年初夏，必有東南風數日，有時且有連揚旬日以上者，人謂係海外船舶禱於海神，得以乘此風而來。東坡作吳中詩，引曰：「吳中梅雨既過，颯然清風彌旬，歲歲如此，湖人謂之舶趠風，是時海舶初回，云此風自海上與船俱至云爾。」詩曰：

三旬已過黃梅雨，萬里初來舶趠風。幾處縈迴度山曲，一時清駛滿江東。
驚飄簌簌先秋葉，喚醒昏昏嗜睡翁。欲作蘭臺快哉賦，卻嫌分別問雌雄。

四、薄薄酒，勝茶湯；醜醜婦，勝空房

東坡的朋友，膠西趙明叔教授，家貧好酒，不管好壞，有酒便喝。他說：「薄薄酒，勝茶湯；醜醜婦，勝空房。」這句話，當是山東膠縣的俗諺。東坡認為話雖俚俗，卻很豁達，充分表現淡泊自適的生活精神，於是他做了〈薄薄酒〉兩章，茲錄其一：

薄薄酒，勝茶湯；粗粗布，勝無裳；醜妻惡妾勝空房。五更待漏靴滿霜，不如三伏日高睡足北窗涼。珠襦玉柙萬人相送歸北邙，不如懸鶉百結獨坐負朝陽。生前富貴，死後文章，百年瞬息萬世忙。夷齊盜跖俱亡羊，不如眼前一醉是非憂樂兩相忘。

五、貧家淨掃地，貧女好梳頭

這兩句話，顯然是人們對於貧家生活，有了非常精細的觀察，才得到的共同認知，是當時流傳的俗語。貧家，屋宇湫隘，設備簡陋，只能隨時把地面掃得乾乾淨淨，才能適於居住，光鮮觀瞻；貧女，沒有漂亮的衣服，更沒有配戴的飾物和化妝的脂粉，她只能把功夫用在梳頭上，將頭髮梳得光潔，代替一切儀容的美化。這本是無可奈何之事，東坡卻用它來形容一個聞道已晚的草茅下士，必須以拘謹得近乎笨拙的方法來進行自修，必須以最虔敬的態度來接待賓客，這是不得不然的情勢。用最合乎人情的俗語來喻解某一種世故的態度，東坡的洞達人情，即是絕大的學問。

六、千里送鵝毛

東坡在揚州，送一份當地的土產給秦少游。這份禮物包括醉鯽、醉蟹、菜、醃薑芽、鹹鴨蛋等，他說：淮南的風俗，家家都用瓶罌醃漬食物，便於儲藏，他送這些東西給他，不過千里寄鵝毛而已。

這麼瑣碎的題材，又是那麼俚俗的口語，經他妙手點染，不但活潑自然，而且雅意欲流，所以，應將這首〈揚州以土物寄少游〉全詩介紹如次：

> 鮮鯽經年秘醽醁，團臍紫蟹脂填腹，後春蓴茁活如酥。先社薑芽肥勝肉。鳥子累累何足道，點綴盤餐亦時欲。淮南風俗事瓶罌，方法相傳竟留蓄。且同千里寄鵝毛，何用孜孜飲麋鹿。

七、其它

它如〈石蒼舒醉墨堂詩〉，東坡偏從反面立論，劈頭便引用一句俗語：「人生識字憂患始，姓名粗記可以休。」又如他在新城道中山行，要描寫嶺上的白雲和樹頭的朝日，便說：「嶺上晴雲披絮帽，樹頭初日掛銅鉦。」絮帽和銅鉦，都是老百姓生活中熟悉的東西，也是他們慣作的譬喻，東坡用來，使他的詩充滿了活潑的生氣。

東坡在金山寺裡，與柳子玉喝酒，大醉，睡倒在寶覺法師的禪榻上，半夜醒來，題詩壁上，不說他自己酒量不好，卻很巧妙地運用俗語，大罵：「惡酒如惡人！」不但罵那使他酩酊的惡酒，而且把醉前醒後的感受，描寫得痛快淋漓，前人詩中，還真罕見。

惡酒如惡人，相攻劇刀箭。頹然一榻上，勝之以不戰。
詩翁（柳瑾）氣雄拔，禪老（寶覺）語清軟。我醉都不知，但覺紅綠眩。
醒時江月墮，槭槭風響變。唯有一龕鐙，二豪俱不見。

「春宵一刻值千金」這句話，不知是不是東坡以前就有的成語，而這又是他的一首名詩，七絕〈春夜〉的首句：

春宵一刻值千金，花有清香月有陰。歌管樓臺聲細細，秋千院落夜沉沉。

四

俗語入詩，固需「妙手鎔化」的功夫，而詩成俗語則更非易事，第一，詩所使用的辭句，必須非常非常地接近口語，而且人人能夠琅琅上口；第二，詩所表現的事物，必須為大眾所熟悉，與日常生活有緊密關聯的；第三，詩所傳達的意思，必須與大眾的觀念能夠協調，能夠獲得同情或認同，否則，即不能為同時代人所接受，更不能流傳久遠，成為世世代代、流傳眾口的俗語。換句話說，雕琢華麗的詞藻，可以受文人雅士吟詠欣賞，但一般人卻不解其中奧妙；意境空靈綿邈的詩歌，在文學藝術的評價上也許有很崇高的地位，但與一般人的生活理念無關，他們沒有接受的能力，唯有「衝口而出的常言」，靈光一現，不但可以成為好詩，而且可以使它成為後世代代相傳，活在眾人嘴上的俗語。

蘇東坡詩，具有最善描寫日常生活的特色，因為他是一個腳踏實地的詩人，與一般常人一同歡喜，一同悲戚，感情息息相通，所以，他的詩句，能夠成為一般讀者口頭常誦的言語。有些人即使沒有讀過蘇東坡的詩，甚至很多時候並不知道某句話是出於這個宋代大詩人的，也一樣跟著說起來，逐漸成為流傳千載的俗語。

如前所說，唐人詩也有眾口流傳成為俗語的，但是東坡這類智慧的火花，卻特別絢爛，在他的詩集中，燦若繁星。茲舉若干例證如次：

一、西子湖

杭州西湖，在唐時，名稱並不統一。一稱金牛湖，因為傳說湖中曾有金牛見瑞；又稱明聖湖，根據的是《水經注》；又稱石涵湖，那是因為白樂天在湖上築石涵泄水之故。宋初天禧朝（一〇一七—一〇二一年），曾以此湖為皇家御用的放生池，所以又稱放生湖；吳越王建國時期，因為湖在府治之西，才稱「西湖」。

但是，自從東坡寫道〈飲湖上初晴後雨〉詩，將西湖比做西子（施）後，人們幾乎不再記憶西湖前有金牛、明聖、石涵等等名號，只要是粗通文墨的人，提筆寫到此湖時，便會毫不經意地寫下「西子湖」三字，當作這個名湖的褒美之辭來用。

東坡的原詩，也確是千年來，歌頌西湖不下萬篇的詩歌中，最善褒美西湖的詩篇，雖然只有寥寥二十八個字。

水光瀲灩晴方好，山色空濛雨亦奇；欲把西湖比西子，淡妝濃抹總相宜。

二、故鄉無此好湖山

旅人遊覽異地，潛意識裡，常會將眼前的風光拿來與家鄉的景色比較，人是戀舊的，更易促進這種心理活動。東坡出生四川眉山，那是土質肥沃的一大平原，揚子江支流別名玻　江者，行經縣城，江岸栽列桃花和楊柳，城裡還有很多池塘，盛產蓮花，街道寬闊，青石鋪路，非常寧靜和清潔，如此明媚的小城風光，是向來被人稱作「小桃源」的好地方。但東坡一到杭州，看了西湖，卻情不自禁地贊道：「故鄉無此好湖山。」從此，這句詩成了旅人的口頭成語，要讚美異地風光時，大家習慣用這句話，甚至並不知道最初說這句話的是蘇東坡。原詩題作〈望湖樓醉書五首〉之一：

未成小隱聊中隱，可得長閑勝暫閑。我本無家更安往，故鄉無此好湖山。

三、非人磨墨墨磨人

東坡愛墨成癖，徐州的同僚舒煥教授要求觀看他的藏墨，兩人因此互相作起詩來，東坡〈次韻答舒教授觀余所藏墨〉詩，其中說：

……我生百事不掛眼，時人謬說云工此。世間有癖念誰無，傾身障簏尤堪鄙。人生當著幾兩屐，定心肯為微物起。此墨足交三十年，但恐風霜侵髮齒。非人磨墨墨磨人，瓶應未罄罍先恥。

「非人磨墨墨磨人！」這是千古書生的慨嘆。

四、無官一身輕，有子萬事足

東坡謫竄海南，得到家書，欣聞其弟子由得了第四個孫子斗老，老懷大喜，作詩寄賀子由，中言：

……朋來四男子，大壯泰臨復；開書喜見面，未飲春生腹。無官一身輕，有子萬事足。舉家傳吉夢，殊相驚凡目。……

當時，老兄弟都在貶謫中，故曰：「無官一身輕。」

五、勝固欣然，敗亦可喜

這兩句話，現在流行很廣，成了描寫體育、技藝、遊戲等一切比賽參與者的風範，與英國提倡的運動精神——公平競爭，形成表裡一致的最佳競賽原則，語出東坡的〈觀棋〉詩。

東坡平生三大遺憾，是不會彈琴、喝酒和下棋。當他謫居海南時，長日無聊，儋守張中常來陪他兒子蘇叔黨下棋，不會的老人，只得坐在一旁觀看，竟日不以為厭，心裡則在默默回憶若千年前，獨遊廬山白鶴觀的舊事，當時觀中闃無一人，唯聞棋聲丁東，出於戶內，非常羨慕這種寧靜的境界，也曾起意學棋，勞生草草，終於沒有學成。現在雖然還是旁觀棋局，詩言：

……不聞人聲，時聞落子，紋枰坐對，誰究此味？空鉤意釣，豈在魴鯉？

小兒邁道，剝琢信指，勝固欣然，敗亦可喜。優哉游哉，聊復爾耳！

東坡老人雖然不會下棋，但幾人能識棋中真趣有如老人者？

六、不識廬山真面目

這句話，千年來流行於每個人的口頭上，甚至不甚識字的半文盲也會說這句成語。其實，出於東坡遊廬山，〈題西林壁〉詩。

東坡遊廬山，一路觀察山景，峰巒重疊，綿延百里，同是這一座山，每因距離遠近，形勢向背，看來各有不同，而每面山高低起伏，姿態互異，變化更是無窮，東坡於此得了一大體認，憑我們感官上一時一地的見知覺聞，並不足以認識事物的「真相」，此蓋由於中間受著個人主觀的蔽錮，猶如因你站立的方位與我不同，則我們兩人所見也就相異了，世人每因不明白這一層道理，自己認識不足，但卻各自堅持己見，人間因此發生無窮的衝突，造成一切的苦腦與災禍。

東坡這首二十八字的小詩，卻率直打破了這種認識論上的弱點，雖然，一般人使用這句話，並不完全懂得東坡的原意，但其流行，亦可照見世人在事物認識上常多歧異的煩惱。原詩是：

> 橫看成嶺側成峰，遠近高低各不同；
> 不識廬山真面目，只緣身在此山中。

七、無肉令人瘦，無竹令人俗

愛竹的東坡，有一首家喻戶曉的名詩，題為〈於潛僧綠筠軒〉，大約是遊浙西天目山某寺院時所作。

> 可使食無肉，不可居無竹。無肉令人瘦，無竹令人俗。人瘦尚可肥，俗士不可醫。旁人笑此言，似高還似癡。若對此君仍大嚼，世間哪有揚州鶴。

常見老一輩的人，看到餐桌上沒有肉時，便會對太太咕噥起來：「無肉令人瘦，無竹令人俗。」現在人家，生活水準不比從前，吃肉已是常事，所以也不大聽見這句話了。然而，名勝地方，凡有竹子築造的建物，還經常被題作「此君軒」、「此君閣」之類的。

八、其它

當人生小病的時候，常會對他的朋友說：「因病得閒殊不惡，安心是藥更無方。」此言出於東坡〈病中游祖塔院〉詩。

「讀書萬卷始通神」這句話，幾乎是評論書法、繪畫常用的尺度，其實是東坡的外甥求他寫字時，給他們的啟迪，出於〈柳氏二外甥求筆跡〉詩首二句：「退筆如山未足珍，讀書萬卷始通神……」

更有趣的是有人調侃臨老入花叢的朋友，常說：「休驚歲歲年年貌，且對朝朝暮暮人。」不知這是東坡取笑他那歡喜聲伎的老友陳襄所作的〈述古〉詩。

人們更常說的一句俗語，「聰明反被聰明誤」。很可能出於東坡晚年得子所作〈洗兒〉詩。其時，他因作詩惹禍，貶謫黃州，滿懷悲憤，所以詩曰：

人皆養子望聰明，我被聰明誤一生；
唯願孩兒愚且魯，無災無難到公卿。

朱自清說：「中國詩人裡，對人們日常生活影響最大的似乎是陶淵明、杜甫、蘇軾三家。」就這三家來說，我認為以蘇軾為最。

最大原因，在於宋詩的風格與晉、唐不同。宋詩主平淡，所以大部分詩作，都以比較更接近說話的語言來作詩，宋詩另一特色，是它的題材，都與日常生活有著緊密的關聯，很少脫離現實生活面的空靈之作。東坡的詩，可以當得起宋詩的代表，不但能夠廣泛地將日常生活詩化，而且使他的詩，變成日常生活中的語言，活在眾人的口上。

東坡的本錢是他能夠從心所欲使用文字，無往不利，他形容一件事物，唯妙唯肖；他抒寫某一感情，使每個時代的每個人，都能在他機智而又熱情的言辭裡照見自己，激起心理上的共鳴。

因為如此，他不但能夠靈活使用當時的俗語，鎔化入詩，天衣無縫；而且能夠使他自創的詩句，流傳於千年間眾人的口上；使他在詩句中表達的意見、表顯的感情，成為我們今日共相認同的意見和感情。

東坡的俗語入詩和詩成俗語，即此一端，已可造成他的不朽。

罨畫溪

一

詩人蘇東坡二十一歲離開家鄉，赴京應試，從此宦遊四方，「閱官如傳舍」，一直得不到定居的生活，半生奔走，至五十餘歲時，就不免有「此生終安歸？還軫天下半」的感嘆。所謂「還軫」者，不但意指「周歷諸國，遭離厄困」，而且大部分時間，他都在江淮一帶，再三再四地重複來去，實在非常煩勞和厭倦；他沒想到爾後還須擔任河北西路安撫使、知定州的職務，定州即今河北定縣，自五代時割讓燕雲十六國後，此處已是宋與大遼接壤的邊疆。東坡很早渴望致仕還鄉，過他淡泊的田園生活，更不料到晚年還有一步最大的厄運：貶謫嶺南，遠竄昌化，到這時候，非但無法自知這草草勞生，畢竟將何歸宿，而這雙勞苦的行腳，已經跑遍了天下。

東坡出生於西蜀的眉州，地屬西南極邊；出仕後，宦遊各處，東至江蘇、浙江和山東的登萊之地，皆瀕東海之濱；北至河北定州，南謫廣東惠陽，甚至遠竄南荒海外的瓊州儋耳，即今海南島，實已遍歷四方國境的邊緣，行腳豈止萬里，以這樣一個東西南北之人，見多識廣，但他倦倦不忘的地方，卻只有三處，一是他的故鄉四川眉縣；二是「故鄉無此好湖山」的杭州西湖；三是江蘇常州所屬的宜興。

宜興，古稱陽羨，本是江南魚米之鄉，舊說境內有三湖九溪，後來剩有六溪，以荊溪最負盛名。這條溪，源自蕪湖，東流至於陽羨，流入海圻，所以又稱圻溪。除此之外，它還有個很美的俗稱，叫「罨畫溪」，據《丹鉛總錄》說：畫家稱雜彩色的圖畫叫「罨畫」，荊溪西岸景色的多彩多姿，可以從這個絕美的溪名，想像得見。

東坡二十二歲，得中宋仁宗嘉祐二年（一〇五七年）榜的進士，朝廷例於開封城西鄭門外的瓊林苑，賜進士聞喜宴。席間，東坡與同榜及第的宜興人蔣之奇（穎叔），坐在一起，閒談中，之奇盛稱他故鄉風土之美，當時東坡年紀那麼輕，除出家鄉，只走過自蜀至京的一條路，從未見過江南風物，聽得非常入神，兩個熱情洋溢的青年，很興奮的約定，將來服官到相當時候，一定及早退休，同住陽羨，共樂荊溪。──這是東坡於罨畫溪，僅得耳聞，尚未親見的「初緣」，亦即後來回憶，詩言「瓊林花草聞前語，罨畫溪山指後期」的本事。

東坡第一次到宜興，親身體驗罨畫溪的風物，則是在熙寧七年（一〇七四年）的春二月間，上距在瓊林宴席上首次聽到這個地名，已經過了十七年了，當時他在杭州通判任上，因為上年夏秋間，兩浙淮南東路發生旱災，言官請求貸恤，朝廷准賜兩路賑濟米糧三萬石；至十月間，續報常潤二州歲旱民饑，朝廷再賜常潤平米各五萬石，付轉運司賑濟饑民。東坡擔當了這個放賑的任務，於六年十一月從杭州出發，經秀州、金閶、惠山而至常州城外；明（七）年過丹陽、潤州、京口而初遊宜興，放棹荊溪。

當時的杭州知州是陳襄，字述古，福建侯官人，仕歷上是東坡的前輩，現在杭州共事，暇日詩酒唱和，交好有如昆弟。東坡再入宜興，頓覺眼前風光，不比尋常，清明照眼，精神為之一振，深深感到胸襟忽然開朗，情不自禁地在船頭嚷道：「一入荊溪，便覺意思豁然！」東坡對這地方，一見傾心，終身不忘，真可以說是有非常的緣分。

當時，他作〈常潤道中有懷錢塘、寄述古五首〉，抒寫旅行途程中的感懷，最後一首就是寫宜興的荊溪。

> 惠泉山下土如濡，陽羨溪頭米勝珠。賣劍買牛吾欲老，殺雞為黍子來無。

地偏不信容高蓋，俗儉真堪著腐儒。莫怪江南苦留滯，經營身計一生迂。

這是宜興給東坡的第一印象，也是東坡對罨畫溪醇美的風土，所作第一次的歌頌。荊溪兩岸，林木翳茂，山色溪光，明媚照人，都是詩人最好的題材。惠山細膩的黏土，常州晶瑩的大米，皆是江南第一的特產，尤其民風敦柔樸厚，生活儉約，更適合做一個退休的儒臣，在此度其謐靜的農莊生活的理想。東坡這一年，只有三十九歲，本來還談不到退休的問題，但他實在太愛好這個江南小城了，詩人通常又有太多遙遠的想像，所以這時候便在罨畫溪的船上，披拂著早春三月柔鬆的暖風，馳騁著他那「賣劍買牛」的理想，不但打算終老是鄉，而且還希望時任杭州太守的老朋友，會來宜興看他，將在那個理想的農莊裡，殺雞餉客。——一剎間，已在詩人心裡，描繪出一幅罨畫溪上田園生活的美景。

這位人稱古靈先生的陳太守，讀了東坡所寄「常潤道中」那五首詩，還作〈和子瞻沼牒京口憶西湖出遊見寄〉詩，卻坦然戳破東坡的幻想，極饒興趣。詩曰：

春陰漠漠燕飛飛，可惜春光與子違。半嶺煙霞紅旆入，滿湖風月畫船歸。

繚笙一闋人何在，遼鶴重來事已非。猶憶去年題別處，鳥啼花落客沾衣。

自此再過十年，至神宗元豐七年（一〇八四年），東坡已經身歷御史臺「詩獄」的鍛鍊，逃過九死一生的危難，又被貶謫黃州，在那荒僻落後的江城裡廢放了將近五年，這才蒙恩量移汝州，重歸江南。

途經金陵，在這石頭城裡，會見了歸隱後的王安石，安石鼓勵他重寫三國史，並且勸他不妨在金陵買點田地，尋所住宅，要把生活安定了，才能讀書治學。東坡詩「勸我試求三畝宅，從公已覺十年遲」即是指此。

東坡此時，早就絕意仕進，在黃州時已先託人到處求田，預備做個黃州老農以終老了，如自往沙湖看田，楊繪為他介紹定襄胡家田，陳慥為他接洽荊南頭湖的莊田等等，皆有文獻見其本集；事俱未成，而人則奉詔調赴汝州，便此作罷。到了金陵，王安石再加鼓勵，東坡接受安石的勸說，又從金陵開始求田問舍，雖有很多朋友幫忙，自金陵尋到儀真，尋到京口，都無遇合，東坡非常失望，有段記事說：

吾無求於世矣，所須二頃田，以足饘粥耳。而所至訪詢，終不可得，豈吾道之艱，無適而可耶？抑人生自有定分，雖一飽亦如功名富貴，不可輕得也。（東坡題跋）

幸而他那個現任江淮荊浙發運副使的同年蔣之奇，開府儀真，聽到東坡求田未成的消息，便寫信寄詩給他，自告奮勇，要為他介紹買宜興的莊田，書中重提瓊林宴上的舊話，鼓勵他踐此宿約。東坡感懷身世，不免對他少時的同年朋友，流露了流落天涯的哀傷。作〈次韻蔣穎叔〉，是一首悲涼的詩作。

月明驚鵲未安枝，一棹飄然影自隨。江上秋風無限浪，枕中春夢不多時。
瓊林花草聞前語，罨畫溪山指後期。豈敢便為雞黍約，玉堂金殿要論思。

東坡自己，已經淪落江湖，只想息影江南，過他清貧閒散的詩人生活，而之奇政治前途無量，身分有別，怎麼能夠重提當年的舊約呢。——這是東坡失路的悲哀。

蔣之奇畢竟是宜興土著，終於替他找到了宜興曹姓的一片莊田，雖在距城五十五里的深山中，但每年可有八百石穀子的收成，足夠蘇氏全家淡泊的生活了。

東坡在京口得訊，立即趕回來看田。九月中抵宜興，由當時的縣令李去盈代他借到通真觀旁邊的郭知訓提舉宅暫寓，東坡邀了一個單姓秀才（可能是同年單錫的家人）陪同，親往黃土村田上去步量。

地主曹家，酒食招待這位買主。並且告訴東坡，喝的這種自釀的土酒，名叫「紅友」。東坡很有感觸，笑道：「此人知有紅友，不知有黃封，真快活人也。」宮廷內庫法酒，例用黃色羅紗封羃，故稱黃封酒。東坡之意顯然，充分流露他對政治生涯的厭倦。

東坡終於買定了宜興黃土村的這塊田地，不料日後為他招惹了不少麻煩。曹姓業主賣田後，卻耍詐賴，拒不交產，反而誣告蘇家仗勢侵占。其時，東坡已經復官京師，就移牒本路轉運使，請求秉公處斷。

事經地方政府查實，曹姓賣主也招認了確是「非理昏賴」，產權斷歸蘇家時，東坡說「憨見小人無知，意在得財」而已，不願與他們計較，仍許曹姓照原價收贖，哪知這曹姓本意只在詐賴，產價早已花光，無力贖田，這塊田產被拖賴了七、八年，這才收歸蘇家所有，此後蘇氏子孫，寓居宜興，就是為了要依此田產為生之故。

這樣一件簡單的事情，絕想不到既被曹姓業主詐賴於前，至元祐八年（一〇九三年），又被御史黃慶基誣為蘇軾侵奪民田的罪狀，無往而不被誣罔，真是昏天黑地的世界。

東坡本是農家子弟，自以為甚善種樹，他在黃州墾闢東坡時，老友李常居官安徽霍山，特地送他一批柑橘樹苗，使他想起《楚辭》〈橘頌〉所寫「青黃雜糅，文章爛兮」的美景，要將它種在屋畔籬間。

現在他已離開了黃州，便想將這一癖嗜在宜興實現。十月初二，他在宜興舟中寫了一幅〈楚頌帖〉，就是要將黃州種橘未能完成的理想，到荊溪邊買個小園來實現，這是重拾起來的一個舊夢而已，並未能夠成為事實，雖然說是一個舊夢，但東坡之預備終老於罨畫溪上的心願，是很誠摯的。

〈楚頌〉第一段，實是歌頌荊溪，如言：

> 吾來陽羨，船入荊溪，意思豁然，如愜平生之欲，殆是前緣。王逸少云：

> 我卒當以樂死，殆非虛語。

第二段，才說種橘，他的理想是：宜興在太湖上，很容易種植柑橘，他想買個小園子，種柑橘樹三百棵。屈原曾作〈橘頌〉，所以，吾園若成，就該建一亭子，名為「楚頌」。

東坡寫這〈楚頌帖〉時，已在舟中，一、二日間，他即離開宜興，十月初六回到了京口，又渡江到揚州去了。

東坡這次在宜興，雖然寓居的時間較久，只為買田，不會購置住屋的。因為朝廷給他量移的謫所是河南臨汝。這時候他還沒有上表乞求在常州居住，人到河南去，就不可能在常州購屋。宜興有田則已見〈乞常州居住狀〉，如謂：「臣先有薄田在常州宜興縣，粗給饘粥，欲望聖慈特許於常州居住……」可證。

至於東坡買宅焚券的故事，最初所見著錄，則為與東坡幾為同時代的常州人費袞所作的《梁溪漫志》，宋代方岳作《深雪偶談》，所述亦大致相同。後代筆論家轉輾傳鈔，不外出於費、方二書，可以不論。費袞所記，最為詳細，如言：

建中靖國元年（一一〇一年），東坡自儋北歸，卜居陽羨。陽羨士大夫猶畏而不敢與之遊，獨士人邵民瞻從學於坡，坡亦喜其人，時時相與杖策過長橋，訪山水為樂。邵為坡買一宅，為錢五百緡，坡傾囊僅能償之，卜吉入新第，既得日矣，夜與邵步月，偶至一村落，聞婦人哭聲極哀，坡徙倚聽之，曰：「異哉，何其悲也？豈有大難割之愛觸於其心歟？吾將問之。」遂與邵推扉而入。

則一老嫗，見坡泣自若，坡問嫗：「何為悲傷至是？」嫗曰：「吾家有一居，相傳百年，保守不敢動，以至於我。而吾子不肖，遂舉以售諸人，吾今日遷徙來此，百年舊居，一旦訣別，寧不痛心？此余之所以泣也。」

坡亦為之愴然，問其故居所在，則坡以五百緡所買得者也。坡因再三慰撫，徐謂之曰：「嫗之舊居，乃吾所售也，不必深悲，今當的是屋還嫗。」即命取屋券對嫗焚之；呼其子，命翌日迎母還舊第，竟不索其值。

坡自是遂還毗陵，不復買宅，而借顧塘橋孫氏居暫憩焉。是歲七月，坡竟歿於借居。前輩所為類如此，而世多不知，獨吾州傳其事云。

蘇東坡有個習慣，不論芝麻綠豆般的小事或一時的感想，都喜歡捉筆為記，獨於此事，則不著一言，蓋為善不欲人知，普通人皆所遵行的操守，何況東坡，不足為怪。

東坡第一次到宜興，只為買田，他要到京口會晤老友滕元發，經滕的建議，才定策向朝廷乞居常州，至十月十九日在揚州才正式拜表請求，朝廷能否答應也還不知，所以九月在宜興是不會買屋的。至翌年（元豐八年）二月，東坡在南都，奉到朝廷告下，准予常州居住後，給滕元發信中確有「聖主許此安置，築室荊溪」的話，在宜興買屋居家的打算，必是第二次回來的時候，亦即元豐八年（一〇八五年）六月間的事。

東坡於元豐八年五月二十二日，從揚州回常州貶所，進上謝表；六月初，再歸宜興，以為從此可以得償十年前的宿願，安居在這個山土如濡，白米勝珠的荊溪勝地了。非常愉悅地寫下一闋節奏輕快的〈菩薩蠻〉詞：

> 買田陽羨吾將老，從來只為溪山好。來往一虛舟，聊隨物外遊。有書仍懶著，水調歌歸去。筋力不辭詩，要須風雨時。

東坡買屋，不過白白丟了五百緡錢，買了一個心安而已，而且自此終其一生，再也沒有一棟自產的住宅。不但如此，他最欣幸的退居陽羨的計畫，本已成功，只要把寄寓儀真的家眷接來，租借一個屋子也就可以了，不料神宗皇帝三月薨逝，太皇太后高氏垂簾聽政，司馬光作相，就在這同一個月內，朝廷告下，他已復官朝奉郎，起知登州軍州事，不得不與荊溪忍痛告別。罨畫溪畔田園生活的美夢，突然破滅無餘了。東坡臨別時，有懷荊溪，作〈蝶戀花〉詞：

雲水縈迴溪上路，疊疊青山，環繞溪東注。月白沙汀翹宿鷺。更無一點塵來處。　溪叟相看私自語。底事區區，苦要為官去。樽酒不空田百畝。歸來分得閑中趣。

東坡與宜興荊溪的緣分，僅止於此，十年宿緣，只得一月勾留，如說是溪山不幸，實在不如說是詩人福薄。

費衮所記東坡買屋焚券事，最大的錯誤是把時間裝倒了，始則曰：「建中靖國元年，東坡自儋北歸，卜居陽羨。」末曰：「坡自是遂還毗陵（常州），不復買宅，而借顧塘橋孫氏居暫憩焉。」這是說東坡宜興買屋焚券，是在他從海南放歸至在常州顧塘橋孫宅病逝前的事，其實不確。

東坡北歸，於建中靖國元年（一一〇一年）五月間，舟行至金陵（南京），六月一日與米芾遇於儀真，同遊西山，夜話舟中。其時江南大旱，酷熱不堪，東坡久處舟中，白天日曬篷頂，夜則水上熱氣蒸騰，船上的人如被置於蒸籠中蒸烤一樣，老人不能耐熱，入夜就露天坐在船上，又喝冷飲過度，不覺作賤身體。一天半夜裡，突然暴瀉，次日便覺疲憊不堪；東坡自己說是「海外瘴毒大作，禁下不止」。從此在船上困病不起，六月十二日渡江過潤州（鎮江），至京口，十五日才到常州，至奔牛埭，東坡的病勢已很沉重，朋友們為他借了顧塘橋孫宅暫寓，他在那裡和痢疾搏鬥了一個多月，始終不能離開床榻，後來熱毒轉甚，而且氣寖上逆，不安枕席，至七月二十五日疾革，二十八日逝世了。

這段時間裡，和米芾、錢世雄諸人的簡札均在，行程日期，歷歷可按，東坡病倒在常州，根本到不了宜興，遑論與邵民瞻月下散步於村落間。所以，東坡買屋焚券，如果確有其事，唯一可能是在元豐八年（一〇八五年）六月間第二次到宜興時的事情，儋耳北歸，他已無緣重見罨畫溪了。

附注

蘇東坡卜居陽羨的宿願，功敗垂成，緣慳一線，隱隱中影響他後半生絕大的變化，讀其〈蝶戀花〉詞：「溪叟相看私自語，底事區區苦要為官去。」深為憮然。讀九月七日本刊蔭祥先生作蘇東坡在宜興，全文取材以地方誌為主。老書所記，後人景慕先賢，不免有流傳附會之說，如永定海棠一節，說東坡北歸宜興，為邵民瞻從四川家鄉寄來西府海棠相贈，親手種植云云，絕無可能，所引東坡海棠詩，亦為貶謫黃州，初到時所作，詩題：「寓寄定惠院之東，雜花滿山，有海棠一株，土人不知貴也。」從可知矣。詩謂：

> 陋邦何處得此花，無乃好事移西蜀。寸根千里不易到，銜子飛來定鴻鵠。

蓋以黃州海棠暗喻自己的命運，寄其天涯流落的感傷而已。

至於說某地有東坡書院，可能是後人的創建，東坡實未做過常州太守，更沒有在常州或任何地方講過學（只做過哲宗皇帝的侍讀）。

筆者平生未曾去過宜興，但卻對於荊溪俗稱罨畫溪這個水名，無緣無故地非常歡喜，所以用來作這篇小文的題目。

宋人與茶

一

以茶為飲料，認為飲茶於解渴外，別為生活中的一種情趣，一種享受，原是中國人所特有的「生活藝術」。自宋以來，開始普遍流行，歷史在千年以上；不但為講究生活享受的貴族和士大夫們所嗜癖，而且普及市井，與柴米油鹽同屬於家庭的「開門七件事」之一。飲茶，已是任何人日常生活的一部分，在飲食文化中的地位，遠較喝酒重要。

飲茶之所以如此廣泛地深入民間，因為這本是中國人恬淡和平的精神生活中，自然發生的嗜好，植根於中國人寬容開朗的性格，善於欣賞生活，以及凡事都能靜觀自得的那份從容與瀟灑。中國人只要能夠偷得浮生片刻的閒暇，隨便一坐，泡杯清茶，便能把自己從憂煩勞苦的塵網中，解脫出來，神遊於現實之外，從裊裊茶煙中，尋取精神上的滿足，心靈裡的寬容。

此與西方人的飲用咖啡，恰成強烈的對照，風味完全不同。咖啡色香濃烈，使人興奮，它是「生活」這部機器，高速轉動中間的偶一停頓，功與在機器中添注幾滴潤滑油無異。他們匆匆喝完咖啡，似乎立刻就要趕回崗位上去，忙他們永無休止的工作。咖啡也確具刺激作用，充滿進取與熱情的性格，所可惜的，它不幫助你忘卻營營的現實，它不能使你暫時放開一切，獲得真正休息的感受。你無法借它找回煩忙中失落了的自己，與充分自我欣賞的飲茶風味，完全不同。

二

茶在中國的起源，相當古老，《詩經》裡面就已經有「誰謂茶苦，其甘如薺」的話。「茶」，即後來的「茶」字，可見遠在周代，就有人食用這種植物。但如說以茶為正式的飲料，則正史上最早的記載，卻要遲至三國時代，《三國志·吳志·韋曜傳》裡，有個「以茶代酒」的故事。

吳主孫皓宴客，排場很大，一席既張，往往從早到晚，整日吃喝。這主人有個古怪的規矩，座客不論有無酒量，每人至少須喝完七升老酒。韋曜素不善飲，初被寵召，不敢違令，硬著脖子灌，結果醉壞了身體，害了一場大病，自後吳主特別加恩，但凡韋曜入席，准「賜茶荈代酒」。

這大約是茶入正史的第一次。其後，晉代才子杜方叔（育）雖然也曾作賦詠茶，但當時作為日常飲料來看，還不十分普遍。唐代中葉，雖然出了一個「別無他嗜，獨好飲茶」的隱士陸羽，手著《茶經》三篇行世，大大有名，然而，唐人還不真正懂得喝茶。《東坡志林》卷十：

唐人煎茶用薑，故薛能詩云：鹽損添常戒，薑宜煮更誇。據此則又有用鹽者矣。……

煎茶放薑，已經可笑，而唐人不但放薑，還要下鹽，五味雜陳，簡直荒謬得不能想像。

唐人不解茶味，但好飲酒，且看唐詩中獨多詠酒之作，甚少贊茶之詩，可以為證，而真正欣賞茶味，則自宋人開始。

唐宋人在飲料生活上，如此各有偏嗜，基本原因，在於唐宋人對人生的態度，各不相同，因此影響到生活文化各方面的表現，都有顯著的差異，不僅茶酒一端而已。

日本漢學家吉川幸次郎比較唐、宋詩不同的性質，以為唐詩似酒，宋詩如茶。

唐詩善於捕捉人生瞬間的感受，一任瞬間的感情飛躍奔放，盡情激盪，所以，唐詩是酒，使人興奮。不過，任何興奮，為時一定短促，最多只在十二個時辰中作用而已，熱情既過，不免感覺空虛，流於感傷。宋人把人生看得較為深遠，他們努力保持本身心境的平靜，不為一時的感情所衝動，所以能夠縱觀今古，橫絕八荒，故宋詩如茶，它沒有酒的興奮，卻富有哲學悠遠的意境，令人對於人生，常懷一份恬淡平靜的喜悅。

唐宋文化的不同，不僅表現在詩歌上，酒或茶的嗜好上，其他方面，亦莫不皆然。譬如瓷器，唐人珍視華麗的三彩，宋窯則以純色的青瓷白瓷為尚。建築和庭園設計亦復不同，朱熹說：唐朝的殿庭，盛栽花柳。所以杜甫〈紫宸殿退朝口號〉詩曰：「香飄合殿春風轉，花覆千官淑景移。」一派富貴豪華的景象，而宋朝的殿庭，卻只種槐、楸兩種樹木。（《朱子語類》）

所以宋詩貴平淡，宋瓷尚樸素，宋代殿堂前高大的槐、楸，只有一種鬱鬱蒼蒼的氣勢，而飲茶的藝術，也只盛於趙宋。一甌淺碧，清香微度，人們借此品啜，享受閒暇，超脫塵俗，雖然不過是飲食生活中嗜愛之徵的一端，卻與一代文明的風格，是完全一致的。

三

宋代的茶，以福建所產最負盛名。經營福建植茶事業的先驅，當推後為真宗朝宰相的丁謂。他於淳化三年（九九二年）為福建路採訪，因為上茶鹽利害書，朝廷就派他為福建路轉運使，主要任務就在推廣茶業，由他製出最精品的「龍鳳團」茶餅來。當時龍鳳團年產量僅有四十餅，只夠進貢宮廷御用，皇族以外是不敢妄想嘗味的。

至慶曆朝（一〇四一－一〇四八年），蔡襄（君謨）繼任福建漕帥，他更大力提倡，推廣種植，另創一種「小團茶」，品質更較龍鳳團茶為精。歐陽修《歸田錄》裡，有很詳細的記述：

> 茶之品，莫貴於龍鳳，謂之團茶，凡八餅重一斤。慶曆中蔡君謨為福建路轉運使，始造小片龍茶以進，其品純精，謂之小團，凡廿餅重一斤，其價值金二兩。然金可有、而茶不可得，每因南郊致齋，中書、樞密院各賜一餅，四人分之。宮人往往鏤金花於其上，蓋其貴重如此。

丁晉公所製的「龍鳳團」，固然只貢皇帝御用，而蔡君謨所造「小團」，雖然已有市價，但「金可有、而茶不可得」，顯然還是有價無市的稀珍，只有王公近臣，才有資格等待皇帝的恩賞。

此後，植茶事業不斷推廣，茶品益精。元豐年間（一〇七八－一〇八五年），神宗有旨下建州（福建）造「密雲龍」，品質又超越小龍團而上，每年進貢的數量，已達三等十有二綱，四萬九千餘銙。

自從皇家以至達官貴人，如此矜尚茶味，蔚為高級社會的時髦風尚，於是精品名茶，終於成了宋代市場上的高級商品。宋人《南窗紀談》：

> 今建州製造，日新月異，其品之精絕者，一餅值四十千。蓋一時所尚，故豪貴競市以相誇。

當時市上名茶，不但價值昂貴，而且仍然供不應求，所以產生假貨，東坡詩有「團鳳與葵花，碔砆雜魚目」的話，顯然是豪門競購的結果，便出現魚目混珠的贋物。

這時候，精品茶雖然還是非常難得的珍品，不過中下等茶，卻已大量增產，福建、四川等地的鹽、茶兩稅，在北宋財政收益中已居重要的地位。上有好者，下必甚焉，茶之終於成為國人普遍的嗜好，卻也自宋開始。

四

任何事物，當其流行之初，有人提倡，也必有人反對。對於「茶」這種飲料，持反對意見的，可以唐朝做「右補闕」的毋景為代表，他作〈茶飲敘〉，認為飲茶有礙衛生，揭櫫的口號是：「釋滯消壅，一日之利暫佳；瘠氣侵精，終身之累則大。」（《大唐新語》）

根據漢醫的營養觀念，認為茶性刻削，消損精力和元氣，不可常飲。至蘇東坡，他以為「除煩去膩，世固不可無茶」。然而茶性銷陽納陰，益不償損，也是不爭的事實。因此，他提出了一個對策：可於餐後，用中下等的濃茶漱口，一可祛除留在口腔裡的油膩，二可脫除齒縫間的肉屑，保持牙齒的堅密，既然只是漱口，並不嚥下肚去，即可避免茶性的消損。至於上品茶呢，本來不能常喝，「數日一吸，不足為害」。（趙令時《侯鯖錄》）——愛茶的養生家認為非常合理。

當時的大學者們，不但研究茶對身體的影響，時亦討論茶的倫理性質，他們對於這種新的飲料，興趣之高，態度之迂，都很可笑，如前揭《侯鯖錄》記東坡與司馬溫公論茶墨一節，即是一例。

茶和墨，同為書齋生活中的密友，一日，司馬溫公忽然想到案頭這兩樣東西，性質恰巧相反，覺得頗饒趣味，和東坡閒聊間，便說：「茶與墨，正相反。茶欲白，墨欲黑；茶欲重，墨欲輕；茶欲新，墨欲陳。」好辯的蘇軾答道：「二物之質，誠如公言，然而亦有同者。」

「謂何？」

「奇茶妙墨皆香，是其德同也；皆堅，是其性同也；譬如賢士君子，妍醜黔皙雖有不同，但其德操韞藏，實無以異。」

——司馬光笑以為然。

另一有趣的巧合。神宗熙寧年間（一〇六八—一〇七七年），政治上兩派對立的代表人物，竟是一則嗜茶，一則完全不解茶味。歐陽修、司馬光、文彥博、蘇軾這些保守派人物，大抵都很欣賞「點茶風味」，而主張變法的王安石，卻實在不解茗飲。

《宋人傳》說：嘉祐四年間（一〇五九年），安石至京師任官，曾訪蔡襄，蔡是創製小龍團、提倡飲茶的名家。安石當時，官位雖不顯達，但已名高一時，受人尊敬，平常他又不大喜歡干謁權貴，所以蔡襄十分重視這位來賓，特地揀出自己十分珍藏的絕品茶來，親自洗滌茗器，點茶待客。

賓主坐定，家童送上茶來。安石伸手在衣服夾袋中掏摸半晌，取出一包「消風散」來，全部倒入熱騰騰的茶盞裡面，沖合起來。蔡襄看得大驚失色，目瞪口呆，安石啜一大口，從從容容讚道：「大好茶味！」

五

說到蔡襄，我以為他比陸羽更有資格做茶業的祖師爺。陸鴻漸不過嗜好飲茶，研究茶道而已，蔡君謨則是實地從事改良品種、推廣生產的植茶事業家，宋代建茶之名重天下，蔡襄之力為多，他也因而成為此道中的權威，據說：當時論茶者，沒人敢在蔡襄面前發言，班門弄斧，人人都有這個顧忌。如說陸羽著有

《茶經》三卷，即蔡襄也撰有《茶錄》傳世，並為名作。不但如此，蔡襄還是古往今來獨一無二的辨味茶品的能手。宋代彭乘《墨客揮犀》傳述兩個故事。

一是某人藏有名貴的小團茶，專誠邀請蔡襄品嘗。坐間，另外來了一位不速之客，於是家童送上三盞茶來。君謨喝了一口，細細辨味，坦白說道：「此茶，並不純是小團，恐怕中間還摻雜有大團茶。」主人大驚，立刻把司茶的童僕召來面詰，童答：「本來只碾造得二人份的茶，臨時添了一客，碾造不及，便摻了一點大團在內。」所謂碾造，想見宋人飲茶與今不同，先將茶葉碾成粉末，然後泡水飲用。據現代營養學的研究，這樣喝法，最能保持茶葉中的維他命C，有益健康。

另一故事，發生在蔡襄還在福建任中時，建安能仁院後山石縫間，長出幾株茶來，寺僧採造，得茶八餅，號「石岩白」。當即送與蔡襄四餅，餘四餅悄悄派人選往京師，贈與時翰林學士的王珪（禹玉）。年餘以後，君謨還朝，往訪禹玉，禹玉命他家子弟揀選最上品茶來接待這位鼎鼎大名的行家。君謨捧甌略嘗便說：「奇怪，此茶極似能仁院的石岩白。公從何得來？」主人不信，索茶帖驗看，果然一點不錯。

單憑此一舌上功夫，我想，這位以造洛陽橋而名滿民間的蔡狀元，比陸羽更有資格擔當茶業祖師。

六

熙寧五年（一〇七二年）蘇東坡以杭州簽判主持州試，既被封閉入闈，無間晝夜地評讀考卷，實在非常厭倦，他便起來烹茶自娛，作〈試院煎茶〉詩，詳述烹茶的方法和飲茶的享受：

蟹眼已過魚眼生，颼颼欲作松風鳴。蒙茸出磨細珠落，眩轉繞甌飛雪輕。銀瓶瀉湯夸第二，未識古人煎水意。君不見，昔時李生好客手自煎，貴從活火發新泉。
又不見，今時潞公煎茶學西蜀，定州花瓷琢紅玉。我今貧病長苦飢，分無玉碗捧蛾眉。
且學公家作茗飲，磚爐石銚行相隨。不用撐腸拄腹文字五千卷，但願一甌常及睡足日高時。

我們不妨根據這首詩篇，作個遙遠的想像。

有那麼一個風和日麗的春秋佳日，邀約二三友好，出郊閒行。童子負爐攜銚，尋一林間溪畔的勝處，砌磚置爐，燒炭為火，就地汲取活水源頭的清泉，注入銚中，先用文火慢慢燒水，一面取出精琢的石碾來，將翠綠的茶餅放入碾船裡細細研磨，一面靜聽壺中水沸的聲音。

水有三沸，初發，水泡僅如蟹眼一樣微細，過一會兒，沸聲漸響，如風動簧管，漕漕低吟，至此，壺中水面，泡已大如魚眼，是為一沸。到這時候，應將炭火扇旺，使鮮紅的火焰不斷躍起，是謂「活火」，活火急烹，壺水便四向騰湧，散如滾珠，沸聲益發激越清澈，是謂二沸。二沸是泡茶的最佳火候，過此則稱三沸，壺水騰波鼓浪，湯已太老了。

碾好的蒙茸新綠，放入茶甌，靜待水至二沸，立即取以沖泡，則茶在甌中，翠屑眩轉，清香四溢，然後席地品味，塵俗頓消，東坡〈寄周安孺茶〉詩所謂：「乳甌十分滿，人世真局促。意爽飄欲仙，頭輕快如沐……」那種一時脫卻世俗重擔的輕鬆，任何一個勞生碌碌的人，誰不希冀有此一快。

此僅野遊煮茗的一種方式，倘屬富貴人家，則別有境界，如文潞公（彥博）家，飲器用名貴的定窯花瓷，侍茶的是豔麗如花的姬妾，不過這種「玉碗捧蛾眉」的福氣，不是我們常人所能想望的，所以不說也罷。像東坡鎖在試院裡當差，能於勞倦極時，率然放開一切，跑到院子裡去汲水煎茶，他的願望非常卑微，只望能睡個好覺，起來喝杯好茶，不再為那五千份考卷「牽腸掛肚」，就非常滿足了——這才是我們一般人共有的願望，顯得異常親切。

七

品茗一事，乍看只是農業社會裡，富有閒暇的縉紳士大夫們才能享受的情趣，其實並不如此。自宋以後，茶的生產，遍於東南和西蜀。同時，任何窮鄉僻壤，凡有市集之處，必有茶店，只要是個家宅，也一定備有茶水待客，即因茶品本有精粗之分，所以享用可以不限貧富貴賤，完全大眾化的通行起來。百工勞作之餘，販夫跋涉之間，偶得歇手停足，熱騰騰的一甌濃茶，何嘗不能潤喉解渴，頓忘勞苦，人人都能從它暫逃現實，享受片刻閒生活的喜悅。

追求閒暇，原係出於人之好逸惡勞的天性，現代科技所努力追求的一大目標，亦為如何以機器充分代替人力，使人們獲得更多的休閒。且看芸芸眾生中，那些終朝奔走忙碌、分秒必爭的人，他所真正期待的，也許就是晚餐後，電視機前，燈下茶溫，那一份寧靜與悠閒，因為唯此寂靜的時刻，他才找回自己的存在。

何況生活的現實面，不免粗糙醜陋，憂煩困惱，與日俱至。社會生活中，人亦常有不能自解的時候，唯有智者才能放開一切，也許一杯清茶，恰能幫助你脫出塵網的糾結，使你在裊裊茶香中，神遊物外，化熱切的憂愁為冷靜的遐想。宋人的風度，淺碧的茶香，豈不就是艱難人生的避風港！

南宋琴師汪水雲

一

錢塘汪大有，字元量，晚號水雲，南宋時著譽臨安的一個琴師。那個時代，不如今日，普通負一技之長的藝人，是毫無社會地位的，不但不能上仰公卿的高華，所謂「倡優卜祝之流亞」，甚至是不能與平常的士大夫分庭抗禮的。

雖然，中年以後的汪元量，以其卓絕不凡的琴藝，居然上達天聽，受知於度宗皇帝，但也不過是個「出入宮掖不禁」的供奉小官，既談不上什麼政治地位，自然更無與於當時的朝章國政了。

但是，在另一方面，這位老樂工不但善於鼓琴，有手揮五弦、目送飛鴻的妙技，並且據他自己說，自幼性好遊旅，若干年來遍歷名山大川，大約由於靈山秀水的煙霞陶養，他的詩才更是不凡，所以咸淳年間，他借著琴師的身分出入宮禁的機緣，使他那些行雲流水一樣清新婉約的詩篇，同時引起了一班王公大臣的注意，如天潢貴冑的福王趙與芮、驗馬右承楊鎮，以及相國吳堅、留夢炎等都非常稱賞他的才華，折節下交，不被當作一個普通的琴師看待。

度宗後宮嬪御之中，有不少喜歡吟詠的宮人，如張瓊英、陳貞淑等皆是，國亡之後，同侍燕邸，便發現了這位樂工的詩才，時常向他求教。其中尤其是昭儀王清惠最激賞元量的詩才。

王昭儀，字沖華，雖是度宗嬪御之一，但以知書識理為度宗所親，並非只是個「以色事主」的宮人。《宋史·后妃傳》雖然未載其人，但〈江萬里傳〉中有關於她的一點簡單的記載：「帝在講筵，每問經史疑義及古人姓名，賈似道不能對，萬里從旁代對。時王夫人頗知書，帝常與夫人以為笑。」陳世崇《隨隱漫錄》云：「會寧郡夫人昭儀王秋兒……皆上所幸也。初在東宮以春夏秋冬四夫人為最親。王能屬文為尤親，雖鶴骨癯貌，自上即位後，批答書聞，式克欽承，皆出其手。」

由此可見昭儀王清惠在咸淳宮中的地位，不是個平常的後宮粉黛。

昭儀的學力才華，元量的琴藝詩歌，同蒙紹陵的知遇；而南宋亡後，這一位後宮嬪御與闕下樂工，不以其地位的卑微，卻瀝盡忠肝義膽的來報答故主，衛護皇家；在流離變亂之中，他們迭為和唱，留下多少辛酸悲哽的詩篇，足供後人憑弔。

二

咸淳十年（一二七四年），度宗賓天，少帝嗣位，開元德佑。當時這位恭帝還只是個五歲的小孩子，表面上雖然是謝太后臨朝主持國柄，但她卻已是個六十開外的婦人了，實際上老病不能視事，而丞相陳宜中卻又是個痡弱無能的角色，所以，主少臣疑，局面混亂；隔江耽耽虎視的韃靼，便要乘此機會，從孤兒寡婦手上，前來奪取宋室江南半壁的天下了。

德佑元年（元至元十二年）正月，元丞相伯顏便麾大軍渡江；三月入建康（南京）；臨安戒嚴，一面頒詔諸路勤王，文天祥就是在這個時候奉詔起兵的。但是南宋的情形，積弊已深，局勢並未挀轉，延至二年正月，元兵進至皋亭山，距南宋首都的臨安只有三十里路程了，丞相陳宜中也就乘夜逃得不知去向，南宋大臣吳堅、賈余慶以下便把國家投降了元兵。

二月初正，帝率百官拜表祥曦殿，正式降元，從此，南宋淪亡了，中華民族的歷史，也暫時中斷了。

而且，帝室的子胤，首先遭到了異族的鐵掌，亡宋的帝后、太后和嬪御，都要被元帥伯顏派兵押解到元朝的大都（即今北京）去，委質稱臣了。元量淒然賦詩，抒寫這「天兵平杭」（元·陶宗儀《南村輟耕錄》語）之日的慘傷情形，有曰：

西塞山邊日落處，北關門外雨來天。南人墮淚北人笑，臣甫低頭拜杜鵑。
亂點傳籌殺六更，風吹庭燎滅還明。侍臣奏罷降元表，臣妾簽名謝道清。

〈述三宮北狩〉，詩更淒涼激越。如曰：

錢塘江上雨初乾，風入端門陣陣酸。萬馬亂嘶臨警蹕，三宮灑淚濕鈴鸞。
童兒剩遣追徐福，癘鬼終當滅賀蘭。若說和親能活國，嬋娟應是嫁呼韓。

本來呢，南宋的局面弄到這個地步，世受國恩的朝廷大臣，守土有責的疆吏將帥，逃的逃了，降的降了，汪元量左右不過是一個挾琴藝以備供奉的宮闕微臣而已，他是不應該有政治責任的，然而他卻感戴一日眷顧之恩，當三宮危難北上之際，默然負上了道義的責任，捐棄一切，隻身隨侍著淚濕的鈴鸞，也崎嶇北上了。

此後，他便一直跟從亡宋的皇室，逗留在大都。他眼看異族的君臣百般凌辱故主，一腔熱血，無處灑落，每與王昭儀等舊宮人們相見，臨安的舊夢、薊燕的淒涼，深深地痛苦著他們。但以一個纖弱的舊宮人，一個吟詩的老樂工，又有什麼回天的辦法呢？他們只得相對著無言的嗚咽，涕泣唱和一首首悲咽的詩篇。如《堯山堂外記》所載元量和王昭儀的詩，有：

愁到儂時酒自斟，挑燈看劍淚痕深。黃金臺迴少知己，碧玉調高空好音。
萬葉秋聲孤館夢，一窗寒月故鄉心。庭前昨夜梧桐雨，勁氣瀟瀟入短襟。

頗可看出在這段歲月中，他們的悲愴、勁烈的心事。

北上的時候，亡宋少帝還只六歲。王昭儀負起了教育幼主的責任，《水雲集》湖州歌云：「萬里修途似夢中，天家賜予意無窮。昭儀別館香雲暖，手把詩書授國公。」即是詠此。後來少帝也長大了，也很親近元量，《西江詩話》

說：「北去老宮人之能詩者，皆其（元量）指教；或謂瀛國公喜賦詩，亦水雲教之。」

三

丞相文天祥為元兵所執，逮解大都，至元十六年己卯（一二七九年）十月初五至京，拘囚於兵馬司的空屋。當時新朝方面還希望他能以事大宋者來事大元，但是文山峻拒不屈，於是就一直那麼羈系獄中，死生未定。

汪元量也抱著和生祭文山的王炎午一樣的心情，竭力企望文山能代表中國人的歷史的光榮。翌年獲得機會他便親赴兵馬司晉謁文公。謝皋羽《續琴抄哀江南四章》序說：「文丞相被執在獄，汪上謁，且勉丞相必以忠孝白天下。」文山獄中自撰《指南後錄》卷三〈胡笳曲序〉，雖然不便明言元量進勸的說話，但分記至元十七年庚辰（一二八〇年）中秋及同年十月他與元量獄中兩次相晤的經過，非常詳細。如：「庚辰中秋日，水雲慰余囚所，援琴作〈胡笳十八拍〉，取予疾徐，指法良可觀也。琴罷，索余賦胡笳詩，而倉卒中未能成拍。」又言：「水雲別去，是歲十月後來，予因集老杜句成拍，與水雲共商略之，蓋囹圄中不能得死，聊自遣耳。」此已道其琴藝，又手作〈書汪水雲詩後〉一文，盛讚其詩。

吳人汪水雲，羽扇綸巾，訪予於幽燕之國，袖出行吟一卷，讀之如風檣陣馬，快逸奔放，詢其故，得於子長之遊。嗟乎，異哉！乃為之歌曰：

南風之薰兮琴無弦，北方其涼兮詩無傳，

雲之漢兮水之淵，佳哉斯人兮水雲之仙。

一百五日廬陵文山文天祥履善甫。

所謂一百五日，蓋自冬至後至清明凡百七日，清明之先兩日是為寒食，蓋撰此之時，在翌年辛巳（一二八一年）的春天了。

凡此，不僅可見元量雖只是個舊宮供奉的微臣，但他站在這位大節凜然的文丞相之前，倒頗為看重，足以反映出汪元量為人的氣質與情操，畢竟不與骯髒的留夢炎輩同調；至於琴藝詩工之被稱揚，尚其餘事而已。

庚辰後二年的至元十九年壬午（一二八二年）冬，由於衛士以「星變」告警於元世祖，於是世祖便不免疑惑起現在住在他的輦轂之下的兩個人來了。一個是委質大都的亡宋少主瀛國公；一個是拘繫在兵馬司獄中的民族巨人文天祥。

因此，文山便於是年十二月初九，成仁柴市；同月，世祖又指敕「衣糧發遣」瀛國公移住上都（關外開平以北）。

文山就義後，元量感慨平生，步文山遺作〈六歌〉之後，作浮丘道人（文公別號）〈招魂歌〉九章，哀悼文公的節烈並及他的母弟妻妹以至他的《吟嘯集》，分為九歌。誌其哀敬。茲錄其首尾兩章：

有客有客浮丘翁，一生能事今日終。齧氈雪窖身不容，寸心耿耿摩蒼空。睢陽臨難氣塞充，大呼南八男兒忠，我公就義何從容，名垂竹帛生英雄。嗚呼一歌兮歌無窮，魂招不來何所從！

有官有官位卿相，一代儒宗一敬讓。家亡國破身飄蕩，鐵漢身擒今北向。忠肝義膽不可狀，要與人間留好樣。惜哉斯文天已喪，我作哀章淚淒愴。嗚呼九歌兮歌始放，魂招不來默惆悵！

四

瀛國公奉旨北徙上都的時候，他還只有十二歲，其時謝全二太后以及平原郡公都以年老蒙恩免行，所以，隨侍少帝流放關外者，那位向負保育之責的昭儀王清惠，便義不容辭，摒擋就道了。

然而，這位從侍薊燕的舊宮樂師也以一片赤誠，不顧前程是冰凝雪窖的遠塞，也不顧沿途有多少艱難困苦，仍然像七年以前那樣默默地從侍幼主「北徙龍荒」，以盡他微臣的心力。

這次塞外的旅程，在元量的《湖山類稿》中留下了許多悲涼的詩作，如〈出居庸關〉、〈長城外〉、〈寰州道中〉、〈李陵臺〉、〈蘇武洲氈房夜坐〉、〈居延〉、〈昭君墓〉、〈陰山觀獵〉等詩皆是；其中還有一首特別點出王清惠的，是〈天山觀雪王昭儀相邀割駝肉〉，都是這一次艱苦行腳中的收穫。

五

元量送少帝至關外上都後，大約沒有久留，便又回到了北京——元朝的大都。而且，大約至元廿一年（一二八四年）前後，或者由於當時環境的壓迫，或者由於他別有用心，忽然又在元朝做起官來了，而且做的是比原來在宋宮為顯貴的「供奉翰林」。

大概事情的發生還是起於他鼓琴藝名，不知如何傳到了元世祖的耳中，就召他挾琴入侍，也許很欣賞他的琴韻吧，韃靼皇帝是沒有卑視技藝的傳統的，所以元量一曲絲弦之後，也就成了大元朝的金馬玉堂之選了。

元量自己並不諱言其事，如《湖山類稿》有〈萬安殿夜直〉詩：「金闕早朝天子聖，玉堂夜直月光寒。」《水雲集》有〈送初庵傳學士歸田里〉詩也說：「紫閣笑談為職長，彤闈朝謁在班前。」就是他這種樸質的風度，單純的心地，已比芸芸眾相中的偽君子不知要可愛多少倍了。

何況，如《西湖志餘》等書還有那樣的傳說：

> 世皇聞其善琴，召入侍，鼓一再行，駸駸有漸離之志，而無便可乘也。遂哀懇乞為黃冠，世皇許之。

元量之辭官南歸，元世祖還給以黃冠師的名號，時在至元二十五年（一二八八年）。當其將行，據謝翶前述序言說：「其歸，舊宮人會者十八人，灑酒城隅與之別，援琴鼓再行，淚雨下，悲不自勝。」《宋詩紀事》謂：「一時同人以勸君更盡一杯酒，西出陽關無故人分韻賦詩為贈。」此即世傳〈宋舊宮人詩詞一卷〉的由來，列王昭儀以次宮人陳真淑、黃慧貞等十四人送行詩十四首。但據王靜安先生《觀堂集林》的考證，水雲南歸之前，王昭儀已死，且人數亦不與謝說符合，十四絕句又若出一手，所以疑為元明間人的偽作。

不過無論現在所傳的舊宮人詩為真為假，當這位故宮老臣離京之日，舊宮人之灑酒賦詩為別，哀音哽亂，既出於大宋遺臣謝翶的記述，總是實事可信的；又另據記載，故幼主瀛國公、故福王平原公、駙馬右丞楊鎮、故相吳堅、留夢炎、參政家鉉翁、文及翁，又都賦詩餞行，所以，他的南歸，並不寂寞。

六

元量南歸了，但沒有人以他之中間仕元為「失節」。甚至素來「嚴君臣之義」毫不苟且如王靜安先生者，也說：「汪水雲以宋室小臣，國亡北徙，侍三宮於燕邸，從幼主於龍荒，其時大臣如留夢炎輩當為愧死，後世多以完人目之；然中間亦為元官，且供奉翰林，其詩具在，不必諱也。……後世乃以宋遺民稱之，與謝翱方鳳等同列，殊為失實。然水雲本以琴師出入宮禁，乃倡優卜祝之流，與委質為臣者有別，其仕元亦別有用意，與方謝諸賢，跡異心同，有宋近臣，一人而已！」這議論最為平實而近情。

所以，既已盡過心力，臨事不成，身退自全的汪元量，心情反而非常恬靜。我們且看他南歸答客（徐雪江）之詩，寫得何等瀟灑。

十載高居白玉堂，陳情一表乞還鄉。孤雲落日渡遼水，匹馬西風上太行。
行橐尚留官裡俸，賜衣猶帶御前香。只今對客難為答，千古中原話柄長。

身經這樣離亂與哀傷的世變，目擊世變中有文天祥那樣「忠肝義膽不可狀，要與人間留好樣」[1]的鐵漢；也有吳堅、留夢炎那一輩腆顏屈膝的國家大臣，像他這麼一個只以琴藝詩才蒙一日知遇的宮廷小臣，心已盡了，計已盡了，芸芸世相，衰衰朝局也都看穿了，年紀也很老了，他依然抱著一顆非常樸質自然的良心，如何不南還久別的家鄉——錢塘去歸老林泉呢。

南歸以後的這位琴師，年紀雖老，身體大約還很健朗，所以便得以其悠悠的餘年，遨遊東南山水，據說：經常往來匡廬彭蠡之間，蹤跡有如飄風行雲，不可捉摸。

元‧酒賢《金台集》的〈讀汪水雲詩集序〉記汪元量的狀貌，有曰：「水雲長身玉立，修髯廣額，而音若洪鐘；江右之人以為神仙，多畫其像以祠之。」這是唯一的記載，足使我們憑以想像六百年前這一位忠義動人的南宋琴師的風采。

---

1 編者按：語出汪元量〈浮丘道人招魂歌〉。

從衝冠一怒為紅顏說起

——為陳圓圓訴不平

二

以吳梅村一句「衝冠一怒為紅顏」而留名千古的陳圓圓，幾百年來遭受著各種不同的曲解和評騭。其實，吳三桂開門揖盜，像這麼嚴重的國家大事，當然應是親受思宗召對平臺、賜莽玉、賜上方的將軍的責任，一個身如漂蓬、愛憎由人的歌姬，如何能夠分擔這宗歷史的罪過？

崇禎末年（一六四四年），天下大亂，待到流寇陷落京師，明朝的局面本自到了土崩瓦解的地步；其時吳三桂雖還手握重兵，防禦北關，但也並非真有什麼旋乾轉坤的回天之力，他如麾兵勤王，難保清兵不躡蹤襲後，做了流寇與滿清夾擊的對象。何況，他又正如明代一般軍閥一樣，際此動亂之秋，本來即是擁兵關外，靜觀時變的動搖分子，哪裡有什麼忠君愛國的抱負！滿清方面對吳三桂的誘約，早於流寇的攻陷京師；清方所派的說客祖大壽，原是吳三桂的舅父，據說這位舅舅曾代表滿清應允外甥，許以事成之後，平分天下。然而，那時候明朝的根本尚未塌垮，三桂本人總還不失是個世家子弟，一時裡他還不敢干冒「夷夏之辨」的大不韙，因此對舅父的勸誘還在逡巡卻顧之中，猶豫未定。

後來，李闖王得了京師，思宗既死社稷，局面大變，於是，三桂為要保全自己的富貴尊榮，非得在此兩大之間，有個趕快的抉擇不可；不過這所謂抉擇，他的趨向，亦屬非闖即清，若不從賊，即須投外，這時候，在他心目之中，本來早已完全沒有大明正統的影子存在了。

他的家被流寇籍沒了，他不怕；他的父親吳勷被闖王拘執了，他不怕，他擁有十萬邊軍的資本，不怕舉大事，爭天下的闖王不來招撫他，他的富貴尊榮依然逃跑不了的。吳三桂的看法果然沒有錯，他父親代闖招降的手書來了，闖王對他軍隊的犒賞四萬金也捧進大門來了，他已率兵入關，行將改幫李家新朝去定鼎中原了。

吳梅村說：衝冠一怒是為了陳圓圓，其實事情斷沒有這樣簡單。吳三桂是個非常容易衝動的人，固是在許多地方可以看得出來的；但這最多不過是他中途變計的一個表面上激發的因素而已，就事實來考察，至多他從圓圓的被擄，證實了李自成等到了京師以後，那種打家劫舍、衣冠塗炭的作風，使得含有貴族血液的吳三桂，不得不憬然觸悟過來，他是不值得做闖王麾下的嘍囉的。

於是，他就借著圓圓被擄這一節衝動，突然變計了。這一變本就變得非常具有戲劇性的效果，如明末清初人錢𠷉軹撰《甲申傳信錄》所述，其人其事，其情其景，都還栩栩如生：

三桂妾圓圓，絕世所希，自成知之，索於勷，且籍其家，而命其作書以招子也。勷從命，闖旋以銀四萬兩犒三桂軍，三桂大喜，忻然受命，入山海關而納款焉。

行已入關，吳妾某氏，素通家人某，闖借其家，家人即掣妾逃，倉皇出都，行數日，竟不暇計南北也。

二人猝遇三桂，計無出，詐曰告變，三桂問曰：吾家無恙乎？曰闖籍之矣。吾父無恙乎？曰闖籍之家並拘執矣。三桂沉吟久之，厲聲問曰：我那人亦無恙？指圓圓也。曰賊奪之。於是三桂大怒，嗔目而呼曰，大丈夫不能保一女子，有何顏面？勒馬出關，決意致死於賊。

於是有吳梅村〈圓圓曲〉詩的譏責：

嘗聞傾國與傾城，翻使周郎受重名。妻子豈應關大計，英雄無奈是多情。
全家白骨成灰土，一代紅妝照汗青。

這都不過是文人的一誇張手法而已，把事變的關鍵放在一個絕色的女人身上，容易動人心目，輕描淡寫之中，把這將軍不忠不孝的面目，十分地烘托出來了。所以，梅村此詩一出，三桂大為狼狽，願酬重幣千金，求取此詩，然而梅村不許。就文字而論，實在通暢淋漓，痛快萬分，縱論事實，吳三桂當時雖然確有「衝冠一怒」的表現，然而，這麼一件變換歷史命運的大事件，其轉變之機，豈真是一個陳圓圓即足以完全左右變更的？大家把一個軍閥對於歌姬的玩好太看重了，三桂當時若沒有另一條「漢奸」的後路可走，還不仍然乖乖地做了闖王的嘍囉。陳圓圓呢，自來美姝名馬，都不過是將軍們的玩物而已。

二

投靠李闖之計中途突變之後，吳三桂的出路，非常自然地由他舅舅搭線，另外扮演了一幕「請清兵」的好戲。吳三桂到底是聰明人，他還揭舉著「借兵復仇」的美名，一副孤臣孽子的扮相。甚至如當時有神童之目的夏允彝，也被他瞞過，《倖存錄》有曰：

三桂即大壽甥也。其父吳勷，向為大帥。三桂少年勇冠三軍，邊帥莫之及。闖寇所以誘致之者甚至，三桂終不從。都城已破，以殺寇自矢，包胥復楚，三桂無愧焉。包胥借秦兵而獲存楚社，三桂借東夷而東夷遂吞我中華，豈三桂罪哉？所遭之不幸耳。

清兵入關以後，就永遠占據不去，或如夏允彝所言，竟非吳三桂始料之所及，也不是絕對沒有可能的事，但如看到後來南明的弘光政府遣使北上犒謝清兵代逐流寇之勞，同時封贈三桂薊國公，他竟薄此小朝廷的榮典拒不肯受的表現，就可明瞭一切。開門揖盜的奴才，他又興高采烈地做了強盜的先驅，初則追逐闖軍至西蜀，繼則逼迫緬甸交出流亡的帝子——永曆，縊殺於昆明市郊，凡此種種，又豈是為了癖愛陳圓圓，才非如此不可的呢？一個去留不由自主的陳圓圓，不幸適逢時會，便陪著這位白皙通侯的少年梟雄，分擔了他的惡名而已？

自從「衝冠一怒為紅顏」這句話，硬把陳圓圓拉入吳三桂叛國事件中去後，詎料中經三十餘年，久已做了滿清政府詔封的平西王，忽然又要扮演一齣「狐埋狐搰」的好戲，重新撿拾「朱明」的舊行頭，鑼鼓登場了。

吳藩事變的發生，時在康熙十三年癸丑（一六七四年）。按《三聖庵畫像記》說圓圓生於明熹宗天啟三年癸亥（一六二三年），她歸吳三桂時正在二十一、二的盛年，至三桂叛清，她則已是五十老嫗了，而且她到滇南未久，就離開了平西王府，與三桂早已形跡疏遠了。然而名女人逃不開閒是閒非，古今如出一轍，依然不能免於為人攀扯。如陸次雲《圓圓傳》，即曰：

（吳三桂）旋受王封，建蘇臺，營郿塢於滇南，而時命圓圓歌，圓圓每歌大風之章以媚之。吳酒酣恆拔劍起舞，作發揚蹈厲之容，圓圓即捧觴為壽，以為其神武不可一世也。吳益愛之，故專房之寵，數十年如一日。其蓄異志，作謙恭，陰結天下士，相傳多出於同夢之謀。

陳圓圓在平西王爺座前，捧觴獻歌，這是她姬妾之身的份內事，像吳三桂那樣一個年少風雲的軍閥，慣以英雄自命，圓圓為歌大風之章以媚之，這也是一個伺人顏色的女人的本分，都可以相信是曾經有過的常事。但是，如要把這些節目統統歸扯到發生於康熙十三年（一六七四年）的吳三桂謀反事件上去，則無論如何會變成非常可笑的說法。

三

吳三桂的叛變，是滿清政府撤藩之議逼出來的，因為撤藩政策一經實行，不但他那滇南王安富尊榮的基礎完全打翻，而異族統治者「飛鳥盡，走狗烹」的命運，尤其可怕，所以，他的叛謀是倉卒而起應付撤藩手段的最後一逞，並非積數十年深謀遠慮的結果。然而，在那時候，陳圓圓已經是五十老嫗，如何能夠想像她還有歌衫舞扇、檀板金樽的魅惑力量？

吳三桂封了藩王，志得意滿，就將明代西平侯沐國公的西平別墅沒收下來，改築野園，窮極侈麗，度著金迷紙醉、醇酒婦人的享樂生涯。

據說，三桂從賊寇中尋回圓圓以後，是帶著她同征西蜀的，但是她到昆明王府時，則已年逾三十了。其時，三桂正妻已死，本來據說是想將圓圓扶正妃位的，然而，圓圓秀外慧中，她有一般女人不易自知的「色衰愛弛」之明，堅辭不受。

縱如圓圓是個絕代佳人，也奈何不得無情的歲月，以色侍人的她，不能沒有遲暮之感。吳三桂續娶張氏，又非常悍妒，而三桂則仍然廣置姬妾，佳麗如雲，有四面觀音、八面觀音、十二面觀音、二十四面觀音等稱謂，以圓圓的聰明，以圓圓在男女關係上所經歷的非比尋常的艱苦，她何必再在少女堆中去爭妍鬥寵；她既辭妃位，沒有再在王府惹人忌妒的必要；加以三桂的為人，我們尤不能想像他能專愛於一個過了中年的婦人，「數十年如一日」。所以，陳圓圓在平西王別邸——野園住了並沒幾年，便無視於滿目繁華，從萬般憂患參透人生，歸於淡泊的她，求為女冠出家去了。

距三藩之變發生前一、二年，久已做了道士的陳圓圓大約早有另一暴風雨不然將至的預感了，她是個艱危的大浪中翻撲過來的人，時則年已半百，尚又何求？她抱著入山唯恐不深的心情，所以又毅然離開了比較接近世務的道觀，改從玉林禪師在宏覺寺裡剃了頭髮作了女尼。法名寂靜，號玉庵。

陸次雲說她「同夢之謀」時，還在滿清統治之下，這罪名簡直就如誣她共同謀反，對於像陳圓圓這麼一個荏弱而淡泊的女子，實在未免不仁。但後來也有人以為吳三桂的叛清出於她的慫恿，認為圓圓是個頗有民族氣節的女人，特別在對日抗戰期間，曾有好多論客作著如此的禮贊，如一九三九年姚安張根培在傳說中圓圓自殉的蓮花池畔，豎碑留念，碑文裡就有「圓圓身為女子，恥為漢奸妻，是有民族意識者」之類的話，其實這也是無端的揄揚，大可不必。

圓圓出了王府大門以後，雖非絕情而去，但與三桂往來蹤跡之逐漸疏闊，當是事所必然，不難想像的。後來她索性披剃為尼，目的為了全身免禍，自然更加有意的潛蹤韜晦起來，唯其如此，到吳三桂失敗時，縱然陳姬聲名猶豔人口，但以滿清爪牙之銳利，她卻還能保持清磬紅魚的生活，不再遭受這場災禍的牽惹。如鈕玉樵《觚賸》有一則，最接近事實：

居久之，延陵潛蓄異謀，邢（圓圓本姓邢，字畹芬）窺其微，以齒暮請為女道士。癸丑歲，延陵造逆，丁巳病段，戊午，滇南平，借其家，舞衫歌扇，穪蕙嬌鶯，聯艫接軫，俱入禁掖，邢之名氏，獨不見於籍。

據《三聖庵畫像記》，圓圓死於三聖庵，為康熙三十四年乙亥（一六九五年）七月，享年七十三歲，距三桂之死已十七年。但是另有一個傳說，則她是自投於昆明北郊的蓮花池裡殉難的，兩者孰是，雖還沒有定論，不過清廷抄吳三桂家，籍沒的婦女名單中沒有陳圓圓在，而她是以女尼之身畢命的，似乎已無疑問，蓋美國女作家溫德賽尋求娘娘墳，認為在昆明南郊五里許歸化寺旁的最為確實，墓碑中題「開建三聖堂太戒比丘尼上寂下靜玉庵公老禪師墓」。左右更有聯云：「塵劫中不昧本來朗月生性海；迷陣裡能開覺路青蓮淨孽根。」雖是佛家常語，但用來總結圓圓的生平，真令人有非常恰當之感。

四

通常一個歌伎出身的女人，她的生平，居常完全是表現在男女關係的結合上，陳圓圓自然並不例外。

俗語說，「紅顏薄命」。圓圓也正因其天生麗質，造成她悲劇的一生。她既不幸生為「玉峰歌伎」，又不幸而具有「聲甲天下之聲，色甲天下之色」的條件，生於明末這麼一個混亂激變的年代，所以一開始她便成了豪紳、皇帝、軍閥甚至流寇大王們爭奪的對象，歷受那些擁有一等權勢的男人們的播弄，還不是一片因風吹舞的飛花？雖然顏色美麗，但是何等的淒涼與漂泊，哪裡能夠自己做得主宰？無非隨著命運支配，去伺候各種不同的面色，來換取微末的生存。

陳圓圓最早的知遇，似是明末四公子之一，江蘇如臯豪紳兼大名士的冒辟疆。冒公子為奔父喪，在歌場邂逅圓圓，驚才詫豔，稱她「蕙心蘭質」，以她的淡雅風華，為跌宕花叢的生平所僅見。據自撰《影梅盦憶語》中說圓圓對他也頗傾心，自此定情；只是因為冒在喪中，不便納姬，所以約期而別。

不料未久，思宗妃父田畹遊江南，一見圓圓，又以為真不愧是國色第一，他抱著政治上競榮固寵的私心，便要收買她來，預備獻給宵旰憂勤的皇帝。事為冒家知悉，自然不肯放棄。明朝末葉，高門華族的紳士橫行鄉里，是具有非常深厚的地方勢力的，並不因田畹是皇親國戚而有所顧忌，所以當圓圓油壁香車被載啟行時，冒府家丁和田皇親的隨從還轟轟烈烈地演出過一場「劫美」的械鬥。結果是冒辟疆被打敗了，圓圓歸於田府。

幸而皇帝求治心切，無意風情，圓圓才得免於入宮。如吳偉業《鹿樵紀聞》

所述：

初，上寵田妃，妃歿，上念之不置，戚田畹弘遇欲娛上意，遊吳門，出千金市歌姬陳圓、顧壽，將以進御。上知為青樓婦，卻之。

即此袁嘉谷曲所謂「憶昔掃眉入宮掖，殘香不動君王惜」者是也。而圓圓也就此成了田皇親府中的禁臠。

後來，闖師將迫畿輔，田畹為欲保全身家性命有賴於手握重兵的吳大將軍的庇護，所以不得不忍痛割愛，圓圓也因此再從田家轉手到吳三桂懷裡去了。這一段經過，幾乎無人不知，不必贅述。不過陸次雲的《圓圓傳》說，此事的設計出於圓圓，實在未免渲染過甚，通常，一個私家歌姬是沒有身自為謀的自由的。

京師淪陷，吳家也為李闖王籍沒了，田皇親家也為賊將劉宗敏占據了。於是圓圓的命運又翻上一重驚駭的浪濤。一說在亂城中，圓圓是為賊將劉宗敏所得的，如陳維崧《婦人集》說：「圓圓字畹芬，李自成之亂，為賊將劉宗敏所得。」—《鹿樵紀聞》說：「賊據京師，劉宗敏居弘遇故第，因有譽二姬色之都，技之絕者，宗敏於是繫勳索圓。」一如陸次雲所說，係李自成從內監口中得知天壤間有此絕色，向吳勷索求圓圓，同時招撫三桂，其中有一段極富趣味的插曲：

進圓圓，自成驚且喜。遽命歌，奏吳歈，自成蹙額曰：何貌甚佳而音殊不可耐也。即令群姬唱西調，操阮、箏、琥珀，己拍掌以和之。繁音激楚，熱耳酸心，顧圓圓曰：此樂何如？圓圓曰：此曲只應天上有，非南鄙之人所能及也。自成甚嬖之。

這是三百年前土包子的大笑話。不過，無論為賊將所得或為闖王所要，在圓圓，都一樣的只是「命薄」而已。

後來，如照通行的說法，吳三桂是為了她才投滿清，做了漢奸的，而她也就重新為吳三桂所得了。

從這個樣子的身世中來看陳圓圓，她只是一片可以憐憫的飛花，美麗然而薄弱、飄零、淒涼地忍受著幾許歷史上大混蛋的蹂躪。歌伎陳圓圓怎麼分擔得起歷史的罪責，而永遠被陷在吳三桂的惡名之內。

自梅村而後，歌詠圓圓的大小詩人不知幾許，但我卻最歡喜近人施蟄存的一首：

宮草宮花寂寞香，美人何與國興亡？商山寺下飛鴻影，猶為將軍舞豔陽。

史可法與馬士英

明末弘光一朝，當其開國金陵之初，上承南都舊有的規模，擁有東南、西南一大半的錦繡河山，思宗雖然殉國，而遷都以後，中樞的威權猶在，雖處飄搖動亂之中，當時朝政，倘使領導得人，團結禦侮，並不難斡旋氣運，力致中興。

在擁立福王繼承大統以前，南都大臣中，以參贊機務兵部尚書史可法為領袖群倫的首輔，史公不但以道德文章，夙負東南重望，而且他又執清流之牛耳，濟濟朝士之中，不少是他的門生故吏，以先朝重臣的地位，為醞釀南方新政局中，萬方矚目的一大勢力。不幸議立之初，即碰著了一個「內通閹宦，外聯強鎮」的野心家——貴陽馬士英，他要劫奪政權，便使盡權術和詐謀，首先以史可法做箭靶子，盡情打擊。而史公以次，這一班峨冠博帶的君子，又不幸都是些缺乏政治技巧的儒生，在馬士英幾番陰謀壓迫之下，遂輕將中樞威權，拱手移讓，從此南京城中，群醜競起，善類一空，終於不到一年，斷送了明室的天下，使中華民族淪於異族者二百餘年，小人鴟張，固不足論，但儒家難進易退的風度，不適於喪亂之世。也實在是歷史上的一大憾事。

歷史上的評價，史馬二人，流芳遺臭，固然各有千秋；然而在當時，這兩人樞席的交替實在是明室興亡絕續之間的一大關鍵。因摭記其事，旨在警惕「莫讓壞人得勢，應該鼓勵好人出頭」之意。

馬士英爭奪政權的第一手，是從擁立福王起。

甲申三月，北京破，思宗殉國，四月，凶問至南京；留都大臣以史可法為首，集議擁立大計。計六奇《明季南略》記議立曰：

> 史可法、張慎言等集高宏圖寓，議所尊奉，時潞王福王並在淮上，姜曰廣屬意在福王，史可法曰：在藩不忠不孝，恐難以主天下，逡巡而散。……淮安馬士英獨念福王昏庸可利，為之內賄劉孔昭，外賄劉澤清，同心推戴，必欲立之。移書史可法及禮部侍郎呂大器，謂以序以賢，無如福王，已傳諭將士，奉為三軍主，請奉為帝，且責可法當主其議，可法、大器持不可。

此是馬公第一手，所謂「已傳諭將士奉為三軍主」。這樣的口氣，何等咄咄逼人，誠如夏完淳所說：「鳳督馬士英擁強兵，挾四鎮以恫喝南都諸大臣，諸大臣懾不敢逆。」即有強項者持不可，士英早有第二手的布置，勾結好了勳臣內堅做他的堅強內應。《明季南略》又曰：

從臣集朝內會議，獨大器後至，時以潞王倫次稍疏，福王有在邸不類事，莫之敢決。李沾奪袂厲聲曰：今日有異議者，以死殉之，劉孔昭韓贊周亦力持之。孔昭又面詈大器不得出言搖惑。議遂定，乃以福王告廟。

徐鼒《小腆紀傳》敘述得更為詳細：

甲申南京守備魏國公徐宏基，提督操江誠意伯劉孔昭、尚書高宏圖、程注、南京守備司禮監韓贊周，及（張）慎言、（呂）大器、（姜）曰廣，集議於朝，大器時典禮兵兩部，後至，頓筆不肯下。給事中李沾厲聲曰：禮莫重於尊君，兵莫先於衛王，眾議僉同，公獨持異，沾請得以頸血濺公衣矣。劉孔昭亦詈大器不得出言搖惑。大器不敢復言，乃以福王告廟。

至次日乙酉徐宏基、劉孔昭等即具啟迎福王於儀真了。大臣集議朝堂，議立君主，是何等大事；李沾區區一給事中而已，何敢如此跋扈，自然不必說得，幕後有馬公為他作主，而身邊還有撐腰的勳臣劉孔昭，握權的太監韓贊周等人在，他不過是個扮打手的小丑而已。

不特此也。馬士英擒賊擒王，絕不疏忽過史可法的地位，何況史的主張又正是他的最有力的反對派。史曰：「太子永定二王既陷賊中，以序則在神宗之後，而瑞、桂、惠地遠。福王則七不可（謂貪、淫、酗酒、不孝、虐下、不讀書、干預有司也），唯潞王諱常淓，素有賢名，雖穆宗之後，然昭穆亦不遠也。」他是士英擁立大計面對的最大的障礙，所以，他不但要以恫嚇的手段，強迫可法等服從他的建議，一再以強迫的口吻「責可法當主其議」。同時布置好了一項陰謀狡計，使得史公從此為之低頭，馬的手腕實在不能不算毒辣了。夏完淳《續倖存錄》記其事曰：

南樞史可法實司擁立事，私問諸士英，士英遺其私人口傳立君當以賢倫敘，不宜固泥。可法信之，答書極刺弘光帝藩邸諸不道事，意在潞邸。士英得書竟奉上至龍江關，廷臣錯愕，可法始知為士英所責，已無及矣。勉強出迎，嵩呼定策，而可法書已入士英手，從龍諸內臣俱得見之，此兩輔之分左右也。

史公上了士英這個大當，這封手書從此便成了馬士英挾制可法的武器。「士英以七不可之書用鳳督印之成案，於是可法事事受制於士英矣。」古藏室史臣（黃梨洲）記此事後，以為可法如能城府洞開明白聲言，使小人失其所秘，何至處處受其束縛，非常憤慨地附加按語道：「臣按士英之所以挾可法，與可法之所以受挾於士英者，皆為定策之異議也。當是時，可法不妨明言始之所以異議者，社稷為重君為輕之義，委質已定，君臣分明，何嫌何疑而交搆其間乎？城府洞開，小人亦失其所秘，奈何有諱言之心，授士英以引而不發之矢乎？臣嘗與劉宗周言之，宗周以為然，語之可法，不能用也。」梨洲此語仍然不免是書生之見的理論，現實政治上，當時的君主是何等樣的人物，他能不能諒解異議者輕重權衡的緣由，此是一。而史道鄰本人不幸又是一個謹慎處世，所謂「清操有餘而才變不足」的書生，他為顧全大局自然不能不對群小心存畏忌，於是奸邪的陰謀者手持這宗武器，第一著就全勝擒王而歸，史道鄰終亦不得不對之低頭，不久，即自請督師江北以避士英，而自率三千騎，黯然策馬出都門了。

馬士英既已完成了擁立的大功，緊接著第二個步驟是必須打入中樞，身先入閣。入閣以後，又必須排去元老史老先生，他才能穩取五相中首輔的地位。唯首輔他才能充分發展他的權勢，以總攬弘光的朝政。且看馬士英如何擺布這個局面。

五月初二日攝吏部史可法邀請諸臣會議廷推。議事中，仍由劉孔昭代馬出來叫囂。《小腆記傳》曰：「廷推閣臣，劉孔昭攘臂欲入閣，史可法謂本朝無勳臣入閣例。孔昭大言曰：即我不可，馬士英有何不可。乃進士英東閣大學士兼兵部尚書都察院右副都御史。仍督鳳陽。」孔昭乃劉伯溫先生的後裔，世襲勳爵，那有不知明朝政制之理，他之攘臂大言是為馬士英作鋪墊耳。然而士英雖入閣，但他不過占到了內閣中五席之一的地位而已。這次廷推的結果，雖然忠奸互列，然而小人之勢尚孤，還不至全盤魚爛的程度。《續倖存錄》記曰：

……用（史）可法（姜）曰廣及南儲高宏圖為閣臣，從物望也。再用士英及南禮王鐸，士英因定策功，鐸則藩邸舊恩。雖五相登庸，而菀枯固有別矣。然可法實秉中樞，高姜居中票擬，張慎言為大冢宰，劉宗周為總憲，九卿大臣，各得其任。

當日廷推排下了這樣一個「菀枯有別」的陣容，士英豈能甘心孤立閣席之上，做個唯唯否否的大學士即罷，尤其「仍督師鳳陽」這一條尾巴，簡直就是拒之於殿陛以外，又豈是野心家的馬士英所能容忍？所以《小腆記傳》續曰：「士英日夜冀內召，聞督師之命，則大慍，率兵船千二百艘至江干，上疏勸進，並以可法始議福王七不可之書奏之，即命入閣居首輔，以定策勳加太子太師。」《明季南略》也說他即於廷推的翌日帶領大批兵馬，臨江排下一場盛大威武的架勢。如言：「三日馬士英率高傑等擁兵臨江，稱十萬眾，欲威劫留都諸臣。」怒火煎熬著馬閣老的野心，到此政爭的重要關頭，他竟不恤物議，圖窮而匕見，擁兵威劫到那班峨冠博帶的舊臣頭上了——然而馬士英是勝利的，物議云何？

士英此行入京，當然具有決心，他是不回鳳陽督師舊任去了，他要更進一步，反手擊人，先將史可法排出中樞，不但自己可以穩占首席，而那班對他懷著敵意的朝士清流，必將群龍無首，此後即不難從容對付，逐一翦除。

初九日士英入朝後，史、馬二人即須正面解決內外分任的難題。在武力劫持和定策異議類似告密一樣的脅制下，溫厚篤實的史老先生在廷議席上，無可奈何地慘敗了下來。曾參史公軍幕的應廷吉撰《青燐屑》紀其事最詳確，曰：「上命諸臣集議，誰任居守，誰任督師？內監韓贊周言於眾曰：馬相公弘才大略，堪任督師，史相公安靜寧一，堪任居守。士英不樂出鎮，辭曰：吾往歲擒劉超，服老回回，多負勤苦，筋力憊矣，無能為也。史老先生鎮撫皖城，屢建奇蹟，目今番山鷂（指高傑）已至淮南，淮安士民，仰公盛德，不啻明神慈父，督是師者，非公而誰？史公曰：誠如公言，毋乃過其實耶！東西南北，惟君所使，吾敢惜頂踵，私尺寸，墮軍實而長寇仇乎？願受命。」史公在殿陛間答馬士英所言：「東西南北，惟君所使。」一口氣之間竟是蘊蓄著多少憤慨，多少沉痛。他何嘗不能預見馬任首輔以後，南京朝局將有如何的變化，自己此行淮上，跟這批類似強盜的四鎮悍帥如何周旋得來？個人的生死禍福可以置之度外，但本已不絕如縷的國族命脈，竟交付與這麼一位奸邪的野心家之手，他的痛苦，受挾制者的憤慨都是無奈的。何況馬士英手段毒辣，一步緊迫一步，廷議後他又唆使了強鎮出面來勸駕，以堅定他所獲得的成果。《明季南略》曰：「高（傑）、劉（澤清）二帥書至，請可法渡江，欲其卸權於士英也。」於是，至十八日史老先生只能黯然辭朝，策馬離京視師淮揚而去。

自此，弘光一朝政權盡入貴陽馬士英之手，而後果不幸恰如吳縣稾膳生盧渭抗疏名言：「秦檜在內，李綱在外，宋終北轅！」

夏允彝論此舉的謬誤，語甚平實：「馬入輔而史公出鎮，即國事敗壞之始也，蓋四鎮驕悍，馬尚可以向彼交誼籠絡之，史則與之相水火，焉肯聽其驅使？一至淮揚，即為高傑所困，史竭力調劑，僅得相安。」允彝之子完淳論廷議最初的決定「仍馬士英督師鳳陽」也，曰：「士英豪宕有將材，四鎮俱其心腹，督師淮左，有臂使之便，亦未為失人。」至局面又變，史出督師，馬兼揆樞，他不禁於所撰《南都雜志》中非常惋惜地說道：

史道鄰清操有餘而才變不足，馬瑤草守己狼藉，不脫豪邁之氣，用兵將略非道鄰所長，瑤草亦非令僕之才，內史外馬，兩得其長，此《易》之〈泰〉所以外小人而內君子也，今兩睽焉，宜其流於〈否〉也。[1]

完淳不愧是個絕頂聰明的神童，至少他批評史可法二事，實在極中款要。即以「用兵將略」一端而論，史公自己也就頗有不勝之慼。應廷吉[2]記與史公晤對一節，情事親切，娓娓可證：

十一月四日為閣部懸弧之辰，舟抵崔鎮，各官免參。急報，剡城夏固山闌入宿遷，史公愀然不樂，亟召眾官，舟皆未至。惟應廷吉從，因召見，徐問曰：在昔姜子牙、張子房、諸葛孔明何如人也？廷吉對曰：三公皆王佐才，不得位置優劣；雖勳名事業成就不同，則時有利有不利也。龐德公曰：臥龍雖得其主，未得其時，斯言確矣。公曰：陳壽有言，將略非其所長？廷吉曰：考之傳記，孔明種種調度，出人意表，豈壽所能窺測，他不具論，〈出師表〉云：鞠躬盡瘁，死而後已，至於成敗利鈍，非臣之明，所能逆睹。只此數言，萬世人臣之軌則也。公改容謝曰：華兄教我矣！

1 泰卦，周易第十一卦，地天泰，坤上乾下。天地交，而萬物通也；上下交，而其志同也。內陽而外陰，內健而外順，內君子而外小人，君子道長，小人道消也。否卦，周易第十二卦，天地否，乾上坤下。由安泰到混亂，由通暢到閉塞，小人勢長，君子勢消的黑暗時期。

2 應廷吉是萬曆四十三年（一六一五年）的舉人，崇禎元年（一六二八年）成進士，獲授碭山知縣，後曾任監察御史巡按福建。

軍訊惡報，召眾不至，史公佗傺無聊，只得招幕客清談，以排遣寂寞。然而蘊藏在他心底那一片痛苦的心事，仍不免隱隱流露。「陳壽有言，將略非其所長。」豈非夫子自道。迨應廷吉答以武侯鞠躬盡瘁的話，馬上又改容謝教。史公此時的心緒，一腔酸苦，滿腹躊躇之情，已宛然如畫的了。

至於「才變」一節，實在是很難說的，古往今來，君子與小人相爭，勝利常在後者。那是什麼緣故呢？我想最大的關鍵在於君子有道德倫常、規章制度的束縛，有當時的物議、萬世的公論要顧忌，舉止行動顯然不大自由。何況「君子之道其直如砥」，以此而與只問目的、不問手段的小人相爭，又如何能夠取勝？此史公之所以「才變不足」者，到底還是因為「清操有餘」之故。何況史可法的個性確也過分篤厚，甚至如後人的批評，他有點「迂闊」。

例如，在馬士英尚未率兵入朝以前，史可法領樞席，他曾想學學小人的乖巧，請設四藩，分封爵，企望以此安定淮揚一帶跋扈驕橫的鎮將悍帥。如《小腆記傳》言：

乙未史可法請分江北為四鎮，以劉澤清、高傑、劉良佐、黃得功分轄之……一切軍民聽統轄，州縣有司聽節制，營衛舊兵聽歸併整理，荒蕪田土聽開墾，山澤有利聽開採，仍許各於境內招商收稅以供軍前買馬製器之用，每鎮額兵三萬人，歲供本色米二十萬，折色銀四十萬，聽各鎮自行徵取。設督師於揚州，節制諸鎮。……詔並舉行。

又黃宗羲《弘光實錄鈔》曰：「夏五月庚子設四藩，以黃得功為靖南侯，高傑興平伯，劉澤清東平伯，劉良佐廣昌伯……」此一措施，在可法以為中樞已經竭盡嘉寵的限度了，各鎮守將自應「仰戴皇恩，一心歸向」的了。無如在當時江北的大帥看來，在他們防地區域之內一切人民的生命和財富，無不是他們的奴隸和私產，予取予求，屠戮淫掠，隨心所欲，又何貴乎中樞有此一命！雖說化不法為合法，但合法者已經多了許多限制和約束，在四鎮悍帥看來，全是「扯淡」不相干。而在自己的友人之間卻並不諒解他，因此橫遭不少訾議，如黃梨洲就批評他道：「馬士英既借四鎮以迎立，四鎮亦遂為士英所結。史可法亦恐四鎮之不悅己也，急封爵以慰之，君子知其無能為矣。」

其實，士英之結四鎮，由來久矣。《倖存錄》曰：

起為鳳督，與大帥黃得功劉良佐善。……高傑之南來也，士英厚待之。劉澤清初至淮，士英與通殷勤，頗自任德，而歸怨於南樞史可法，以為我固願公等來，而史公不喜也；及擁立之舉，馬遂聯絡二劉高黃為己助。

士英久任督師，與這班桓桓武夫早在現實利益的基礎上，勾結得異常緊密，現在又同荷擁立的大功，此「寵」豈史公一紙公文所能奪？想來，馬士英知此，必在背後哈哈大笑。史老的迂闊，到頭來只贏得高、劉二帥寄來催請他早放樞權，從速渡江的一書而已——小人權謀，有時候真令人有啼笑皆非之感。

馬士英既握政權，自然而然地「亟思樹黨」以對抗清流。他的密友中，阮大鋮，是必須汲引的最重要最可信賴的人選，他就甘冒天下之大不韙，一手推翻先朝欽定逆案，把阮鬍子推薦了出來。[3]士英力奏有曰：「原任光祿寺卿阮大鋮，居山林而不忘君父，未任邊疆而實嫻韜略。北信到時，臣與諸臣面商定策，大鋮致書於臣及操臣劉九昭，戒以力掃邪謀，臣甚服之。……」時在六月初六日。士英明知此奏如在同相高宏圖手上票擬，必然要遭駁斥，所以特「乘高宏圖督漕未入，即自擬旨，賜冠帶陛見。」—（《明季南略》）舉朝大駭，盈庭震怒。

明代的政治風氣，朋黨的積習甚深，而晚明尤甚。馬士英驟握政權，當時「龍首」史可法雖然已被遠放江北，然而江南元老，聲動朝野；盈廷佇立朝班者，大抵都是清流眉目之士，以至社盟名士，濟濟三吳，都是馬相公不容忽視的敵對勢力，居高思危，人之常情，馬士英又何肯「寢榻之旁，容人酣睡」？阮大鋮於馬士英，曾以邊才，推薦與周延儒，因得總督鳳陽之命，風雲際會，以至今日，此私人舊德，不得不報者，而最大的作用，還在於阮鬍子的陰狡狠毒的特才，當此內部政爭中，足以用為「羽翼」，用為殺人不沾血腥的爪牙，何況，他還有《燕子箋》、《春燈謎》那一套吹彈歌舞的好本領，可以取悅於「當今的皇上」也。此一馬士英的挾中環寶，終於六月壬戌，氣概軒昂，冠帶陛見了。

果然，阮之出山，引動當時盈庭的朝士，清議譁然。大學士高宏圖、姜曰廣，兵部左侍郎呂大器，懷遠侯常延齡，太僕寺少卿萬元吉，給事中熊汝霖、陳子龍，御史詹兆恆、王孫蕃、左光斗、陳良弼、米壽圖、周元泰等紛紛上疏力爭。就中以大學士姜曰廣持阻最力，他的奏疏也說得最沉痛最動人。如言：

---

3 崇禎二年，阮以阿附魏忠賢列於逆案，廢居回鄉。

臣前見文武紛競，既慚無術調和，近見欽案掀翻，又愧無能豫寢；遂使先帝十七年之定力，頓付逝波，陛下數日前之明詔，竟同覆雨。梓官未洽，增龍馭之淒涼；制墨未乾，駭四方之觀聽。惜哉維新，遂有此舉。臣所惜者，朝廷之典章，所畏者，千秋之清議而已。

在這樣滿朝譁罵的反對聲中，馬士英的奏辯，卻傯賴得十分到家。他先自表功一番，然後誣賴朝士道：「闖陷京首，禍及先帝，臣罪應死；今無知而薦阮大鋮，又當死。蓋臣得罪封疆，得罪祖宗者未必死，而得罪朋黨，則必死。」且看他輕下「朋黨」二字，把一切持異論者都網羅在內，而只此二字在人主心上又有何等警惕的分量，士英也不能說沒有「小人之才」。

福王初至南部，先行監國，史可法集諸大臣審議監國詔款，原稿內有起廢一條，可法立意調和人事，以為國難嚴重，政府應該廣開門戶，吸收人才，共圖復興，所以特別刪除。後來不知如何又被別人將這條條款重行添加了進去。此即姜曰廣奏疏中所謂「陛下數日前之明詔竟同覆雨」，即指此款。

此時舉朝哄鬧，最大的題目就是「掀翻逆案」。朝野沸騰，爭議不決。於是溫厚篤誠的史公為了顧全大局，首先對馬阮退讓，進以調停之說。說明前擬詔款已將起廢一節刪去，現在國難嚴重，不妨從權。不料此舉不但惹怒了自己的朋友，豈更自授小人以柄，狠狠地為馬士英還擊了一棍棒，此所以孔夫子要說「唯小人與女子為難養也」了。《弘光實錄鈔》記此事甚詳。錄曰：

大學士史可法以調停之說進曰：日昨監國詔款，諸臣彙集，經臣改定，內起廢一款有「除封疆逆案計典贓私不准起用」一段，臣為去之。以國事之敗壞非常，人才之匯徵宜庶，未可仍執往時之例耳。後來不知何故，復入此等字面。此示人以隘，不欲以天下之才供天下用也。

可法固然是一片忠誠虛懷為國，元輔風裁，千古共仰。但不知起廢以後，士英援引以入政府者，盡是一班雞鳴狗盜之才，如何復供天下所用？而且正當雙方爭議激烈的時候，可法此一調停，幾乎要變成為敵人張目的主張，何況他的地位又是那麼崇隆！所以應天府丞郭維經就非常激烈的話詰可法道：「督輔史可法雅負人望，亦有失言之過……乃合詞謂逆案斷不可翻，督撫深明為然，言猶在耳，何其忽而易志。」馬士英就抓住可法的話語，毫不客氣地當頭棒下，打擊他們道：「監國詔書，據閣臣史可法疏謂逆案等字俱抹去，而呂大器添入之，是以戎臣而增減詔書也。」史公一念之仁，卻為馬士英抓去，裝上這麼嚴重的一項罪名，兜頭套來，以馬士英的憊賴無恥，阮大鋮的陰險賊猾，固非正人君子所能對壘，而世論史公迂闊，亦復信然！

大鋮陛見後，廷臣諫爭不止，疏章紛陳疊上。然而阮髯不但有權相出死力撐腰，而且他的「才名藻譽」早已通過「群閹」之口深簡帝心。如《明季南略》言：「朱統口⿰金类糾姜曰廣及起用阮大鋮，諸票擬均不稱旨，發改票；再擬，再改。」在內閣司票擬的大學士高宏圖力爭不聽，被迫得只好具疏乞歸，至十月初六，就罷相而去，可見宮內回護之深。又如《弘光實錄鈔》曰：「劉宗周奏：大鋮進退，關係江左興衰。職方司尹中民興奏練。有旨：是否確論？年來國家破壞，是誰所致？而獨責一大鋮也！」這個釘子也真碰得不小。所以說馬之援阮，敢於略無顧忌者，宮陛之內早已伏下了奧援，也是一個原因。這一場軒然大波，不過遲延了阮胡一個多月的官運，至八月乙酉，終由「內批」以阮大鋮為兵部添注右侍郎，巡閱江防，他也就儼然衣蟒腰玉，一洩十七年來的鬱抑，做起巡江大臣來了。

史道鄰初至江北，高傑與劉澤清爭揚州，皆欲渡江南下，「縱其軍士大擾維揚瓜步間，殺人無算」。當時廷臣是沒有人敢於手捋悍帥底虎鬚的，但看史公渡江以後，低聲下氣奔走調停之苦，就知這輩混世魔王的氣焰。但是此時恰由侃侃鯁直的理學家劉念臺（宗周）出任總憲（都察院左都御史），他蒞任後第一件事就是疏糾高、劉二鎮，謂為可殺。這篇疏文當然是字字金石、擲地有聲的大手筆，所以輔臣姜曰廣不但擬優旨答之，而且「宣付史館紀錄」。這一下可就惹下了大禍。《倖存錄》曰：「……於是澤清忽然欲與姜（曰廣）劉（宗周）為難，馬遂因而用之。四鎮遂合疏攻姜劉，其詞皆凶悍甚。」

劉疏痛詆宗周，指宗周勸御駕親征鳳陽，謂鳳陽乃禁錮罪宗的高牆之地，是為不忠，抗疏稱孤臣為無禮；陰撓恢復為不義；激變士心召生靈之禍不仁。這最後一條何等逼人咄咄！乃意有未足，更進一步，據《小腆紀傳》言：

> 疏未下，復草一疏，並署黃得功，高傑暨良佐名上之，乞逮曰廣、（吳）甡、宗周三奸付法司明正其謀危君父之罪。如甡等入都，臣等即渡江赴闕，

面詰其奸，正春秋討賊之義。——疏入，舉朝大駭。

此時史在揚州，他不得不出來查詢事態何以嚴重到牽連四鎮的原因。夏允彝續記曰：

> 史詢之四鎮，皆以不知對。史遂疏言此疏乃黎丘之巧混。劉澤清又止上疏攻史，謂疏實其所上，因史偶問，故偶混答之。至尊之前，倏偽倏真，此即大怪事。而馬方快於逐姜、劉，用大鉞，不復顧大柄之委也。

《倖存錄》祗記澤清之辯，而《小腆紀傳》述其內帶，固別有馬相國的黑影在也——「先是，澤清錄稿示（高）傑，傑曰：我輩武人乃預朝事耶！得功亦馳奏不預聞，士英泥之不上。史可法不平，以諸鎮不知入告。澤清聞之，即言疏實已出，而良佐知狀，可法駁議，是何居心。」劉澤清偽弊為史揭穿，還要反責可法是何居心，真也驕橫得無法無天的地步了！不過無論如何，劉奏「臣等即渡江赴闕」一言是竭盡其恫嚇的能事的。不久，姜曰廣罷相，命修《思宗實錄》，而劉宗周亦罷。馬士英高踞閣座，從此高枕無憂了。

然而，吳偉業《鹿樵紀聞》有異說曰：「乙未左都御史劉宗周罷。士英初意頗向宗周……又心德大鋮之薦，欲兩用之，而邪正不能並立，不得已出劉而入阮。嘗賦詩曰……」又《續倖存錄》亦曰：「馬本有意為君子，實廷臣激之走險，當其出劉入阮之時，賦詩曰：蘇蕙才名千古絕，陽臺歌舞世間無；若使同房不相妒，也應快殺竇連波。蓋以若蘭喻劉，陽臺喻阮也。尚見臣之體。」

瑤草此作，確是好詩，不過措辭何等佻達，首輔的體統何存？說馬本有意為君子，說他初意本向宗周，我猜想大約還是因為劉念臺理學名家，社人主盟，桃李滿天下，身負東南重望，所以馬瑤草雖已去之，卻不能不有此詩以壯宗周的行色而已！在背地裡，說不定他正和陽臺阮氏在抵掌大笑了。

——我們千萬不能讓他瞞過。

小人道長，則君子之道亡，這原是千古不易之理。一自馬士英當國，史可法出鎮江左以後，朝局大變。吏部左侍郎呂大器，首以被訐於定策懷二心而憤懣求去；在「七月己卯常朝畢，勳臣群跪而前，指（張）慎言及（吳）甡為奸邪，叱咤之聲，直撤御座」的情況下，吏部尚書張慎言又罷。至八月，阮大鋮登朝班後，大學士姜曰廣、左都御史劉宗周，均因得罪鎮帥於九月間同時去職。十月初，高宏圖復罷相，餘如黃道周、陳子龍等也都被排擠，紛紛退歸田里。「長江後浪推前浪」，最自然的發展，即馬、阮那一幫，如逆黨同道的張捷、楊維垣、蔡弈深等雞鳴狗盜之流，即便一個個彈冠相慶起來。

劉念臺說：「大鋮進退，關係江左興衰。」其實是弘光的命運，當史可法黯然陛辭之日，即已決定了「敗亡的末劫」，不過加上了阮鬍子喪心病狂的變態心理的發洩，濟之以陰狡狠毒的恐怖手段，將這一段「南都末日」的場面，表演得更富有戲劇性的熱鬧而已。

當馬士英在南京恆歌酣舞，賄賂滋章；阮大鋮羅織清流，殺戮仇家之日，而明室復興所依恃、孤臣孽子的史老先生，卻已被鎮帥高傑軟禁在揚州城郊的福緣庵內，於焦急悲憤之中，徬徨繞室，莫展一籌，兀自低吟武侯的「鞠躬盡瘁，死而後已」那兩句沉痛的名言，以自遣其無邊的寂寞而已！

民族詩人張蒼水

一、鬥士的生平

張蒼水是明清之際經歷孤苦艱危的民族鬥士，但同時也是那個苦難的大時代中嘯吟血淚精誠的民族詩人。

他本名煌言，字玄箸，號蒼水，明萬曆四十八年（一六二〇年）出生於浙江鄞縣舊族——雍睦堂張家。自幼聰明韶秀，才調不凡，二十三歲即中崇禎十五年（一六四二年）壬午科的浙江鄉試，嶄露頭角，但是不到兩年，即逢甲申國變，烈皇殉國，九廟成墟，滿清的鐵騎縱橫中原，滅亡的災禍便迫臨每個中國人的眉睫。不但華北迅已失色，而開國南都的弘光一朝，亦不過擾攘一年，未能卻敵自存，終於陷落了。

於是，江南各地，義軍紛起，為保衛國族的生存，喋血抵禦南下的清兵。浙東各縣，自也不落人後，瀕臨滅亡邊緣的人們，揭竿而起。這時候還很年輕的在籍舉人張煌言，即從同鄉先輩錢肅樂起兵鄞縣，會合各地義軍首領，同奉駐在台州的宗室魯王出來監國浙東，以禦外侮，以存正統。

煌言奉派迎駕，魯王一見即非常賞識他的才華，賜進士加翰林院編修；又因他年少好談兵事，數月後再命兼兵科給事中，這位二十六歲的「侍從之臣」，感荷知遇，從此，經歷整個變亂動盪的末季，終其一生「始終為魯」。

然而浙東的抗清政府支撐又不過一年，清兵初渡錢江，內部即因兵變而潰散。監國魯王出亡海上，煌言也就倉皇辭家，渡海勤王，繼續共事在海上的最後的奮鬥。

煌言首次北征長江，是丁亥年（一六四七年）應援清蘇松提督吳勝兆的反正之役，不幸遭遇颶風，身幾被擒。翌年，浙東人心未死，紛在四明諸山結寨聚兵，抵抗滿清，煌言因在舟山無可發展，便從海上秘返上虞，自結平岡寨兵，發展敵後的游擊。

兩年後，浙海諸將奉監國魯王再開行朝於舟山，定西侯張名振當國，召回煌言共謀復興的大業，升任兵部左侍郎，以他精幹的才具和沿海一帶的人望，聯絡東南，籌餉練兵。

這時候，他的聲望他的活動業已引起清吏的側目，一再遣使招撫，煌言作書峻拒；清吏進而逼迫他的父親致函誘降，他復稟有曰：「願大人有兒如李通，勿為徐庶，兒他日不憚作趙苞以自贖。」[1]

然而，舟山海上行朝的局面也不長久，辛卯（一六五一年）清發大兵三路圍攻，眾寡懸絕，力不能支，監國魯王於舟山陷後只得投奔福建，往依海上力量最雄的招討大將軍鄭成功，煌言和張名振等扈駕同行。

此後癸巳，甲午兩年（一六五三－一六五四年），獲得鄭氏兵馬糧秣的接濟，與名振聯袂三入長江，反攻金陵。雖因兵力單弱，不克達成收復的任務，然而，大漢旌旗，照耀大江，振人心於興亡絕續之間，海上聲威，以此而盛。不久，名振病卒，遺言以所部歸煌言，從戎的書生至此才有一支比較像樣的自己的部伍。

永曆十三年己亥（一六五九年）五月，鄭成功以水陸甲士十七萬北征金陵，因煌言曾經屢次入江，熟悉形勢，推為前導，煌言便率領水師鼓勇前驅，穿越沿江炮陣，焚奪江上滿人最重要的防禦設備——木浮城，克復瓜洲，繼復進取蕪湖，偏師深入上游，他此時實力，雖僅「兵不滿千，船不滿百」，唯賴政治的號召與地方的聯絡，「騰書晉紳，馳檄守令」。半月間竟一連收復了徽州、寧周、太平、池州四府，廣德、陽和、無為三州，當塗等二十四縣。不幸正面攻襲南京城的鄭氏大軍，人謀不臧，初遇挫折，便輕自長江撤退，煌言孤軍被留在上游，遂遭敵人水陸雙方的包圍進退失據，他只得棄船登岸，自英山霍山轉入浙東，徒步奔走二千餘里，九死一生，逃還海澨，有自撰《北征紀略》一卷，以記此行亡命的經歷。

煌言身在戰鬥，他的父親既因憂貧而死，他的妻兒也悉被清吏拘置監獄，老家亦被籍沒。清帥乘其挫敗，再度招降，但是他說：「僕方當起而匡扶漢室，克復神州……豈煩詞曲說，足動其志？」他的堅定不移，誠是無可比擬。

不過，殘明大局，自己亥（一六五九年）以後，無論東南（浙閩）、西南（黔滇），都在日趨頹蹙之中。至辛丑（一六六一年）之冬，流亡入緬的永曆帝既被吳三桂執赴昆明，旋即被殺；鄭成功雖東征臺灣，獲致勝利的成功，然而金廈情況混亂，諸將離心，而明年五月，延平先逝於臺島，九月魯王也繼薨於金門，從此，孤臣失主，漂泊無歸了。

永曆十八年（一六六四年）六月，煌言勢孤力竭，金盡粟空，只得解散部

1 事見《後漢書》本傳，煌言以李通趙苞自況，是向父親表示不再顧家之意。

曲，歸隱於浙江南田之懸嶴。月餘，被清吏偵知，執送杭州，當時滿清總督趙廷臣還再三勸他歸順，他不發一言，唯求速死，終於九月初十就義杭州。

二、造詣與淵源

煌言本非桓桓武將，只因生當民族存亡絕續的關頭，這才被迫投筆從戎，寄命滄海，以書生治兵，從事民族革命的奮鬥，永曆十八年，終其求仁得仁的一生。然而，他終究背負著雍睦堂張家書香的傳統，自幼的教養，本人的天賦，讀書的嗜好，詩文的積習，無論生活在兵火倉皇的環境中，總也不能脫卸得了。說到天賦，則他九歲時，便已喜歡作詩了，自序詩集《奇零草》有曰：

> 余自舞象，輒好為詩歌，先大夫慮廢經史，每以為戒，遂輟筆不談，然猶時時為之。

可見其少年時代對於文學的熱狂，而其辭章之堅實的根基，大抵也建立於這一時期。雖因時值喪亂，少作全亡，今日已無從鑑賞他青年時代文章的功力，但如廿三歲鄉試諸作，縱使是制義文字有著重重的束縛，也不能掩沒其高華的才調，具有獨特的風神，深為本房座師錢世貴所激賞，薦語有曰：

褚河南書如瑤臺嬋娟，不勝綺靡，乃其人以大節著；宋廣平鐵石心腸，而賦情獨豔冶，此先輩於文章家神骨之外，兼登氣體，然後以茂美韶令為入格。此卷勢如世驚鱗躍波，情如翔鴻接翼，步驟益閑，符采倍耀，取其章美，足以衣被天下矣。

大座師左給事范淑泰批的是：「不事高深，淡然自足。」編修吳周華批道：「雅思雋筆，萬籟俱澄。」由於考官這樣的評語，也就見得少年張氏文學方面的造詣，不但瞻美宏深，抑已進入千錘百鍊的境界，洗盡鉛華的了。

然而，煌言不幸生當喪亂的衰世，無福安坐書齋，從容鉛槧，既當「天下興亡，匹夫有責」的大時代，熱血的男子便只得結束了他的文人慧業，獻身於救亡的洪流。當他熱烈領導海上的民族鬥爭之初，即他自己曾竭力要揚棄文士的積習，高唱：「丈夫志氣豈勳名，何況文章等芻狗！」立志要拋卻雕蟲，獻身巨業。然而，「臣本書生」，雖在喋血救亡的大事業中，熱情鼓蕩，又焉能遂廢翰墨，國難家愁，又如何不以辭章來寄託性情。故自撰詩序說明他的歌吟之所自來，有曰：

余於丙戌始浮海，經今十有七年矣。其間憂國思家，悲窮憫亂，無時無事不足以響動心脾；或提師北伐，慷慨長歌，或避虜南征，寂寥短唱。即當風雨飄搖，波濤震盪，愈能令孤臣戀主，遊子懷親，豈曰亡國之音，庶幾哀世之意。

本來，以張煌言所遭際之時代的困厄，國族之飄零，及其一生經歷之艱危辛苦，其本身即是一篇可歌可泣的史詩，從來經大事業者未必有其文墨，擅辭章者往往缺乏這樣豐富而艱險的經驗，再加之他本性情中人，富有深厚的感情，潑辣的精神，其詩文的成就，自非白屋呫嗶之士所能相望，難怪全謝山要譽為：「才華橫溢，藻采繽紛。」推之為一代的大手筆了。

惜乎他在文學方面的造詣，每為其大節的光芒所掩，後人先已為他忠烈的事蹟所眩惑，便常忽略了他於民族文學方面偉大的成就——其實，他不僅是復國運動中實際鬥爭的戰士，抑且是這時代中最富有生命力的民族的號角。

自來論煌言詩文者，每每讚譽其氣勢的高昂激越，或欽服其無論何時從無卑靡的詞意，因以想望其烈士的襟懷，或藉以占卜國運之隆替，如煌言老友徐孚遠序其詩集《奇零草》，則曰：

> 余聞詩能窮人，又聞窮而後工於詩。今玄箸之詩，其氣宏偉而昌高，其詞瞻博而英多，蓋明堂之圭璧，清廟之賁鏞也。長離一鳴，世以為瑞；況律呂之相宣乎？夫氣有盛、有衰，先動於人心，取玄箸之詩而詠歌之，不特審音可比於夔、曠矣，我明之再興可以推矣。

此乃以煌言詩之氣勢的宏昌，占復國前途的興廢，後如慈溪鄭溱（世稱平子先生，作跋不敢露真姓名，為避清人耳目，拆字署奠邑秦川）跋蒼水詩，亦曰：

自丙戌至甲辰十九年間，漂泊於波濤颶浪之中，竭蹶於干戈顛沛之際，履危蹈險，辛苦萬端，宜其音之哀且促矣。今觀《奇零草》文辭和雅、氣韻平舒，有從容瞻就之風，而無淒颯倉皇之態；有慷慨奮起之情，而無卑靡挫折之念。至若興趣所臻，風流跌宕；冠裳所集，意象崢嶸，覽厥體制，有直追嘉隆盛時諸作者；何其音之不類也。噫！我知之矣，昔者典午凌夷，江左繼祚，新亭之會，四座興悲，而王茂弘獨曰：當共戮力王室，恢復中原，奈何作楚囚狀耶！玄箸之意，蓋在於此。

這都是就其慷慨的歌辭，對他堅毅不屈的奮鬥精神，致其最高的崇敬，當然，煌言之所以不朽者，自有其「秉麾鉞以佐中興」的大節，但是，藉以傳達他的「肝腦總憑塗舊網，鬚眉誰復嘆新亭」（〈追往〉之二）、「一寸丹心三尺劍，更無餘物答君親」（〈北還入浙偶成〉）那種熱愛國族的精神，不得不表揚他在文學方面偉大的成就，視為我們傳統文化中之珍貴的遺產。

煌言雖然家學淵源，而且自幼酷好吟哦，根基豐厚，但任何一藝之成，無不有其師承所自，自來，只有謝山作〈張尚書集序〉，才指出他詩學方面的薪傳木本。如言：

明人自公安竟陵，狎主齊盟，王（世貞）、李（攀龍）之壇，幾於厄塞，華亭陳公人中出而振之；顧其於王李之緒言，稍參以神韻，蓋以王李失之廓落也。人中為節推於浙東行其教，尚書之薪傳出於此。及在海上，徐都御史闇公故與人中同主社事，而尚書壬午齊年也，是以尚書之詩古文詞，無不與之合。

這意思就是說煌言詩文的師承，在於明末結幾社於松江的江南大名士陳子龍（字人中，號臥子），因子龍曾以進士為紹興推官，廣布聲教，於少年煌言的故鄉，而且陳的知友徐孚遠（字闇公）與煌言為壬午（一六四二年）鄉舉的同年，不但後來同在海上共事，而且煌言似亦曾與徐等同盟一社，所以，他在一首壬辰（一六五二年）贈闇公年丈詩中說：「誰云四海同科弟，自是中原一社盟。」他們之間聲應氣求的蹤跡原很顯然。而南明時代中，陳子龍執江南詩壇的牛耳，他的詩作氣勢沉雄，風靡當代，較為晚輩的張煌言受其風格的影響，應為非常自然的歸趨。

本來，明詩沿襲宋元，每病枯硬艱澀，神體幾已盡亡，其間雖有前後七子起而提倡盛唐，但因一般文人錮習已深，積重難返，甚至竟有詆誹七子之詩為譌體者。至鍾（惺）、譚（元春）高唱性靈，乃文學思潮上一大反動的激流，為了力矯前弊，索性橫決一切，解放固已解放，而格調難免有江河日下更趨卑劣之譏。其後時勢日益顛危，愛國志士以慷慨激昂的聲氣，起而領導這一時代的文學，無論內容風格，咸趨縱放，昂揚於自然的大道，才上追李、杜，重歸正始的元音。有人說這一段短短的時間，是明代文學迴光反照的盛時，煌言正是這個時代中，一個優秀的代表。他的作品不但具有酣暢淋漓的宏美，而且他更獨具特色，無論敘事抒情，都能迫切情事，音節婉諧，恍如行雲流水，毫無纖芥凝滯，此又在氣勢以外，別闢一番自然精進的境界了。

三、作品概述

煌言著作之流傳者，有《冰槎集》、《奇零草》、《采薇吟》和《北征紀略》四種。文集題名冰槎，始於辛卯（一六五一年），終於壬寅（一六六二年）之九月，蓋因所收之文盡是海上所作，自解題名「浮蹤浪跡，當淒霰嚴霜，不得已而棲托靈槎，筆墨所及，都成冰聲」。故名冰槎，大抵為奏疏和書牘。其中最值得重視的，自然是幾次拒絕清吏招降的覆書，如庚寅（一六五九年）拒絕清提督田雄總兵張傑巡海道王爾祿招降的覆書，已亥（一六五〇年）被圍江上時，復拒清江南總督郎廷佐的書牘，及最後壬寅（一六六二年）那年的答安撫書，全祖望譽為：「公答安撫書，前半如謝疊山之卻聘，後半如陳文龍之請漳泉三郡以存宋祀。」都為義正辭嚴，彪炳千古的名篇。餘如〈三啟監國魯王〉、〈致鄭氏父子書〉，以及遣使滇都啟奏昭宗（永曆）的〈詳陳南北機宜疏〉、〈哭定西侯墓〉、〈祭四叔父文〉，無一不是他晚節所依的血淚文章，充分表顯他那忠君愛國，重友懷親的精誠與道義。至於辭藻，則魯王薨逝後，他自撰的祭表，寄沉哀於典麗遹皇的文字，向來為人傳誦。不但如此，即當年海上，他在東南群英中也是最負文名的，如己亥隨延平北征時，以鄭氏幕中的英才濟濟，而那篇北征檄文卻還是要請客卿的煌言來執筆，他於是非常興奮而自負，特作〈王師北發草檄有感二首〉，以記其事。如言：「似聞天地悔瘡痍，片羽居然十萬師。」及「嚇蠻往事疑虛語，諭蜀才窮愧老謀。自古殊勳歸躍馬，幾人談笑得封侯。」當時他那糅合鬥士與詩人兩重人格的欣喜之情，不禁躍然紙上。

詩集曰《奇零草》，集丙戌（一六四六年）以後至甲辰（一六六四年）六月以前所作的詩篇，另一詩編《采薇吟》，則錄自甲辰散軍入山以後直至蒙難獄中諸作。

煌言詩學的淵源既如前述，但他手編自己詩集時，卻非常謙虛地說：「思借詩以代年譜。」只是想以自己一生節烈的肝膽留知後人；然而，他雖是明末那個大動亂時代中親身領導實際鬥爭的人物，他的成敗緊跟著時代的興亡，他的哀樂即顯示民族命運的顯晦，他的生命的發展揉和在歷史浪潮之中，原已分拆不開，再加之以他有豐厚的修養，堅忍而熱烈的感情，戰鬥序列中真實的生活經驗，這種種條件混合起來的藝術上的成就，即以詩史而論，這裡面所蘊藏的「真」與「善」，也應比杜陵的悲秋，放翁的懷舊，更充盈切實，更活潑生動。黃宗羲《南雷文定》有曰：

而天地之所以不毀，名教之所以僅存者，多在亡國之人物，血心流注，朝露同晞，史於是而亡矣。猶幸野制遙傳，苦語難銷，此耿耿者明滅於爛紙昏墨之餘，九原可作，地起泥香，庸詎知史亡而後作乎？……明室之亡，分國鮫人，紀年鬼窟，較之前代干戈，久無條序，其從亡之士，章皇草澤之民，不無危苦之詞，以余所見者，石齋、次野、介子、霞舟、希聲、蒼水、澹歸十餘家，無關受命之筆，然故國之鏗爾，不可不謂之史也。（萬履安先生詩序）

是即闡明易代之際，史亡詩作，詩為亡國之史這方面的價值，確為篤論。煌言集中如歷次北征紀行之作，慷慨長歌舟山淪陷後的歌行〈翁洲行〉，詳敘圍城前後戰鬥的始末，以及其他一切撫時感事之作，莫不脈絡分明，都為亡明史料。尤其如他本人一生縱貫南明三帝的起落，漂泊海上奉事魯王一十九年，以這一段歷史中的歷史人物，自記其經歷、感慨、熱烈的期望、悲憫的情愫，再加以由來有自的文學技術上的素養、與夫奔放蓬勃的氣勢，作為一個民族詩人來看張煌言，也自非白屋儒生、廟堂朝士的呫嗶字句，所可同日而語了。

惜乎這位詩人一生漂泊，常在兵火倉皇之中，所以他在《奇零草》序中一再忱悼自己筆墨的不幸，說丙戌（一六四六年）「胡馬渡江」，所有長篇短什與疏章代言，已悉付兵燹，此後海上所作，則一失於乙亥（一六三五年）春之舟覆於江，戊子（一六四八年）、庚寅（一六五〇年）間跋涉山海，使殘篇斷簡，什存三四，而辛卯（一六五一年）舟山淪陷，又全部化為烏有。此後，丙申（一六五六年）舟山再陷，戊戌（一六五八年）覆舟羊山，己亥（一六五九年）亡命皖浙，當時所作，「盡同石頭書郵」，完全在兵亂水厄之中散失殆盡了。至壬寅（一六六二年）大勢沉落，始自「編纂，索友朋所錄，賓從所鈔，又憶其可憶者，次第成編」，但是已經不是全豹了。然而，即此殘編，也還是我國民族文學中的奇葩！

《采薇吟》錄自解兵入山以及被清吏所執，遞解杭州，別故里，記獄中諸作，以絕命詩終，最能令後人想望他的忠烈的節概與「從容就義」的風度。《北征紀略》記己亥年（一六五九年）隨延平大軍北伐金陵以至後來亡命山澤的經過，這是一篇血淚記實的歷史文獻，但他卻還是表現得那樣的「情事迫切」而感人。

風吹野火火不滅，老鴉夜啼山鬼泣；菇蒲秋晚暗汀洲，斷樹殘枝不堪折。

蘇公堤上衰草黃，愁雲慘淡鎖垂楊；家家夜雨鳴砧杵，處處秋聲欲斷腸。
空有好花簪不得，萬條弱柳垂金色；紅塵埋殺合歡枝，春風自解同心結。
翡翠堂前明玉當，佳人雲散泣蓮芳；至今惟有湖心月，猶自娟娟上粉牆。
青山疊疊晚煙迷，幾點疏磷斷澗西；夜雨寂寥山鬼泣，春風無主鷓鴣啼。
酒爐如故生荊棘，畫棟淒涼落燕泥；開謝桃花誰過問，萋萋芳草牧群歸。

四、他對文學的見解

最後，擬就煌言本人品論詩文的見解，來說明他的文學觀，以幫助了解包含在他作品內的精神與內容。不過，這方面的材料很少，在現存遺作中，可見者約僅三則。如——

甚矣哉！歡愉之詞難工，而愁苦之音易好也。蓋詩言志，歡愉則其情散越，散越則思致不能深入；愁苦則情沉著，沉著則舒籟發聲，動與天會，故曰：詩以窮而益工，亦其境遇然也。（〈曹雲霖詩集序〉）究樞不朽，流不腐，文章一道，倘陳陳相因，寧付之祝融氏之為快也。之秦皇焚書而書存，漢儒窮經而經亡，嗚乎！是豈焚之罪也哉！況乎風雅之林，日趨於新，而動輒刻劃開寶，步趨慶曆，譬之寒灰，其能復燃乎？（〈陳文生未焚草序〉）

從來儒墨分席，然詩律可通於禪，禪鋒每寄於詩，是何以故？蓋詩家格律甚精，不避空虛三昧。而禪家機鋒相觸，原其風雅三摩，故禪有魔，而詩亦有魔。而詩稱聖，禪亦稱為聖，超悟者，本無殊趨也。（〈梅岑山居詩引〉）

據此三說，足見煌言之於詩文的形式內容，都有其獨到的革命的態度。他認識生活與精神的環境，對於文字的影響力量很大，非到沉著纏綿的境地，有精凝深切的感情，始能有真實的體驗，非有深沉的體驗不能寫出「動與天會」的文字，所以他同意「窮而後工」，環境決定內容的原則；第二是反對踵步前人，刻畫舊體，以為有新生命應即有新創造，文人應感自己之所感。言自己所欲言，他既深嘆漢儒的窮經，其禍甚於秦火，所以反對因襲陳軌，高呼新風格新內容的開闢；第三，新形式同樣應有精密的格律，空靈的神韻，以充盈的才情與涵養，使文學的內容與外形同臻瞻美的境界，發揮潛蓄的力量。——這樣的見解，在今日看似平常，但在三百年前，文學風尚板滯的當時，不能不說是一種非常清新革命的論調了。

所不幸者，煌言一生盡瘁國事，他沒有從從容容品詩論文的餘暇，因此我們現在所能見到的亦僅此片鱗一羽，而且他那革新的文學論也和他之作為民族詩人的造詣一樣，都為救亡大業奇異的光芒所掩蔽，很少為人注意，茲特引述，以為研究他的作品之一種參考。至於錄原作詩文，一則篇幅有限，難期周備，與其不備則寧缺，期能以此小文引動大家研讀張氏全集的興趣。二則煌言詩文，動與史合，非依其年次，參互事實，不能窺其堂奧，所以更望能有碩學之士來箋注其全集行世，則非但嘉惠士林，亦所以表揚忠愛，激勵人心。

明末縱橫浙海的張名振

從來研究南明史事者，大抵都側重弘光、隆武、永曆三朝的事蹟，往往忽略了監國江東、縱橫浙閩沿海的魯王君臣的經歷；其實魯監國的力量雖然薄弱，然而就憑一片血誠，抵抗異族的侵凌，不屈不撓，風濤浪楫於東南海上延明紀者七八年，鼓蕩人心，搖撼敵統，在民族革命史上影響的力量，實在不應泯沒。茲略述監國魯王左右手的定西侯張名振的生平，以表揚孤臣孽子的血路心城。

名振字侯服，江寧人，家世不詳。全謝山撰〈定西侯墓誌銘〉，只說他：「少伉爽有大略，壯遊京師，東廠太監曹化淳延之為上客。時閹人中惟化淳以王安門下，故與東林親，公亦遂得與復社諸公通聲息。」徐鼒《小腆紀傳》說：「熊開元之廷杖也，名振陰屬杖者，得不死，而實未嘗識面也。」《明史》本傳大抵根據全謝山的碑誌，所以關於他的出身和少年時代的經歷，一樣沒有記載。但自他「壯遊京師」時期的舉止來看，大約是一個沒有家世根柢，缺乏依傍，而胸中自有一股正氣，空有抱負而苦無發展的人，即因不獲正當的出路，所以只得投身到東廠太監的門下做清客，但他自有政治上嚴肅的見解與情操，所以他縱是閹宦門下，也只做王安那一系統的曹化淳的門客，藉以與社盟的清流交好，不同凡俗。

在那種亂世時代，身入政治漩渦而不肯與俗沉浮者，當須遭受迫害，尤其如張名振那種性情伉爽的人，時忌勢所不免。因此，如黃梨洲《弘光實錄鈔》元年（一六四五年）四月條記曰：「安遠侯柳祚昌參北洋副總兵張名振。參其貪狡，北京指官局詐，曾經樞臣陳新甲枷責示眾。」名振當時在北京到底有無「指官局詐」的事實，暫且不論，但他在當時之鬱鬱不得志和被人嫉忌之情，已經不難想見。崇禎癸未（一六四三年）授台州石浦游擊，這位憔悴京華的壯夫，終於襆被出了都門，跑到浙江外海的一座小島上去做個守門的參將而已！

不久，天下大亂，內患外禍接踵而起，思宗身殉社稷，福王開國南都，名振遠在浙海偏鄙之區，蒿目國危時艱，自然不甘寂寞，他想在南京活動一個較大的任務，以發展自己久鬱的抱負，不料當時南都朝局，排斥社人，政由馬、阮，哪裡容得這個夙與「復社諸公通聲息」的游擊將軍前來騰躍？安遠侯柳祚昌摭拾舊事之參他一本，原是「理有固然，勢所必至」之舉。本來兵火倉皇的時代，帶兵的武人不愁沒有飛黃騰達的機會，功名富貴，隨心所欲，只有張名振則終為政治情操所誤，不肯同流合污，便也無法出頭，終弘光之世，依然只是個鎮守台州外海的參將，鬱鬱不能得志。

但是就在這年夏季，清兵渡江，南京、杭州相繼淪陷。當時大江以南三吳浙西諸地，城鄉各處，義軍紛起，揭竿以禦寇騎，而安宗北俘，正統已虛，所以便由錢江南岸浙東義軍的首領餘姚熊汝霖、孫嘉績，紹興鄭遵謙，寧波錢肅樂，金華朱大典，台州陳函輝等八郡合議，迎奉避兵天台的宗室魯王，於八月十六日臨戎紹興，就位監國，詔頒明年為監國魯元年（一六四六年）。

魯王既監國於紹興，浙海戍兵的地位就變得非常重要起來。這時候駐在定海的浙鎮總兵官王之仁，早就是浙東倡義的核心人物，駐防石浦的張名振也就於監國之初，聞風響應，並且赴紹興行闕，晉謁監國，魯王命加富平將軍。他還親視了一趟錢江沿岸的防地。

但浙東的局面甫經成立之初，朝政就已完全抓在跋扈的鎮軍方國安之流的手上，最初倡義的義軍領袖，大抵都是書生，已在武夫驕橫的壓迫之下，自顧不遑，遠在海徼的偏師，自然更無插足的餘地，名振不願與方國安同流，只得悵然仍回自己的防地。

不久，鄭芝龍、鄭鴻逵兄弟擁立唐王於福建，開國福州，是為隆武。當時有個原駐九江的總兵黃斌卿，於南都淪陷時跟隨閩軍一同逃入福建，便與鄭氏弟兄一同參加擁立的大業。隆武初立，紹宗皇帝即以浙江的舟山群島，地位衝要，幅員廣袤，取為據點，足以屏蔽閩海，呼應三吳，所以特派斌卿駐防舟山，深加倚重，封太子太師肅虜伯，賜劍印、旗牌、敕書，命他聯絡東南，相機進取長江。

斌卿既至舟山，與石浦防地毗連，兩軍分據浙海門戶，互相犄角，當此時地，利害與共，促使黃張二人交好起來，進而兩家成了姻戚，名振的女兒嫁了斌卿的兒子，兩地的桓桓守將，作成了一雙兒女親家。斌卿便又拜表福州，推薦名振於隆武，紹宗即予以捧日將軍的榮銜。這個時候閩浙的爭端，雖已逐漸醞釀，但名振秉性闊達，不大注意這些政治上的詭異，以為同奉明室，共禦外侮，何分彼此，所以便兼受閩浙之命，冀圖得一當以報國。

紹宗之倚重黃斌卿者，原期他能以海上舟師北溯長江，號召三吳；名振亦竭力鼓勵他聯軍北上，然而斌卿並沒有與滿清抗衡天下的大志，他只圖獵取高爵沃地以自求富貴而已，名振本人力量薄弱，不堪獨任，結果只如全氏碑銘所說：

「……議由海道窺崇明，擾三吳……未行，錢塘師潰。」

是年五月，清兵竟渡錢江，浙東八郡，相繼淪陷。魯監國脫身逃至天台，名振當時駐師岑江，聞訊即遣裨將率軍迎駕，由江門入海，親自衛護御舟暫碇蛟門。

浙東既陷，唇亡齒寒，敵騎隨度仙霞嶺，長驅入閩，福京告急，紹宗倉皇出走，而中道被殂；隆武國柱的鄭芝龍降了滿清。當時消息傳來，名振以為隆武既亡，監國魯王自當繼為明室的正統，凡為臣子，理應共奉繼國復國；他自己的轄地南田、石浦，地方既小，且又偏僻，絕不是魯監國適當的駐蹕之所，浙海唯舟山地位最重要，疆域最廣大，黃斌卿又兵精糧足，是個最理想的復興據點，據此號召散亡，猶可重整旗鼓。因此他便將此意告知斌卿，請他同奉監國，哪知黃斌卿不識大體，非但拒不接納，竟口出惡言，說什麼：「臣受先帝（紹宗）命守舟山，主上猶的也。的所在，思射之矣。」——監國君臣這時候無可奈何，只得仍在海上漂泊。

至同年八月，定海叛將張國柱來攻舟山，斌卿應戰被敗，不得已求救於張名振，名振便派部下水師驍將阮進率艦往援，他只以四艘戰船直薄張國柱四百號樓船的大軍，「炮聲雷轟，波濤起立」。轉敗為勝，不但保全了舟山，又盡獲國柱的樓船輜重。至此，名振以為自己於斌卿為有功，再提共奉監國的建議，然而斌卿堅拒如故。名振無奈，只得還舟暫泊普渡。

九月，福建故將永勝伯鄭彩不從芝龍降清，聞訊以戰艦四百來迎監國，十月間，名振便扈從魯王隨同鄭彩入閩，此時，魯王封名振為定西伯。

不久，名振發覺閩中諸將林立，鄭彩專橫不可共事，自己既無力衛王，只得請歸浙海，打算重招故部，先充實自己的力量再說。此時名振原駐的石浦已經淪失，不得已往依斌卿；然而斌卿則「見公之以孤軍依之也，稍侮之」。

翌年丁亥（一六四七年）春，滿清松江提督吳勝兆密謀反正，派人到舟山來密約斌卿派海師入江裡應外合，期能一舉而定松江，據以恢復三吳。詎知斌卿毫無謀國之誠，猶豫欲卻。然而此在局促黃侯轅下的張名振，視為何等興奮的機會，便會同浙直提督沈廷揚、御史馮京第、監軍張煌言於力勸斌卿不從之後，自己幾人湊集軍伍，定期應約。黃梨洲〈海外慟哭記〉曰：「斌卿猶豫不敢應，張名振乃召其兵就約。時斌卿進爵為威虜侯，其肅虜故印猶在，名振請得之，遣使者以拜勝兆，期四月廿六日渡海。」

不料行軍甫碇崇明，即遇海上颶風，為避風直溯入江，止於鹿苑，一夜號嘯，樓船漂沒十之八九；吳勝兆謀已外洩，清兵據岸掃射，死傷俘虜殆盡。沈廷揚被清人虜獲就義南京，名振、煌言等單身脫走，間道重回舟山，「斌卿以公之無軍也，益侮之」。此自非慷慨男兒的張名振所能忍受，便託名屯田，招故部改營於南田。

名振在南田招集散亡，重整軍伍，竭蹶經營的兩年之間，魯監國方面在福建沿海本來倒已頗有發展，駐次廈門，麾兵沿海郡縣，先後克復海澄、漳州、連江、長樂、興化等數十重要城邑。惜因兵力不繼，旋得旋失；而鄭彩與魯王舊臣不協，變故叢生，至戊子（一六四八年）之冬，先前得手的戰果幾已完全喪失，監國魯四年己丑（一六四九年）正月，魯王已不能在閩立足，只得改次浙閩交界的沙埕山地，鄭彩亦因實力盡喪，不願自去。

幸在是年六月，名振部伍稍復，出兵克復了健跳（在今浙江台州市三門縣），他便與舊部阮進合兵迎扈魯王返浙，駐蹕健跳。丁亥（一六四七年）之春，魯王晉封群臣，已封張名振為定西侯，阮進為蕩胡伯，所以他們君臣兩三年間雖分隔異地，而恩誼依然。

名振迎魯王駕時，也曾盡捐舊惡，函約斌卿，詎知斌卿悍然不理。當時僑寓舟山的大學士張肯堂就勸斌卿道：「將軍不奔同官乎？而與諸雄為仇，某竊危之。」但他依然不聽。

監國既至健跳，清人發兵圍之，島上大饑。於是阮進冒險突圍帶了監國的親筆信去向斌卿借糧，哪知斌卿竟然再拒，所以，一至健跳解圍，清兵擊退後，名振阮進便會合了含有舊怨的斌卿部將黃大振，說動了鹿頸治兵的王朝先，傳檄進討舟山。

斌卿一見諸軍大集，度不能抗，才開始著急，一面上表魯王請罪，一面求救於安昌王恭㮵，大學士張肯堂，希望代為和解，然而他這幾年來的行為，怨毒業已深入人心，臨難欲挽，也已不及，縱使監國寬赦，也難逃亂兵殺身之禍。

監國魯四年己丑（一六四九年）己丑十月，魯王移蹕舟山，以名振總督諸師。監國流亡海上三年有餘，水上行朝，漂泊無定，至此始獲這麼一塊地位衝要，足以控制三吳，生聚教訓的國土，開府設治，規模略具起來。

翌年庚寅（一六五〇年），張名振晉封太師當國，一切軍國大政，俱出張氏的擘劃。夏，以詔旨召還他的至友，在平岡結寨練兵的張煌言到舟山來幫他籌計大政，敷設新謨。

然而，當初共取舟山的浙海三雄，到了這個時候，由於實際利益的衝突，由於權勢之互不相服，漸漸發生了摩擦；又由於舟山軍民對於黃斌卿之被殺於悔罪之後，常有憤憤不平的表現，名振為了鞏固他自己的權位，維護舟山的安定，便於辛卯（一六五一年）之春，借名殺了王朝先，以其首級臨海致祭斌卿，欲借此收攬黃氏舊部的歸心，不料此舉魯莽，一則逼使一部分先朝的部將，走降滿清，同時引起蕩胡侯阮進兔死狐悲的不安，所以不久即有南田駐軍不穩的傳聞，流布舟山，這一下不啻根本動搖舟山行闕甫定的基礎，名振深悔自己舉措荒謬，即日親往南田謝軍，盡知此時阮營中，確已有了滿方招降使者的事蹟。阮對名振之來，負氣拒不接見，名振無奈，只能在南田郊外設祭，遙拜行朝自責道：「蕩胡侯如離此而去，主上尚何可恃，余願自殺以謝天下！」阮進感其誠篤，斥退清使，和好如初。名振這種風度，求諸近世，亦不可多見。

然而，無論如何，滿清方面眈眈海上，閩軍中他最忌的唯招討大將軍鄭成功，浙軍中最注意的莫如定西侯張名振，豈能容他生聚教養，姑息時日，所以，清兵既破四明山寨後，就特詔閩浙總督陳錦統率大批艦船，分兵三路，自蛟門來攻舟山。

名振初派阮進迎御，首遇陳錦一路於蛟門，居然旗開得勝，打了一陣大勝仗。但繼知敵兵三路來襲，斷非舟山薄弱的軍力所能分抗，且警報紛傳，眼看清兵在海上包圍的聯繫已將成功，名振無奈，只得採取一個冒險的戰略，冀圖僥倖。他以為蛟門形勢天險，阮部水師縱橫海上，夙著英名，熟諳風信，必可拒守一段時期，他便擬乘這千鈞一髮的機會，要自率精兵，進搗吳淞，所以偷襲敵後，學圍魏救趙的故事，作乾坤一擲的孤注。

當此大計初定，島上人心惶惶，物議沸騰，甚至許多人怨謗名振「借此避敵」；但是名振坦白的說道：「我老母、妻、子、兄弟全家都在舟山，我又如何生此異心？」

於是他請大學士張肯堂督飭安洋將軍劉世勳，胞弟都督張名揚守舟山，請阮進守前哨橫水洋上的大泥灣，自己率領精銳奉魯王出發，繞襲敵人的後路——崇明吳淞一帶。

然而不幸海上大霧，兼以風向不順，阮進失利，竟以身殉蛟關；三路清兵會攻舟山孤城，留守城裡五、六千名兵丁攖城固守，勢危力弱，居然也守過十個晝夜，然而，不待名振還救，終被清兵擊破。此舟山一役，不但死傷慘重，即城破以後，張名揚還率領民兵巷戰，殺傷清軍千餘，真是寸土寸血的戰鬥，同時殉國之烈，亦為南明史上僅見之盛。名振全家五十餘口，闔門縱火自焚，太夫人則投水自殉此難。

名振聞訊，兼程還救，但行至距舟山只差六十里路的火燒門時，便已遠遠望到舟山方面火光燭天，煙焰蔽空，知道已經不及，他不禁失聲慟哭，對魯王說道：「臣誤國誤家，死不足贖！」即要投海自殺，大家群起勸阻。從此，浙海方面抗清復明的主力，失掉了據點。失路君臣，只得南奔福建，求庇於雄踞金廈的招討大將軍鄭成功了。

監國魯王君臣一行南奔的時候，名振手上還擁有當日隨行吳淞的精兵數千，他們重振的希望在此，而目前餉糈和駐地的困難也在此。最後決定先由張名振、阮駿、周鶴芝三人於同年十二月下旬往歸成功；監國也致函鄭氏請他援助收復舟山，有云：「余與公，宗盟也，平居則歌行葦之章，[1]際難合賦鶺鴒之什。[2]公其毋吝偏師，拯此同患。」（見邵廷采《東南紀事》）

成功對於來歸的浙軍，頗表歡迎，立派名振管水師前軍，周鶴芝管水師後軍，阮駿為水師前鎮。翌年正月，又派專使迎魯王至廈門，非常鄭重地研究過晉見的儀節，致贊儀千金，綢緞百端，館之於金門，月節進銀米供養。

壬辰（一六五二年）春，鄭軍進攻江東，名振隨征。四月，大軍進取漳州，設二十八宿營，圍城數匝，派名振為提調，負責指揮八角亭方面的氐宿營、柳宿營和英兵營，專倚之重可見。漳城清將恃固不下，圍城兩月後，名振曾建議就鎮門築水灌浸城內，但因工力太大，水湍難防，沒有實現。九、十月間滿清大軍馳救泉漳，鄭成功以眾寡不敵，下令撤圍，返回中左。

此役一告暫停，名振即將自己的抱負向成功建議道：

> 名振生長江南，將兵數十年，今虜各處兵將，多係舊屬。茲金酋（清將固山金礪）既並力於閩，勢必空虛浙直。我以百艘乘此長風破浪，直入長江，號召舊時手足，攻城掠野，因時制宜，搗其心腹，虜無暇南顧，藩主（稱成功）得以恢復閩省，會師浙直，可指日待也。——藩從而遣之。（明延平王戶官楊英《從征實錄》）

---

1 編者按：〈行葦〉是《詩經．大雅》中的一篇，內容是周代貴族家宴的盛況，充滿關懷、熱鬧、和樂、祝福的氣氛。

2 編者按：〈鶺鴒頌〉是唐玄宗僅存的行書墨跡，李隆基為讚頌長兄李成器禪讓太子之位而作的詩，主要是表達兄弟之間的天倫之愛。

當時延平正因在福建境內，連年征戰，旋得旋失，終無決定性的成果；與西南方面晉王李定國會師東粵的計畫，屢遭挫折，他又深知三吳兩浙，民心未死，浙軍熟悉長江水道，義聲夙著，此議正中他雄霸東南，呼應雲貴的心意，所以即於永曆七年癸巳（一六五三年）三月，命名振統率水師，恢復浙直；並遣自部大將忠靖伯陳輝，申權鎮黃興率領護衛右鎮、禮武鎮、智武營等隨同名振一齊入江大舉。

此行戰船二百餘號，海師二萬，隨糧三艘，金鼓浩蕩，直薄京口，橫截長江，清兵守將，人人膽落，不數日，便已直叩金陵門戶。此舉發動當時，本與西南的秦王孫可望有約，名振既抵金焦，便等候上游秦王軍的接應，以便夾擊南京。他在待約中，曾上金山設醮遙祭孝陵，激勵士氣，並在金山寺壁上題下他那首有名的詩章：

十年橫海一孤臣，佳氣鍾山望里真。鶉首義旗方出楚，燕雲羽檄已通閩；王師桴鼓心肝噎，父老壺漿涕淚親。南望孝陵兵縞素，會看大纛禡龍津。

但是，等了幾日，上游音訊沉寂，名振孤軍深懸敵地，清將援兵，旦夕即至，自不便長此屯舟滿清的沿口重地，只得自行撤出長江，停軍吳淞附近，待機再舉。一面遊弋浙江沿海，措糧募兵，布置陸上的接應聯絡。

翌年甲午（一六五四年）二月，名振部署略定，再與陳輝等一同督師入江，其時清軍已因上年的教訓，江上防守更嚴，所以軍入鎮江，便打了一場敗仗，轉掠瓜洲，以至儀真（位於南京和揚州之間），經歷都非常艱危，穿越大江兩岸密集的炮火，終於到達南京城下的燕子磯。然而戰爭總是一種力量的比賽，當時敵方既已那樣戒備森嚴，弱強易勢，無隙可乘，也求無法硬拚，名振等在金陵城下留壁六日（一說四日），只得迅自撤退。

五月，名振等留江部隊，再奉成功新的戰略指示，配合他的和議，入江劫糧，目的在破壞清人東南的漕運，所以名振等就從崇明外沙還觸吳淞，掠奪糧船二、三百艘，獲級四百，又焚毀鹽船六百多隻，極完美地完成了他的任務，敵人的糧運深受打擊。其後，成功又遣親標營顧忠入天津焚奪船糧，張名振也率領沙船數十，泛舟山東所屬的登州、萊州一帶，考察沿海情勢，一直行至朝鮮海面，繼轉回華南。

至翌年，永曆九年乙未（一六五五年），成功因和議不就，便又分兵名振與陳輝兩人，命他們再度會師入江。詎知閩將與名振在以往的合作中，發生了極大的嫌隙，摩擦很深，延平未始不知，曾派人調解，也無效果。所以此行出發以後，兩軍就在海上分道揚鑣，浙軍直溯吳淞，預備領先入江，而閩將則逗留浙海，獨自進取山。

閩軍攻舟山前，有人提議應該知會名振，而中提督甘輝便憤然道：「名振小覷我們南軍，不知此間地利；但我們攻城略邑多了，取這座孤島，又何用知會名振！」

其實此時名振之軍已在崇明島外平洋沙上，遇風毀覆，死傷累累。名振等正在拚命救傷恤死，搶撈沉船，且因糧船覆沒，軍中苦飢，名振與部卒一同挨餓，收拾殘破。部下異常感奮，據傳當時軍中有「太師枵腹，我輩忘飢」的軍謠，他之愛護袍澤，及其部下的歸心，於茲可見。

舟山城下之日，名振才率殘破的軍伍來會，一同入城。重來傷心舊地的定西侯，第一要事，要踏尋三年以前投水殉難的老母骸骨，所以，他是縞素入城，步行全島的荒野之上，如醉如癡地東探西望，時或仰天慟哭，冀求神明的指點，堅執不肯回營。方經災患，復攖心疾，風露侵尋，愁苦煎迫，至是年十二月二十八日，這位縱橫浙海一心復國的將軍，便突然暴病，死於舟山軍幕。

名振彌留時，對他多年來出生入死，戰無不偕的老友張煌言慘然說道：「吾於君母大恩，俱不及報，倘我母遺骸終不能獲，請勿殮吾屍。」說畢，憤然搥床而逝。名振所部五、六千人，遺言歸張煌言繼統。煌言葬定西於舟山沈家門的蘆花嶴上，作〈哭定西侯墓〉詩曰：

牙琴碎後不勝愁，絮酒新澆土一抔。冢上麒麟哪入畫，江前鴻雁已分儔。
知君遺恨猶瞠目，似我孤忠敢掉頭。來歲東風寒食節，可能重到剪青楸。

明末海師三征長江事考

一

南明隆武二年，即清順治三年（一六四六年），浙閩相繼淪陷，東南一隅明室的根據之地，幾已盡失：當此天地晦暝之際，福建的招討大將軍鄭成功，即以孤臣孽子的決心，起兵鼓浪嶼，號召八閩子弟，力謀興復。同時，自浙東流亡入海的監國魯王，及其扈從的一班舊臣義士，雖至漂泊海上，但也竟開水殿行朝於風濤浪楫之上，冀求萬一的希望，以挽救危亡的末運。

但是，紹興敗覆以後，入海的浙軍，實在已無若何兵力可言，當時端賴從臣中的定西伯張名振，和他的監軍右僉都御史張煌言二人，都懷有「山河縱破人猶在」（張煌言〈書懷〉詩）那樣悲壯的抱負，竭誠聯絡海上的友軍，後來又努力消解閩浙的夙嫌，「計資延平大力，勇圖恢復」。居然得獲聯合一致，以極單弱的兵力，數年之間，三入長江，孤軍凜凜，出入於滿清統治江南的心臟地區，雖然三起三躓，壯志未伸，然此一海上王師，鋒芒遍布大江南北，振人心於絕續之間，轉國命於興亡之際，那一番聲威鼓蕩，實在具有非常的意義，非常的影響。

而且，以二張之入江的經驗，和憑此經驗與理想所構成的偉大的遠景，一旦與偏處閩南，力圖進取的鄭成功會合時，即時鼓動了鄭氏「先霸江南」的那一番雄心，因獲鄭氏支持，才得再次入江嘗試的機會。迨至永曆十三年己亥（一六五九年），鄭氏復親統六師，北征長江，這一場石破天驚的壯舉，其淵源亦即自此。

二

蓋鄭氏自起兵閩南，據有金、廈以後，他的經略大計，一以力征泉漳海澄等福建重邑，目的在收復八閩全省，以擴充本身的人力和資源。另一方面，自永曆四年（一六五〇年），親征潮陽、南下勤王起，鄭氏即與西南方面明室國柱的李定國，暗通約束，有會師廣州、海陸夾攻東粵的大計，不幸後此西南內部，孫（可望）、李構釁，爭端日烈，阻礙橫生，此計終成虛願；而福建方面，清人又不容鄭氏坐大，剿撫兼施；連年爭城掠邑，旋得旋失，終不能越出福建一步，並無若何具體的成就可言。此在身當中興大任、而又力健心雄的延平鄭氏，其不甘困守金、廈的苦悶和企求出路的殷切，都是不待想像即可得見的。

適此時會，即辛卯（一六五一年）八月間，監國魯王在浙海據點的舟山，為清兵三路夾擊，力不能勝。九月初，城陷後，因浙海已無可守之地，君臣一行，便不得已而流亡入閩。當年年尾先由大臣張名振等率部歸附閩鄭，以解救駐地和給養的困難。如延平王戶官楊英《從征實錄》所記：〈永曆五年（辛卯）十二月廿九日〉條後，即載名振等來歸後派任軍職的事：「定西侯張名振、平夷侯周雀之、英義伯阮駿等俱來歸。以名振管水師前軍、雀之管水師後軍、阮駿為水師前鎮。」至翌年壬辰（一六五二年）正月，成功並迎魯監國入廈門，旋復居之金門島上。張煌言隨同魯王至廈門後，便以客卿的身分，就地暫駐，繼寓湄州。此為浙人入閩之始。

張名振等之來歸，自然是仰望延平大力，似以請求借助恢復浙土為其最初的希望，如邵廷采《東南紀事》，曾記魯監國親猷鄭氏要求借兵曰：「余與公，宗盟也。平居則歌行葦之章，際難合賦鶺鴒之什；公其毋吝偏師，拯此同患。」而楊英《從征實錄》，記張名振建議成功之言，則更進一步，勸他麾兵出閩，進取江南。如〈永曆七年癸巳（一六五三年）三月〉條曰：

先時，定西啟曰：名振生長江南，將兵數十年，今虜各處兵將，多係舊屬。茲金酋（清將固山金礪）既並力於閩，勢必空虛浙、直。我以百艘乘此長風破浪，直入長江，號召舊時手足，攻城掠野，因時制宜，搗其心腹，虜無暇南顧，藩王（稱成功）得以恢復閩省，會師浙、直，可指日待也。——藩從而遣之。

名振等入閩後，自然看得出鄭氏此時，徘徊卻顧尋求出路的苦悶甚深，此一苦悶的事實，豈不正利於他們自己的活動？因此，他稍後的建議，所期望於鄭氏者亦驟然提高了不少。成功這一方面，得此浙軍老將，亦深知他們久據浙海，不但熟悉長江水道，抑且義聲久播江南，號召策反，確具人望，對於麾兵北上之議，自不禁雄心怦動；從此以後，不能不分移其英銳的目光，轉注於揚子江流域那一片錦繡江山之上。因此數度支持二張，入江突擊，而其入江試探的結果，更開後來鄭成功親征金陵一舉的先河，其意義尤為深遠。

誠然，己亥（一六五九年）之役，確是南明開國以來，光芒萬丈的一大戰役。當時，鄭氏親率海師十七萬，舳艫千艘，旌旗蔽江，金鼓樓帆，溯流直上，那種聲勢，那種氣概，不但嚇得沿江清吏落膽，且使北京皇城內宮掖寒心。而風聲所布，久被暴力劫壓的人心，群起響應。所以，先驅部隊得於十數日間，竟能遠收皖贛，近牧江淮，而大江南北的老百姓，簞食壺漿以迎王師的那種盛況，即三百年後的今日追言前事，也是何等的動人！此舉自是充滿了混亂、萎靡和敗亡氣息的南明史上，最為輝煌奪目，讀之令人神旺的一頁。

然而，大風起於萍末，歷史上任何大事，總必有其淵源本末可尋。即如鄭氏此役，乃將國家和個人的命運，同付孤注一擲的壯舉，縱使賦性豪闊如延平，又豈能僅憑一時雄心的驅策，便盡驅生長海濱的八閩子弟，犯險入江，僥倖求逞呢？因此，溯本求源，自不能不追溯辛卯年（一六五一年）浙軍之入閩，實在是變更鄭氏的經略，使局限福建一地的鄭氏的事業開放擴大的一個最重要的動因。雖然，鷺島道人夢蕃所輯《海上見聞錄》說，早於永曆三年己丑（清順治六年，一六四九年）成功派遣黃志高送應考生員赴粵，並賫本至行在時。永曆即曾「詔以志高為兵部職方司主事，使監賜姓（成功）軍，命以舟師進取南都。」並說：「其後賜姓入長江，承此詔旨也。」但是就時間來說，己丑距延平的北征金陵（己亥）前後相隔十一年之久，焉有派遣軍行的詔旨，可以有上承「十年前命」之理？更何況己丑年時，成功舉義未久，兵力單弱，尚在銅山漳蒲一帶招兵買馬之中，也絕無力量足以長驅遠征，獨力出來角逐中原。故開闢鄭成功親征金陵之先河者，應是己亥以前，浙臣二張的三入長江，而二張勢孤力薄，若非鄭氏的主持和借助，不得有此入江的事功。後來更因此項嘗試的結果，前途頗有希望，再加之綿亙五六年間在江浙皖贛一帶聯絡當地的義士豪俠，布置策反諜報等工作，到了圓熟的階段，延平才傾其全力，統師北上。其間，策劃的苦心，部署的艱難和試探者的冒險犯難，實在遠過於己亥的大舉。此所以海上二張三入長江的突擊運動，實為史實上重大關鍵之所在，實在不應等閒視之。

三

然而，舊時史家，每不注意此中線索，故目光常為煊耀的大事或成敗的結果所拘牽，極容易忽略了當事者事前擘劃的苦心，漠視了前驅者那一段冒險犯難的經過，遂使史事的發展，藏頭失尾，晦暗不明，轉令後人考索為難，豈非論史者的一大遺憾。

即如二張三入長江，其影響之重要，既如前述，然而舊史於其發生的年月，經過的事蹟，幾乎言人人殊，先後錯譌，雜糅難辨。甚且同是一家之說，也有前後自相矛盾之處，迷離惝恍，莫衷一是。要知此在海上遺臣持籌謀劃之際，孤軍犯險之時，其苦心、其艱難實十倍於全軍浩蕩北征之秋。故竊擬一考己亥前二張三入長江的經過，期以闡明延平當事時的籌謀之苦，和張名振、張煌言那兩位前驅者寂寞的事功。

張煌言自敘己亥從征經過的《北征錄》，首舉其入江的經驗曰：「余自乙酉（一六四五年）倡義，距今十有五年，棲山蹈海，艱苦備嘗。其間三入長江，登金山、掠瓜儀，師徒單弱，迄鮮成績。今歲仲夏，鄭延平全師北出，以余熟江上形勢，推督前部。」

據此則煌言在己亥以前，曾經三入長江，應無疑義；所以黃宗羲撰〈兵部左侍郎蒼水張公墓誌銘〉即曰：「公丙戌航海，甲辰就執；三渡閩關，四入長江（連己亥從鄭氏北征金陵一役並計在內而言），兩遭覆沒，首尾十有九年。」都是極為堅強的論斷。又煌言本以孝廉倡義，向為監國魯王左右文學侍從之臣。直至丙戌（一六四六年）渡海以後，才以右僉都御史奉派為張名振大營的監軍，然而也還不是執握兵柄可以專征的武人。他雖於戊子（一六四八年）至庚寅（一六五〇年）三年間潛歸浙東上虞的平崗結寨屯兵，然而部轄的壯士，為數甚少，相隨入海者，不過三百人而已，當然沒有單獨攻取長江的可能。所以煌言之與兵事，在乙未年（一六五五年）張名振病卒以前，即無役不與相偕。《清史稿》亦曰：「張名振三入長江，成功嫉之。」而其他有關南明史事的載籍所記，於此亦復一致。

但於二張三入長江的時間和事實，則因缺乏直接文獻和材料可資依據，所以各家都憑自己主觀的臆測，編排入記，因之言人人殊，更難免有先後錯亂之弊，莫衷一是起來了。

如浙東史家邵廷采的《東南紀事》，以為二張的入江的年月，應在壬辰（一六五二年）九月、癸巳（一六五三年）之冬和甲午（一六五四年）的春夏之間。其書卷十〈張名振〉條言曰：

壬辰九月率大艅過舟山，逼金堂，獲逃卒金允彥，斬之，祭死事者，將吏皆哭。進屯崇明沙，破鎮江，登金山，題詩而還。癸巳，成功以讒撤名振還廈門，因煌言及寧靖王和解，益兵、克期北伐。抵洋山，颶風失亡，勳鎮多潰歸福寧，名振一軍獨全。冬，再駐平沙，崇明步騎萬餘，乘凍涉平洋，名振欲避其鋒，煌言曰：「此用步地，急擊勿失。」旦，王善長、姚志卓以數百人衝其左，煌言統裨將以數百人衝其右，鳥銃火器犯其中，塘如矢，左右皆深溝，騎不可退，北師大敗，免者止一騎，江東響震。甲午春，名振再入鎮江，觀兵儀真，留壁六日。五月，逼吳淞關，獲級四百，戰艘三百七十，告捷於金門。

又同書卷九〈張煌言〉條：

壬辰監名振軍，過舟山，抵崇明沙，指金山，江淮響應。癸巳，上洋山，再駐崇沙，冬，破崇明步騎萬餘於平洋。甲午，再入鎮江，觀兵儀真；夏，逼吳淞，戰捷，皆與名振俱。

徐鼒《小腆紀傳》，大體與邵廷采的說法相似。記略曰：

明年（壬辰）春次於鷺門，收餘燼往見朱成功……成功待以上賓，行交拜禮，指腹聯姻，贈以萬金，哆囉呢五十匹，日本刀一口，為名振聘王氏女。

旋即借與兵二萬，糧三艘，即啟程北征，劉孔昭來會，中途獲叛將金允彥。破京口，駐崇明，「尋被讒撤回廈門，寧靖王術桂為力辯於成功，及相見，語之夜分，更益以兵，而令陳輝、王秀奇、洪旭、周全斌偕行。」即於是年秋九月出征，至羊山遭颶，軍中有「太師枵腹，我輩忘飢」的歌謠流行眾口。冬十二月朔，崇明駐防兵萬餘，馬三百匹，乘凍涉江、戰、獲勝。「甲午春正月，入京口，掠儀真，至觀音門，泊金山，遙祭孝陵。四月復以海艘上鎮江，焚小閘，至儀真，索鹽商助餉金，不得，焚六百艘而去。尋以海船六十，入山東登萊諸處，直抵高麗乃還。」——記甲午事較邵書為詳；但不知如何，徐書在壬辰甲午之間，漏掉了癸巳一年，卻將邵記癸巳年事，移在前一年壬辰的秋冬，變成了壬辰甲午各兩入長江，為其最大的特點。

徐鼒此論，似乎並非無所本依；因為查繼佐的《魯春秋》，也定三入長江的年月為壬辰（一六五二年）初次入江，而甲午年（一六五四年）則春秋各一次，並計三次。查氏之言曰：

監國居金門，遣名振以己意乞師廈門，成功不許。名振露其背所刺精忠報國字激之，並指腹為婣，得助師二萬，與煌言及（阮）駿、（劉）孔昭等直溯金塘，獲金允彥磔之，以祭舟山諸死事者。軍入長江，登金山，望祭孝陵，待約失期，不進，題詩金山寺而還，有十年橫海一孤臣句。

又續記甲午正月會成功師再入京口，戰不利，淹留四日退軍。成功再令陳六御程應蕃等協攻崇明不克。記言曰：「成功軍入京口，戰敗，喪副將阮甲，旋由平洋沙攻崇明失利，平原將軍姚志卓自刭死。」

續言甲午秋八月之再入長江，言成功遣水軍總制甘輝會兵合窺吳淞，遭風變旋師，移攻舟山，劍鎮將巴臣興降云云，則是一個顯著的謬誤，詳俟後述。

查繼佐與二張不但生當同時，且為曾共浙東倡義的同僚，其書應最足信徵。所以趙之謙編《張忠烈公年譜》，以全祖望《鮚埼亭集》於三入長江的年月「惝恍其詞，未嘗考定。」此一大疑案，認為幸「賴左尹書詳記始末」，便據查說入譜。且曰：「左尹與於乙酉義師，曾官兵部，畫江之役，身在行間，浙東事敗，猶遁荒野，又後公數十年歿。」因此認為極非燕說，據以定論，但是事實上查書卻還是錯得非常的多。

我比較參閱浙人先後的著書，卻以為還是應推全祖望《鮚埼亭集》的立論最為謹嚴，而趙之謙所訾議的「惝怳其詞」的一處，我卻疑心是傳鈔者的錯誤，因為夾雜了幾個衍字，以致原文模糊，使後來讀者為之迷惑難辨，也許並非謝山之失，因為我看全氏記二張辛卯（一六五一年）入閩後，入江事只有癸巳（一六五三年）、甲午（一六五四年）兩次，與事實最為接近。茲舉原文外編卷四〈明故太師定西侯張公（名振）墓碑〉：

……乃復扈王次於鷺門（即廈門）。癸巳，公以軍入長江，直抵金焦，望石頭城拜祭孝陵，題詩慟哭。甲午，復以軍入長江，掠瓜儀深入，侵江寧之觀音門。時以上游有蠟書，請為內應，故公再舉。而所約卒不至，乃還，復屯軍南田。

而同書卷九〈鄞張公（煌言）神道碑銘〉則曰：

> 癸巳冬，復間行入吳淞，尋招軍於天台，次於翁州；明年軍於吳淞，會名振之師入長江，趨丹陽，掠丹徒，登金山，望石頭城，遙祭孝陵，三軍慟哭失聲，烽火逮江寧。時上游故有宿約而失期不至，左次崇明。頃之，再入長江；掠瓜州，侵儀真，抵燕子磯，而所期終不至，復東下，駐翁州。

這一節，即趙之謙指為疵誤之所在，以「癸巳之明年即甲午也，既書明年，下復繫以甲午，誤矣。……未嘗考定初入長江為何年，又不知甲午之自春徂秋二入長江，故惝恍其詞；否則，癸巳字誤，然以左次崇明，屬之明年，於事仍不合。」

趙氏之言如此，但我以為若細將定西侯墓碑文對照一校，則絕不至張名振僅於癸巳、甲午兩入長江，而煌言則早於壬辰即能有單獨入江，先試身手之理。蓋名振未死其遺部未歸煌言以前，他縱然如何勇圖恢復，而手無兵力，又安能妄舉。故我以為煌言碑銘的原文或者多了「次於翁州，明年軍於吳淞」等十個字，所以把全盤事實都錯亂了。不過文中兩言「次於翁州」，按翁州為舟山，自辛卯（一六五一年）之秋即已淪入清人之手，至乙未（一六五五年）甫由鄭氏部將予以收復，故無論為壬辰（一六五二年），為癸巳（一六五三年），也斷無煌言還軍舟山之理，全氏此失，倒真的不可索解了。

又世傳全祖望撰《張蒼水年譜》，則又將三入長江事分記於癸巳、甲午、乙未三年，則與其碑銘文字又自相參左了。不過該譜不收《鮚埼亭集》內，學者多疑為後人託名的偽書，所以是不足深論的了。

以上所記，都是浙人的著作，除出全祖望辭意模糊外，大抵都以為二張兵力單弱，他們之三入長江，時間均應在辛卯入閩以後，因為非獲得鄭成功的支持與借助是沒有力量可以出征三吳的，而乙未年名振已病卒，故無論如何這三次入江的時間，總逃不掉在壬辰、甲午、癸巳三年之間，因此，雖然各家所說有所不同，但總是跳不出這個大範圍之外，而另求引證，此是各家記述差誤的一個最大的原因。

四

我試想解索這個疑案，先從當時及其稍後的閩人方面的記載，作了一次檢索，蓋我以為若二張三次入江均係仰借延平之力而後行，則當時福建方面的文獻資料中，又如何記述呢？首查延平王戶官楊英的《從征實錄》，僅見癸巳、甲午兩條。〈永曆七年（癸巳）三月〉：「藩（成功）駕駐中左。遣前軍定西侯等水師恢復浙直。先時，定西啟曰：（語見前引，略）藩從而遣之。並遣忠靖伯陳輝、中權鎮黃興、護衛右鎮沈奇、禮武鎮林順、智（武）營藍衍、後鎮施舉等一齊進入長江。」

又〈永曆八年甲午〉：「正月，藩駐中左。是月，定西侯張名振、忠靖伯（陳輝）等督師進入長江，奪虜舟百餘隻，義兵四起歸附。遣親標營顧忠入天津，焚奪運糧船百餘艘。名振直至金山寺，致祭先帝而回。虜聞風驚懼。」雖然，同書於〈永曆九年乙未七月〉，有記曰：「藩集文武議曰：和局不就，宜分兵與定西侯並忠靖伯等會師進入長江，搗其心腹，使彼不得並力南顧。……眾曰然。遂命右軍忠振伯為總督北征水師水軍事務，征戰機宜，悉聽節制調度……隨率……等十二鎮克日□□□□（率兵北上）。」嗣至十月，復續記這一批北征之師由岑江口分兩路進攻舟山，至廿三日城下，清鎮將把臣功（本名巴成功，嗣因犯延平名諱，改名臣興）降。廿八日續記名振事曰：「先時定西侯張名振與陳忠靖（輝）北上不和，藩委刑官程應璠解之，名振尤未降心。故我師至舟山馳會攻城不至。中提督（甘輝）等議曰：名振謂我南來之師，未知地利，但我等攻城略邑多矣。此一孤島，何俟名振會也。殆泊其城，遂降。至是城下，名振等出自長江來會。」那麼，這一次鄭部的軍行僅止於浙江的舟山，而名振雖因與鄭氏部將不和，中途分道揚鑣，再擬入江；不過，他率隊到了平洋，不幸遭了颶風覆船的災害，損失慘重，鄭將攻舟山時，他正與部卒一同枵腹海灘，撫輯傷亡之中，因此等他趕回舟山時，城已受降。而名振此行，也並未能進入長江，故全譜說第三次入江在乙未固誤，而查氏《魯春秋》及趙之謙編年譜以名振等遭風變旋師，移攻舟山事在甲午之八月，則更加錯謬不倫了。

再看江日升的《臺灣外紀》，卷六有曰：「順治十年癸巳（一六五三年）三月，成功遣張名振率水師船二百餘號北上，陳輝等為援。」又卷八：「（順治十一年甲午，一六五四年）三月，定西侯張名振、忠靖伯陳輝，帥舟師突入長江，奪船百餘隻，犯天津，焚糧艘，次金山寺，設祭崇禎而回。」

餘如夏琳的《閩海紀要》僅一條：「癸巳十年，明永曆七年春正月，成功遣定西侯張名振率水師攻復浙直州縣。」鷺島道人夢菴的《海上見聞錄》也僅載「癸巳二月，賜姓駐廈門，遣前軍定西侯張名振等率水軍恢復浙直州縣，並遣忠靖伯陳輝等齊入長江。」都連甲午一役，也均摒而不錄了。這據我的推想，大約有兩個原因：一是二張自癸巳離閩出征後，中途就逗留在江浙沿海，聯絡布置，直至奉命駐守舟山為止，其間沒有回過廈門，所以福建方面缺乏他們在外活動的資料，容易遺漏；二是鄭氏部下，門戶之見甚深，絕無延平那樣因材器使的恢宏大度，此觀夫下舟山時陳輝、甘輝等的一番議論，即可見其大概，所以閩人當時第一手的記錄中，對於這兩位客卿的事功，就不免時有故闕或記而不詳之弊；不過，無論如何疏略，二張入江事只有癸巳、甲午兩次，卻與浙人著作起自壬辰之說大不相同；但是，二張三次入江，假如均系賴鄭成功所支持在入閩以後的事，即早於癸巳之壬辰鄭氏便已借與兵糧派遣初征，則楊英為鄭部戶官，職司糧餉，焉有漏記之理？何況楊書的價值，不啻為延平的官書，依論史者年月應從官書的成例亦以楊說為強。

故我假定鄭成功支持之下的二張進取長江之行，恐怕只有癸巳、甲午兩次，而最初的一次，應在張名振歸附鄭氏以前。另一方面說，即張等先有過征取長江的經驗，然後鄭成功才能信任這位老將軍的建議，才能叩動他那遠征金陵先霸江東的雄心，因此，才「從而遣之」，予以再試的機會。

五

前揭查繼佐的《魯春秋》和邵廷采的《東南紀事》，既誤以二張之初入長江在壬辰年；後來的徐鼒編《小腆紀傳》、趙之謙編煌言的年譜都未經一加考證，所以也都跟著錯了，其實，二張自辛卯九月舟山淪陷，隨扈魯王入閩以後，直到癸巳年的春天才離開福建，經浙江沿海，繼入長江的，而壬辰那一年，張名振正隨延平於役於福建之漳州，張煌言則寄寓廈門、湄州一帶，窮愁潦倒，賦閒無聊得很。茲述證例如左：

（一）據楊英《從征實錄》記張名振從征漳州事：「六年壬辰正月初二，藩至海澄納赫文興降。初十督師進入江東，義師兵部職方司主事陳韻率兵丁數千來附，藩委用之，令隸入前軍定西侯張名振管轄。四月藩督師進攻漳城，設廿八宿營……又撥氐宿營鄭榮、柳宿營姚國泰專紮八角樓營盤堵禦；以英兵營黃梧為應援，（另撥）張名振為提調，八角亭有失，則罪名振。是月（五月）前軍定西侯張名振議就鎮門築水灌浸漳城，緣工力浩大，水湍難防，棄之。」

這一場漳州之役，圍城直至九月十八日，因據報清將金固山礪統浙直滿漢馬騎萬匹大隊星夜入援，延平才下令解圍；十月兩軍又接戰於江東，兵敗，布置防守後，再回中左，計時年將盡矣，張名振幾於壬辰整年，從延平隨征福建，又焉能分身遠入長江？此其一。

（二）據張蒼水記壬辰寄寓閩島的情況《奇零草》壬辰詩有閩南行古歌，敘其初入閩南的印象。有登湄州五律，紀湄島的風物。有〈端陽客鷺門〉、〈夏日過鼓浪嶼飲程嶼嘉將軍署中〉、〈新秋鼓浪嶼納涼，分得簪字〉等為題的詩篇，都明白記他這年夏季在廈門一帶寄情詩酒，撫髀興嘆的生活。又有〈絕炊〉一章，有曰：「炎涼雖世態，不信在同舟……亭午炊煙絕，何能免百憂。」感遇三首有句曰：「……落拓何曾誇馬骨，淹留豈為戀豬肝……多少雄心空對酒，能無清淚滴琅玕。」又曰：「此時始識通侯貴，何事翻令傲客閑。」「片石誰能砥亂流，冠裳無計且依劉……微軀慮向風塵老，後死終慚清惠侯。」都可看出他在當時失路投閒，窮愁潦倒的情景。這年冬天，還有〈師次湄島，諸勳鎮行長至禮，余以服制不預，誌感。〉及〈壬辰除夕宿湄州禪院〉諸詩，紀明時地，尤足佐證。

不特此也，翌年癸巳（一六五三年），集有〈北還入浙偶成〉一首七律，辭氣之間，充滿了豪健的希望，不同壬辰那樣的蕭瑟。如曰：

南浮北泛幾經春，死別生還總此身。湖海尚容奔鬲客，山川應識報韓人。國從去後占興廢，家近歸時問假真。一寸丹心三尺劍，更無餘物答君親。

這首詩不但記他舟山陷後流離異鄉，首次北返的歡欣，更大的喜悅還在他此行已經有了「報韓奔鬲」[1]的辦法。也可以反證他在壬辰（一六五二年）這一

1 編者按：用報韓、奔鬲兩個典故，皆指復仇之事。奔鬲故事，是在有窮國君后羿滅夏、寒浞又詐取羿之位後，夏臣靡奔有鬲氏，召集遺民，滅寒浞、立少康，夏室中興。報韓故事，指韓公子張良，曾派人刺殺秦始皇，以報韓國。

年，寓閩嶠實在是一段鬱勃無聊的過程，哪裡有提槊北伐的蹤影？又《冰槎集》煌言為《曹雲霖詩集》作序，有言曰：「歲在壬辰，余避地鷺左，雲霖儼然在焉，歡然道故。……迄癸巳春，余附檣船北歸，雲霖留閩，蹤跡又相遠。」一則煌言早已自將來去年月、滯留廈門的時期說得很明白了，所謂壬辰兵入長江的話，不是都成了無據的謬說了嗎？

所以，我敢斷定邵廷采、查繼佐錯了，而徐鼒、趙之謙也都並沒能為前輩訂正這個錯誤；至於全祖望的神道碑銘，於煌言的入江年份，或因衍文以致辭意惝恍；不過他所述的先後事實，亦不盡與定西墓碑相合，所以仍有再加考訂的必要。

六

鄭成功之於二張的進取長江，浙人之書雖每稱以為借助，但事實上卻不僅於撥借糧餉船隻和兵夫而已；據楊英《從征實錄》，癸巳年第一次北征時，成功即同時派遣他部下的大將陳輝、黃興率領兵將四鎮一齊進長江，可見此舉雖云嘗試，以熟悉長江形勢的浙軍為嚮導，實地訓練自己部將的意義很重，但他也還是傾其甚大的兵力，於此舉寄以非常深遠的期望。甲午二次入江，仍然由張名振、陳輝二人合力督師前進，且據《魯春秋》，甲午入京口戰敗後，成功復令陳六御、程應璠等協攻崇明，他的恢復大略中，致力的重心，雖然並未完全放棄會合西南的李定國夾攻粵東，連兵北伐的希望；至少在這個時期中，鄭氏心目裡，已將南下粵海，北上長江的兩大戰場間，在俟機主動之中，其比重是等量齊觀的了。此不但於鄭氏對二張入江的調兵遣將上可以得見，即在此時期，他與李定國的往來函札上，尤充分說明雙方的態度，顯已發生了相當的距離。

蓋此一時期李定國轉戰湘桂之間，而永曆帝則尚在孫可望挾持之中，西南情勢，異常迫急，所以定國急切盼望能夠東聯鄭氏的海上之師，會兵東粵，以解救永曆的危厄；然而當時在鄭氏則以為南下軍期，以西南內部的牽制，難望適切會合，至浙軍來歸，便油然而生先霸江南之志，蓋鄭氏如能在長江得手，抵定金陵，則西南的局面亦必然可以改觀，此延平的雄心「擒賊擒王」取其大者之計，便與西南方面當時主觀的需要，發生了顯著的距離，故甲午（一六五四年）四月暨九月間，李定國兩次來書，一諷成功為觀望，一則率直反對張名振的入江之舉。茲摘舉原函如次：「然詳所舉止，多倫觀望，不思羊城底定後，雖頻年抗節而不千里勤王，亦何夙績之足道哉！」又曰：「楚豫之間，偵使頗系，大略粵事諧而閩浙直爭傳一檄，所謂張侯爵鼓楫而前，要知亦緩於今日發粵之舉。時乘其所急，名高於易收，執事寧忍置之。」於此，可見當時西南和浙直雙方爭取鄭氏的激烈；然而，鄭氏還是堅定他的俟機主動南北兼顧的主意，溫辭復慰曰：

弟十年經營，十年攻戰，正欲得一同袍同氣者，共滅醜類，而爭朝夕。茲疊承大教，寧忍濡滯以自失事機？奈尊使到敝營時，值南風盛發，利於北伐而未利於南征。故再發舟師，令定西侯張名振、忠靖伯陳輝等復出長江，水陸並進，規取金陵，使彼胸腹受創，則手足自亂。即欲遣師南下，與貴部共取五羊，緣風信非時，未便發師。

但在此覆信當時，名振等已於是年夏間，因和議奉召退出長江；故成功也即從容南顧接受了晉王的邀約，於十月發兵東粵。楊書永曆八年甲午記曰：

> 十月十九日，藩遣使南下，與晉王等會師勤王。委左軍輔明侯林察為水陸總督，提調軍中一切機宜；委右軍閩安侯周瑞為水師統領，委戎旗勳鎮王秀奇為陸師左統領……等官兵數萬，戰艦百隻，克日南征。

所以前函續言曰：「茲屆孟冬，北風飈起；即令輔明侯林察、閩安侯周瑞等統領揚帆東指。雖愧非順昌旗幟，然勉效一臂之力，水師攻其三百，陸師盡其一網，則粵酋可不戰而擒矣。」——由此足見在這段時期中，攤在鄭成功面前的兩條大出路——廣東和南京，他都同時在積極進行嘗試部署之中的，在鄭成功恢復大陸的經緯中，依然是兩路並重的主要骨幹。

甲午年名振等遠征長江之師，既因與滿清和議而召回；但至次年乙未（一六五五年）七月和局不就，成功便又召集文武，議再北征。不過此行收穫僅止於收復了浙海的舟山。至九月間，即因滿清世子濟度統大軍入閩之故，成功只能調回這批遠征部隊，返衛思明而止。

其後，西南方面孫、李之間的嫌隙，竟發展成為內戰，李定國且奉永曆轉入雲南，粵東之謀，顯已無望，於是，鄭成功便基於癸巳、甲午這兩年嘗試的經驗和部隊實地訓練的成果，積極布置親征金陵的大舉。如楊書記永曆十一年丁酉（一六五七年）三月：遣水師前鎮左營李順同、水師後鎮施舉前往浙省定海等處採探虜息，並招徠松江一帶漁民，以為進取長江嚮導。

同年八月，成功復親征浙江沿海，師入海門港及溫州一帶，均足證明自二張入江以後，南下廣東之計遭遇困難未就，東海之鯨的鄭成功即一意北伐長江，以進取南都為其唯一的壯圖了，至戊戌（一六五八年）便傾其全力，親率大軍北上，開始其遠征金陵的那一場石破天驚的反攻大戰了。

因此，我說鄭氏己亥（一六五九年）親征以前，海上二張的三入長江，為史實發展之一大關鍵，而鄭氏策劃的苦心，二張前驅的艱辛，都是不應該忽視的；然而，歷史不但於三入長江的年份，迄無定說，而經過事實，亦因年份差錯，以致先後顛倒，雜亂失序。現在，我雖根據上述，擬定鄭氏支持下二張只在癸巳、甲午兩入長江；但於經過戰績和事蹟，卻苦於可以憑藉的資料太缺乏，不能作徹底的研考和整理，不得已只能就手頭現存的材料可以印證其事實者，述如下節。

七

鄭成功主持之下的癸巳（一六五三年）入江，應是閩南方面首次北征的大事，所以規模著實不小，除出張名振的浙軍外，加派大將五六員，精兵四鎮，「一齊進入長江」，《魯春秋》及《小腆紀傳》也都說鄭氏借兵二萬，糧三艘；江日升《臺灣外紀》更說「名振率水師船二百餘號北上，陳輝等為援」，可見其出師時聲勢浩蕩的一斑；然而各書於癸巳戰績，反而記載寥寥。這最大的原因當因癸巳的事蹟因年份的差錯大抵都移到並無入江之事的壬辰（一六五二年）那一年去了，所以當年事蹟反致空疏，故我以為《東南記事》所說的「壬辰九月……進屯崇明沙，破鎮江，登金山，題詩而還。」《小腆紀傳》記壬辰年的「破京口，截長江，駐崇明。」《魯春秋》所說的「待約失期，不進，題詩金山寺而還，有十年橫海一孤臣句。」都應該是癸巳上半年的事。此不但與全祖望〈定西墓碑〉所說：「癸巳，公以軍入長江，直抵金焦，遙望石頭城，拜祭孝陵，題詩慟哭」完全符合；且張煌言《奇零草》有〈甲午立春大雨雪，駐師吳淞〉一詩曰：

春信驚催元臘殘，江梅猶帶六花蟠。屠蘇飲出冰餘冷，組練光浮木末寒。
吹垢豈期風入夢，洗兵自合雨成團。征人感荷東皇意，且逐年光奮羽翰。

此詩題下注曰：「會名振之師，初入長江，登金山，望石頭城，祭孝陵，時上游有宿約不至，左次崇明。」立春節目，應在年底年初，故此注所言登金山事，必可斷為追述癸巳前事之作。煌言又有〈同定西侯登金山，以上游師未至，遂左次崇明〉七律二首，雖不繫年，但原詩第二聯兩句可以證明他們軍行至鎮江（鐵甕），正當五月龍舟競渡之時。與癸巳（一六五三年）三月自閩出征的時間約相符合。原詩曰：

割雲半壁倚中流，天劈東南形勝收。鐵甕潮函飛鷺嶺，牙檣影撼浴龍舟。
畫江何代空鼉鼓，橫海今來駐虎遊。咫尺金陵王氣在，可能瞻掃問松楸。

再說，各書都說名振等此行北征，上游原有宿約，故煌言詩題亦一再說：「上游宿約不至。」按當時西南有兩大勢力，即李定國和孫可望，定國是邀約成功會師廣東的，絕不可能再來個期會南都的宿約，只有孫可望方面，則楊英的《從征實錄》於永曆六年壬辰十一月條下記有：「是日，秦王孫可望移檄會師。」當時可望嫉妒定國的武功，親駐沅州，或有席捲湘贛，進取東南之想。據此，則二張之金山待約，必在癸巳之春無疑，此又一證也。

二張在金山待約不至，退出長江後，他們即暫次崇明，並未班師回閩，煌言且有招軍天台之行。這年夏秋兩季，他們這兩位義聲久播於東南的浙軍領袖，必在江浙沿海郡縣，布置策反、諜報等工作，以為再舉的準備；所以，第二年甲午再入長江時，連記載二張戰績最簡略的楊英實錄也寫道：「督師進入長江……義兵四起歸附。」這時的歸附，應即為癸巳夏秋間二張辛苦經營的成果。至冬，煌言再間行吳淞，《奇零草》有〈入吳〉及〈入吳見雪忽憶車駕南巡〉兩詩。

這年冬天，江南很冷。所以煌言詩有「往歲南中不見雪，今年吳地雪偏濃」之詠。也因天寒而江水凝冰，所以，復有崇明敵騎萬餘，乘凍涉江一役，他們打了一場徹底消滅來犯騎兵的大勝仗後，就在長江口外度歲，「且逐年光奮羽翰」了。此事以邵廷采記述最詳，已如前揭，茲不贅。

又「大艦遇舟山，逼金堂（一作塘），獲逃卒金允彥，斬之，祭舟山死事諸人。」此係自閩出征之初，中途軍經浙海時事，自應移入癸巳（一六五三年）三月無疑。按金允彥本是名振部下的中軍官，辛卯（一六五一年）留之舟山，協助城守。詎知清兵圍城，久攻不下時，金竟逾城而逃，投降滿清，並告以城中虛實，因此清兵攻擊益力，城守者恨甚，臠其子於城上以示。城終不守，致名振等返援不及，闔門殉難。此時金已在清方擔任了把總之類的小官，終為名振所獲，磔之以祭舟山死事諸烈。此乃漢奸的下場，亦為名振北征行程中，足稱快意的一件軼事。

至翌年春正月，二張再度揚帆入江，襲取金陵。當時，煌言有〈甲午再入長江〉一詩，自許是：「涿鹿亦當經再戰，盧龍應復待三犁。」此行仍然是與鄭部的忠靖伯陳輝同行，也和上年一樣，一路溯江直上，入京口，掠瓜洲，抵儀真，直達南京門戶的燕子磯。《奇零草》有〈師次燕子磯〉一章，正是他自序所言提槊北伐中的慷慨長歌之一。可以看出他們當年深入敵陣奪取南都時，那一番的豪情勝概。

橫江樓櫓自雄飛，霜伏雲麾盡國威；夾岸火輪排疊陣，中流鐵鎖鬥重圍。

戰餘落日鮫人窟，春到長風燕子磯；指點興亡倍感慨，當年此地是王畿。

雖然，二張如此地鼓勇再舉，力冒兩岸炮火的夾擊，居然能夠斬奪橫江鐵索，突圍深入上游，兼有沿江各地的義軍，四起歸附，聲勢何等振奮。所不幸者，此時清人早已凜於上年的「海寇之患」，不但大江南北，戒備森嚴，而南京左右，江防尤密，所以結果不如上年。《魯春秋》說：「成功軍入京口，戰敗，喪副將阮甲。」淹留四日退軍。《東南記事》也說「留壁六日」，便被迫退了下來。此時鄭成功派陳六御、程應璠兩軍來協攻崇明，但也仍然被打敗了，《魯春秋》續曰：「旋由平洋沙攻崇明失利，平原將軍姚志卓自刎死。」而日人川口長孺的《臺灣鄭氏紀事》亦言：「三月名振率舟師侵崇明南沙嘴、壽興沙等所，與清趙光祖等戰，失利。」

又劉孔昭以師來會事，據全祖望〈張督師畫像記〉引述煌言的女兒追憶之言，時在甲午，論次清晰，當可據信：「……甲午名振邀先公入長江，誠意伯劉孔昭亦同行。或言孔昭先朝巨奸，豈可與共事。先公曰：孔昭之亂南都，擢髮不足罄其罪；然當趙之龍輩迎降恐後，獨全軍出海，則尚有可錄者。今托同仇之義以來，疾之以甚，恐其為馬士英之續也。聞者韙焉。」

至同年四五月間，他們再由海上還攻長江口的吳淞闗，《東南記事》說他們「獲級四百，戰艘三百七十，告捷於金門（魯王）。」《魯春秋》和趙譜則說：「掠戰艦二百九十。名振以沙船五百泛登萊，及高麗乃還。」又楊英書又言：「遣親標營顧忠入天津，焚奪運糧船百餘艘。」《小腆紀傳》又有「索鹽商助餉金，不得，焚六百艘而去。」等等記載，這一連串的表現，當時都是基於鄭成功所定的策略而由二張實施的事功。蓋據楊英《從征實錄》所記，癸巳八月，鄭芝龍差人通知成功，清朝欲賜地求和，將封成功以海澄公的爵位，探求他的同意。成功即曰：「清朝亦欲治我乎，將計就計，權借糧餉以裕民食也。」至次年正月，清朝就派學士鄭庫等二使賚海澄公印至閩。三月，楊書記曰：「藩以和議方就，乘勢分遣各提督總鎮就福興泉漳屬邑派助樂輸。」此後即以「和議未定，虜兵無敢阻抗」，所以乘此機會，四出措餉，追遣益力。此時成功即因要將計就計，裝點假和議的門面，故於甲午之春，曾有因和議召回遠征長江部隊的命令；也因乘勢措糧，故名振等有奪糧船破壞清人糧運等改變作風的戰略表現。此觀夫同書所載鄭成功於乙未正月〈致清福建巡撫佟國器書〉，益足證明張等的活動完全遵照鄭氏整個策略而定，原是呼應無間的。

> 自去歲議和之後，不佞遂按兵不動，即江淮截運之師亦暫吊回，遣進浙西之旅亦戒安輯，孫李請援之兵亦停未舉，此示信於清朝，不可謂不炤矣。但以數十萬之兵眾，嗷嗷待哺，議可俟而腹不可枵，故措食民間，亦權宜之至計。實所以堅明信而姑為此委曲也，乃不佞以信相期，而清朝以詐相待……

轉下去他便說了一番「吳靡浙摧，粵破閩解」自誇兵力的話以恫嚇對方。並舉癸巳春夏間二張在長江所建的事功為其例證，朗然而言曰：「又不特此也，江北錢糧，皆取給東南鹽課艚糧，關係國命。我師特扼江淮，不特南北截為兩斷，將見畿輔立斃矣。如春夏間焚毀糧鹽諸船，頗見其一端也。」最後，鄭氏還要嘲笑他道：「乃不慮及此，為清朝謀事者，不亦疏哉！」——這不僅是一篇出色當行的外交文件，且是鄭氏玩清人於股掌之上，操縱自如的一宗好計謀。

然而，以邵廷采那樣的史學家，也不免沾染了閩浙間極強烈的門戶之見。一則曰：「癸巳（一六五三年）成功以讒撤名振還廈門。」而《清史稿》則更顛倒事實，說什麼「張名振三入長江，成功嫉之」這樣厚誣之言，都不免有失學人之體。

不過，張名振與鄭部大將陳輝不和，見於翌年乙未的記載，具見前述。成功且使人解之，哪有因讒召還名振的事理。煌言於甲午有哀閩一詩，如言：「空際蜂衙誰北裡，隙中蟻陣總南柯。」也對於閩人的爭權跋扈深致其憫慨之忱，但這些都不足以影響他們的征江大業，當也不必深論了。

八

鄭成功主持下，浙臣二張會同閩師的進取長江，既僅癸巳、甲午兩次，那麼，張煌言自稱己亥以前三入長江，還有一次是在什麼時候呢？

煌言《奇零草》自序，述其詩文手稿歷年亡失的經過，有言曰：「丁亥（一六四七年）春舟覆於江，而丙戌（一六四六年）所作亡矣！」按丁亥為永曆元年（清順治四年），當時二張俱在舟山依黃斌卿。是年有發兵應援清松江提督吳勝兆反正之役。據黃宗羲〈海外慟哭記〉言：

> 丁亥四月，吳勝兆以兵守松江，頗懷故國；吳中崇仁勵義之士，欲因以為功，於是相聚幕中，為之計畫，而以招撫之名，內結太湖義旅戴之俊、周天等，外求援於海上。兵部尚書陳子龍蠟書至黃斌卿，斌卿猶豫不敢應，張名振乃召其兵就約。時斌卿進爵為威虜侯，其肅虜故印猶在，名振請得之，賚使者以拜勝兆，期四月廿六日渡海。……名振渡海，碇崇明沙，颶風海嘯，樓船自相激撞。飄沒者什八九，軍資器械都盡。名振與翰林張煌言，御史馮京第單舸逃走，而右都御史沈廷揚見獲。

再查《東南記事》，說得尤為簡略。張煌言條曰：「援吳勝兆於松江，龍颶覆舟，陷敵中七日。」張名振條：「再出兵援松江，值海嘯，亡失樓船，翰林張煌言御史馮京第間道得脫。」而全氏《鮚埼亭集》雖於事之始末，記述較詳，但如言：「故都御史沈公廷揚等爭勸之，公遂整軍抵崇明遇颶風盡喪其軍。」又張公（煌言）〈神道碑銘〉曰：「……而故都御史沈公廷揚、御史馮公京第與公並勸名振應之，遂監其軍以行，至崇明大風覆舟，沈公死之。」

根據上引黃梨洲、邵念魯、全謝山諸家之說，則此役也，松江方面則始終未見海上之兵到達，卒致謀敗而覆亡；名振等值海嘯覆船之地，又皆言在崇明沙。按崇明島位於長江口上，與吳淞相犄角，嚴格一點說來，如兵至崇明即已覆舟，則此行實在不能算是一次入江的軍程。然而煌言明明自言「丁亥覆舟於江」並非「覆舟於海」，這使我不得不繼續查考他們覆舟的正確地點。獲得了下述的幾個證據，始知各書之稱覆舟崇明，實在是一個渾通沿誤的說法。實際上他們赴援松江之兵，甫入長江，即因打糧的需要，所以徑駛上游，戰艦越過吳淞後，即一徑深入，直至常熟以上與北岸南通和天生港相對的鹿苑地方停泊，泊處幾已接近江陰縣境，結果是五更風作，竟惹著了這一場無情的天災，全軍敗覆。不過他們此行，卻確已第一次深入了清人統治之下的長江，便再也無可致疑的了。

我所根據的線索，還是出於全氏的《鮚埼亭集》。

（一）外編卷四〈崇明沈公（廷揚）神道碑銘〉：「……定西侯張名振慨然請行，邀公為導。公曰：兵至必以崇明為駐紮地，禁打糧，然後可。名振許之，至崇明而食盡，名振重違前約，乃趨壽生洲打糧，泊舟鹿苑，五更颶風大作，舟自相擊，軍士溺死者過半，大兵逆之岸上，大呼剃髮者不死。」——按鹿苑，據古今地名辭典，「在江蘇常熟縣西北。鹿苑口內，清時有把總駐守，又為尚湖水入江之口，可通舟。」至尚湖，「在江蘇常熟縣西南四里，北出黃泗浦入江，上有虞山映帶，頗為奇勝。」鹿苑位於常熟以北，在長江的中流無疑。

（二）卷九〈鄞張公（煌言）神道碑銘〉：「……沈公死之。公與名振等皆被執，有百夫長者識公，導之使走，乃得至公之故壬午房考知諸暨縣錢氏，七日間道復歸翁州。」按煌言於崇禎十五年壬午（一六四二年）鄉舉中式，是科主考官為翰林院編修吳國華，宜興人；副主考是吏科給事中范淑泰，山東滋陽人；房考老師是錢世貴，字聖沾，崇禎庚辰（一六四〇年）進士，曾任諸暨知縣，是江蘇青浦人。青浦位於常熟、松江之間，與浙江省境相接近，當時煌言想自鹿苑經常熟逃亡至青浦錢家，再由青浦入浙輾轉經台州止歸海上，返抵舟山的。

據上述這兩個地點——鹿苑和青浦，固已可證明丁亥（一六四七年）之春，確為二張之首次入江；詎知張煌言自撰《北征錄》的篇尾，本已自言丁亥為其首入長江之歲，徒以後之讀者，不能細考，卻拉上了閩南寨寓的壬辰年（一六五二年）抵補「三入」的數字，實在不能不算是此一疑案中最大的疏忽之處。

《北征錄》篇末煌言追述己亥之敗和逃亡的經過後，非常感慨的結束道：「余自丁亥迄己亥，前後入江，皆歲在雙魚，而一再躓，疑若數焉。然以十五載之揣摩簡練，既得而復失之，人壽幾何，河清難俟，不亦重可慨也夫！」

這一段話，非常明白的記述他的前後入江的年份，最初一次是丁亥（一六四七年），最後一次是隨同鄭成功的全師北上，己亥（一六五九年）那年的大舉。那時張名振早於乙未（一六五五年）病卒舟山，所以二張共同的三入長江，當在丁亥（一六四七年）、癸巳（一六五三年）、甲午（一六五四年）三次，應無疑義。至於所謂「歲在雙魚」的雙魚，是個星宿的名稱，為黃道（Zodiac）十二宮之 Pisces，於十二辰值亥。蓋煌言以為首尾入江，恰巧都在亥年，而兩次都弄得全軍敗沒的結果，所以他說：「疑若數焉。」英勇堅毅如蒼水，至此逆境，似乎也有點宿命論起來了，實在是「重可慨也」！

綜上論證，三百年前的海上王師，前後三次反攻長江，其出征的年月及經過事蹟，約可歸納如下，以當結論。

第一次永曆元年即清順治四年丁亥（一六四七年）四月。張名振、張煌言暨沈廷揚、馮京第等率師自舟山發兵，應援清松江提督吳勝兆之反正，擬內結太湖義旅，外合海上援師，約期舉義，進取南都。名振等軍至崇明，食盡，駛上游壽生洲打糧，泊舟常熟附近之鹿苑鎮；不幸夜五更颶風大作，船覆，漂沒者什八九，軍資器械都盡，沈廷揚為清兵所生獲，死之。名振、煌言、京第均以計脫走。拯名振者僧人一泓；煌言賴清營百夫長之導，間道至青浦其壬午（一六四二年）房考老師錢世貴家，易服入浙，轉輾亡歸舟山。吳勝兆以待海師不至，謀洩，被誅，牽連死者數百人。

第二次永曆七年即清順治十年癸巳（一六五三年）三月，鄭成功遣張名振會同閩將陳輝、黃興等率四鎮兵，戰船二百餘號，一齊進入長江。途經金塘，獲舟山叛將金允彥，磔之以祭辛卯（一六五一年）死事諸烈。進屯崇明，破鎮江，登金山，遙望石頭城，拜祭孝陵。時以待上游秦王孫可望壬辰（一六五二年）十一月之宿約不至，孤軍不便久留，不得已，乃題詩慟哭而還，時當五月上旬。夏秋間遊弋江浙沿海一帶，聯絡大陸遺黎義士，以備再舉。冬師次吳淞，大雨雪，敵騎萬餘乘凍涉江來犯，名振督煌言及將軍王善長、姚志卓左右夾擊，盡殲之。

第三次永曆八年即清順治十一年甲午（一六五四年）正月，二張與鄭部陳輝會合，揚帆再舉，劉孔昭以兵來會，合力進取，溯江直上，入京口，戰敗，喪副將阮甲，掠瓜洲，抵儀真，冒兩岸炮火夾擊，鼓勇奪關，以至金陵城下之燕子磯。沿江各地義軍，四起歸附，聲勢大振。然此時清人已凜於上年之失，大江南北，戒備森嚴，故僅留壁六日，被迫退軍。三月名振兵侵崇明，與清趙光祖等戰，失利，鄭成功再派陳六御、程應璠兩軍來助，戰敗，姚志卓自刎死。同年春夏間，名振軍還觸吳淞關，獲級四百，掠戰艦三百七十（一作二百九十），又焚毀鹽糧運船六百艘，以阻截清人漕運，嗣成功以和議召還北征之師，乃別遣顧忠入天津焚奪糧船百餘艘，名振亦率沙船六十（一作五百）泛山東之登州、萊州及高麗，乃還。

前哨金門說魯王

一

永曆十六年（清康熙元年，一六六二年）九月十七日，明監國魯王薨逝金門；他是南明帝王中最後去世之一人，「一葉落而天下秋」。自他之死，中華民族反抗滿清的努力，雖然還在海外臺灣支留一脈，但明室朱氏的江山，無論在實質上、形式上就都完結了。這一年，在明末復國運動中，真是最最不祥的年頭，開春以後，被自緬甸擄回的昭宗永曆帝，即為漢奸吳三桂縊殺於昆明市郊；五月，又有延平王鄭成功病死東寧（臺灣）的噩訊；當時年已五十四歲，畢生流亡盡瘁的魯王，際此西南殿折，東海庭擢的劇變，既無力量挽救那狂瀾既倒的世運，因而憂傷絕望，更禁不住這天崩地坼的打擊，在那混亂的煢獨之中，便寂寞地撒手人寰，卜葬於金門的大武山麓。

魯王之死，就其本身來說，復國的素志未酬，帶著遺恨病死海外，結局不能不算淒涼；但如以他來比較南明其他三帝，則他的命運顯然已是其中最好的一個了。第一是他在位的壽命最長，自乙酉（一六四五年）監國浙東起以至薨逝，首尾十有八年，中間雖曾一度取消監國名號，但為時未久又奉永曆詔命恢復的。而永曆只有十六年，弘光、隆武都不過兩個年頭，在位實足一年而已。第二，南明帝王的下場也以他為最好。南京淪陷後，安宗弘光帝是被清帥豫王擄解北京，就死闕下的；紹宗隆武帝則是在奔避追兵的長汀道上被殂的；昭宗永曆更於受盡緬酋的欺凌後，死在世受國恩的漢奸之手；在那一個痛苦的時代中，亡國的君王莫不死於非命，唯有魯監國得正首邱，遭遇的確不壞。

二百九十餘年後的今日，遙想卜葬在金門大武山頭的魯王陵墓，雲樹蒼蒼，昔年海上日落，領導此一「血濺鯨波」之民族生死鬥爭的王者，其烈膽雄風，又不禁重行回漾人心，致其無限的懷想。

二

魯王以海，字巨川，號恆山，太祖第十子荒王檀十傳裔孫。崇禎六年（一六三三年）封鎮國將軍，十五年（一六四二年）流寇攻陷山東　州，他的哥哥魯王以派和以洐、以江同日死難。十七年二月，京城危亂之際，莊烈帝便依倫序，詔以海嗣襲王封。不久北京淪陷，魯王避兵南下，當時福王開國南都，他便以弘光之命徙封江廣，暫駐浙江的台州。魯王以海的為人，明史譽之為：「天姿粹朗，賦性慈易，能詩，諳歌律。」依照這樣的氣質，倘逢太平盛世，他正是個忠厚溫雅的王孫，也許可以安富尊榮，沒世而不聞於時。然而，不幸遭逢到國破家亡的變亂，這秉賦著明太祖血統的皇族，便毫不躲避時代、歷史、祖宗和人民所賦予的使命，在浙東群臣擁戴下，不屈不撓地站立了起來。

弘光元年（一六四五年）乙酉五月，清兵強渡長江成功，攻陷南京，危亡的烽火從此燃及江南，人心震盪蜂起，對入侵的滿人盡其最後的抵抗。這時候浙東各郡縣的縉紳遺臣和一般熱血鼓蕩的士子，也紛紛聯絡地方駐軍領袖，組織義軍，保衛錢江，同時又鑒於安宗北狩，大位猶虛，所以在義軍領袖們的合議之下，決定迎奉駐在台州的魯王出來監國，其時他正害著很厲害的脾癰症，臥疾在床，但因時危勢亟，所以迎使菈門，他即不顧病體，乘輿趕到錢塘江邊的紹興，在前線誓師拜將，正式組織抗敵禦侮的戰鬥政府。

監國之初，浙東局面，本還大有可為，京、杭雖已先後淪陷，但長江兩岸特別是太湖地區各縣鄉鎮，都全在不與敵人妥協的義軍手上，朝氣蓬勃，人人有毀家紓難的決心，浙東擁戴的群臣，雖然大抵都是不諳兵事的遺臣耆紳和士子，然而，他們在社會上有著非常堅強的號召力量，若是善加運用，人力和財力的集結是沒有問題的。而且，魯王監國後不久，鄭芝龍兄弟和黃道周、張肖堂等擁戴唐王聿鍵，稱帝福州，是為隆武，閩浙地域毗連，唐、魯二王誼屬叔姪，照理，這兩大陣營之聯合抗敵，外禦其侮，應該是非常自然的歸趨，若使當時內聯閩浙，外合江南義旅，再加以其時清兵主力尚在西北追逐流寇，江南實力空虛，以此聯合的力量，整師北向，實在不難進窺三吳，規復南都的。

可是，事勢推移，未能盡如理想，政治的內容尤其詭譎複雜，每每竄出理性的範圍之外。即如魯王的監國，出於地方領袖的推戴，但至監國政府成立，浙東一切事權就換了一個面目，自起義群臣以至魯王本人，無不受制於一個手上兵力最大而跋扈萬分的軍閥方國安，他名為參與義舉，事實上只是來爭奪餉地，把持朝政，擁兵自娛，優游江滸，從不以殺敵為志。而浙東地瘠民貧，方兵劫餘之後，原來的義軍便根本無從獲取餉糧的供應了，空抱渡江殺敵的雄心，莫說軍備，連得日常的兵食也成問題，終至窮餓街頭，變成了一群丐卒。同時，弘光朝中的權奸馬（士英）、阮（大鋮）又躲在方國安營中，百般挑撥離間，製造事件，引致浙閩雙方「唐魯正統之爭」，遂使叔姪鬩牆，形同敵國。

三

在這個只講力量，失卻重心的朝局裡，效忠魯王的只是一些無拳無勇的文臣。監國生長宮邸，秉性又太仁柔，其時年紀也還只三十多歲，向來沒有政治經驗，積此種種緣因，不但無法控制朝局，只能一切都聽命於武夫的「恣睢排奡」，無法及時振作（黃梨洲語），甚至他那時候又不能擺脫明代的宮廷傳統，他寵任外戚張國俊和內侍客鳳儀，而這外戚和太監卻交結權帥，招權納賄，無所不為。魯王並非不知利害，只是當時他太軟弱，無力自拔。這一段經過我們不必為他諱言，蓋因自浙東失敗以後，十餘年抗戰求生之中，他的左右再也沒有弄權的外戚，再也沒有交通外臣的內監了，由此可以看出他之勇於接受失敗的教訓。比之永曆帝到了竄身蠻荒的地步，仍為幸臣馬吉翔、太監李國泰所操縱、所擺布，始終不能及時英斷，魯王總要較勝一籌。

浙東的局面，就在那種強凌弱，親相間，跋扈武夫克剝忠貞的情形下，維持不到一年，終為敵人乘旱渡江，方軍叛變而整個敗毀了。

然而浙東群臣都明白，這不是魯王的過失，魯王並非不能為明主，只是明末軍人荒敗，鴟張的風氣，劫持了整個朝局之故，魯王固然無力獨振乾綱，衰衰朝士又何嘗能與這種跋扈成習的武夫抗衡是非哩！所以，雖然浙東敗覆，魯王並未喪失人心。

但看監國自江門避逃出海，立為富平將軍張名振率部來迎，而且當年起義大小臣工，都先後紛紛從亡追扈於海上，其著者如熊汝霖、鄭遵謙、錢肅樂、張煌言、黃宗義等，都是忠心耿耿，富有經略的人物。他之得人，他之為人愛戴，從這種地方是很可以看得出來的。

四

魯王在浙海被拒於盤據舟山的軍閥黃斌卿，而張名振原守石浦地小兵弱，既不適於駐蹕，不得舟山的合作，也就沒有重建海上行朝的力量。其時，恰逢福建方面鄭芝龍降了滿清，他的侄子鄭彩不願跟從事敵，聞訊之下，即率領戰船四百，來浙迎奉魯監國移蹕廈門，相繼進取。

鄭彩所部閩軍，聯合從亡的浙江義旅，決定先自反攻福建沿海各郡縣著手，首即進擊海澄，旗開得勝；再攻漳浦，又告克復，此後克琅江、連江，續攻福州，雖遭失敗，但隨又連克永福閩清諸縣，羅源寧德及福寧州的清守紛紛來降。

魯王至閩以後，在「力量即是真理」的原則下，當時一切軍國大政，便又全操於鄭彩之手，這位鄭羽公雖然大節無虧，但跋扈一如其他的武夫，恣肆橫暴，凌虐同僚，目空一切，尤其地區觀念很重，蓄意欺侮浙軍的領袖，因此，在反攻事業上的合作，不能盡如理想，何況兵力單弱，後援不繼，所以雖然開始時期屢克名城，但都不能長期確保，旋得旋失，匯合不成一個整個的局面，另一方面，鄭彩因受部下的挑唆，後來竟至悍然殺戮浙籍大臣東閣大學士熊汝霖，和興國公鄭遵謙，專橫殘暴，達於極點。

然而監國魯王仍以國事為重，痛苦地隱忍一切。熊鄭被殺，他不但不敢詰責，甚至連恤典的表示也怕鄭彩不歡而未行。此時在他左右的老臣，唯錢肅樂一人，在這種環境之下，君臣相見，時常只有涕淚盈眶，無言飲泣，肅樂說：「朝衣拭淚，昔人所譏，臣不能禁。」他們孤苦的心志，由是可見。

此後清兵援閩者大部開到，旋失旋得的若干縣城，即轉入下坡，紛紛告警，紛紛陷失，錢肅樂憂傷觸疾而死，鄭彩到了那時，眼看大局無望，便逕自退出廈門，棄魯王於不顧，自行避往沙埕去了。

於是魯王兀在海上漂泊，浮游於壺江琅琦各處，莫知所歸。

魯王之於鄭彩的橫暴，若說他是懦怯，未始不可，但是，在那個環境之下，要從強敵之前求取國家民族一線生機，則他那痛苦的隱忍，堅定的毅力，實在是更高的智慧，最難的修養。

五

福建沿海的經略，失敗不久，監國正苦茫無所指之日，幸而原先留在浙海上的張名振等適於此時克復了健跳，便前來迎接魯王重返浙江，並聯合浙中諸將阮進、王朝先、黃大振等一致聲討拒納監國，據地自雄的舟山黃斌卿，舳艫千艘，進圍該島。在那個力量才是真理的時代裡，跋扈的黃斌卿只對力量低頭，他自計無力抵抗海上群雄，這才上章待罪。然而魯王卻諭令各將，應該宥其既往，接受他今日的歸命，並力禁諸將攻劫。

魯王君臣流亡海上三年，至此始得舟山片土，正式恢復監國行朝。首建太廟，落成之日率大臣祭謁，魯王深感復國之難與年來漂泊伶仃的辛苦，不禁涕淚縱橫，回顧輔臣張肯堂，感喟萬千地說道：「昔高皇帝以布衣起兵建業；先皇帝亦愛勤天下，而卒遭淪陷；憫予小子，播遷無地，不能保浙東數郡，以延廟食，能不痛心！」侍從左右的臣下，聽了此言，無不哭泣起來。

舟山的朝局，大抵由定西侯張名振總綰一切，魯監國端拱受成，不加任何牽制；實在有中國帝王之優良的風度，所以定西侯得以專心致志於整軍經武，擴充船舶兵員和武器，上下一心，作充實軍力之最基礎的工作。

然而即使是在以舟船為「水殿行朝」的漂泊之中，魯王和一班文學大臣並不忽視教育文化的工作。黃梨洲《行朝錄》說：「吳鍾巒（禮部尚書）漂泊所至，試其士之秀者，入學，率之見上，襴衫巾條，拜起秩秩。」如徐芳烈《浙東紀略》說紹興兵變之日，縣學正在考試生童，試官出題方半，叛軍且已臨門，從這種地方可見，監國政府雖然受制於跋扈的武夫，但魯王及其若干大僚從政治的縫隙中，無論何時都不疏懈其教育文化的根本事業，這風氣，也著實足以令人嚮往。

舟山整軍經武，必令滿清政府寢食難安，所以，為時不足兩年，清帝即特詔閩浙總督陳錦會合三省大軍，分三路包抄前來圍襲舟山。無論舟山行朝的君臣，如何上下文武通力合行，敷設新謨，然而舟山地方小，兵源少，財用支絀，聯絡困難，種種自然條件的限制，以兩年的時間發展，縱有成就也是有限，如何能夠抵擋竭江南三省之力的清兵——戰爭，無可奈何地總是一種力的競賽，力弱的一方就非承受失敗的命運不可。

張名振的戰略是派海上最負盛名的阮進水師守衛舟山的大門——蛟門，他自己則率領部分軍士繞道往襲敵後的吳淞，以紓解臨頭的危機。魯王親督名振大軍同行，當出發時，近侍中有人建議舟山城危，應招監國的兩位世子——弘柵、弘棟上船同行。名振說：「如此恐使守土者寒心。」監國也不堅持，後來，舟山淪陷，魯監國的元妃世子全部殉難城中。張蒼水詩所謂：「椒塗玉葉填眢井，甲第珠璫掩劫灰。」即是詠此。

從這種國而忘私的襟抱，我們不能不對魯王敬仰。

六

魯王君臣既失舟山，唯一的出路只有南奔福建，往投雄據金門的鄭成功。魯王親函成功乞援，他說：「余與公，宗盟也。平居則歌行葦之章，際難合賦鶺鴒之什。公其毋吝偏師，拯此同患。」

成功不但竭誠加以招待，致送贄儀千金，紬緞百端，從臣也都各有所贈。以宗正府府正之禮晉見。不過對於反攻舟山，他卻認為暫非成熟的時機，他心中醞釀著更偉大的復國計畫——北征金陵，南下揭陽，與西南的李定國以及浙軍領袖的張（名振）、阮（駿）等會合整個力量，分頭進取。

魯王入閩以後，即由鄭氏安排，駐蹕金門。後來因永曆帝的詔使至閩，成功以魯王尚擁監國的虛號，於政體上對西南非常不便，所以曾勸告他正式宣告自動撤銷這個名號，但是浙江的遺臣故老猶多，浙軍也未完全垮敗，為維繫人心，魯王沒有答應成功這一建議，因此雙方不免隔膜，他在金門的境況，非常蕭索清寒。

此後，浙軍張名振、張煌言等即分鄭部聯兵三入長江，駢肩作反攻金陵的戰鬥。魯王也感到復國的前途，唯在容忍、退讓與合作，所以不久就上表永曆皇帝，自動取消監國！但昭宗復詔，仍舊命他恢復監國的名號，以維繫東南的人望。

至永曆十六年，明朝的國運瀕臨絕滅的頂端，昭宗既被弒於西南，而延平又繼逝於臺灣，一時天崩地陷，既失正位，又摧梁木，忽然到了群龍無首的瓦解邊緣。於是福建方面卓具見識的若干元老，如盧若虛、辜朝薦等便發動擁戴魯王繼正大統，收攬殘局。

然而那時候閩臺之間，已生裂痕，鄭襲、鄭經叔侄為一班政客所離間，正在醞釀內戰，自然無心顧此，而且，閩中勳鎮又不願聽命於一個來自浙東的「主上」，所以，不但此一提議，僅如曇花一現，且使魯王因此遭人嫉視，環境非常艱處，隨時有不測的威脅。故在此時曾擬離開福建，北歸浙江，往台州臨門去就依他那「始終為魯」的舊臣張煌言。但煌言則以地在「與死為鄰」，敵人環伺之險境，恐怕不甚安全，只有勸他留意「不因虛名而賈實禍」，不如移寓海山或沙埕等毗鄰浙境的荒瘠山區，韜光斂跡為妥當。

然而在此不久，監國魯王終因禁不住國亂身愁的刺激，為貧窮和憂患所煎迫，以五十四歲的鼎盛春秋，病逝金門。

翌年春，張煌言遺使金門祭奠，他所作祭表，典麗沉哀，頗為後人傳誦。摘錄曰：

伏以龍逝橋陵，璁珩結攀髯之痛，麟遊闕里，桐圭含解紱之悲；況欲執羈靮而無從，只覺納管籥而莫逮，魂銷閩嶠，淚灑越臺。……雖潛邸依斟，膽薪彌厲，而許田易鄭，髀肉漸生，方期再回靈武之鑾，誰意遽返蒼梧之駕，八音遏密，百里震驚。

臣才愧鄒、枚，任同種、蠡，十九年之旄節，屬國不殊；廿四郡之鼓旌，平原無恙。恨哭庭而未效，嗟掃墓以何時。投璧還秦，早慚孤偃；扁舟去越，敢學鴟夷。徒蘊扛鼎之懷，逾抱號弓之慟。

嗚乎！薇垣墜曜，楓陛垂霾。穆王馭駿以來歸，已孤此願；望帝化鵑而猶在，莫慰餘思。

魯王辭世於民元以前二百五十年，今年（一九五四年）的農曆九月十七應為他的二百九十三年忌。浩浩南海，鬱鬱忠魂，撫今思昔，對於這麼一位不屈不撓，忍讓為國，犧牲一己領導民族復興運動的歷史人物，不禁低徊讚嘆，遙寄其無限的敬意與感念。

明永曆流亡緬甸記

一

明永曆十二年戊戌（清順治十五年，一六五八年）三月，清軍三路入滇。吳三桂、固山額真、侯墨爾根、李國翰由四川南下；都督卓布泰、提督線國安率滿漢兵由廣西前進；濟爾哈朗自湖南西進，以五省經略降臣洪承疇率大軍出黎靖，總典戎事。蓋欲以雷霆萬鈞之力，一舉摧廓局處西南的明室孑遺，完成滿清的一統大業。

《明史》卷一二〇曰：「（順治）十五年三月，大兵三路入雲南，定國扼雞公背，斷貴州道；別將守七星關，抵生界立營，以牽蜀師；大兵出遵義，由水西取烏撒，守將棄關走。李定國連敗於安隆，由榔（永曆帝諱）走永昌。」

按清．鄧凱《求野錄》記晉王李定國之秉鉞出師禦寇滇之敵，時在是年七月，曰：「令李承爵出左路，壁黃草壩；祁三升出中路，壁雞公背；白文選出右路，壁遵義之孫家霸。」又據山陽李宗昉《黔記》，亦言：「十月，大兵分三路，既集，戒期入滇。」可知三路清兵之徵召，也許早在春三月，但齊集進入雲南則時在秋末冬初。《黔記》述明軍之敗甚詳，如言：「十一月三桂還遵義，進兵。白文選退保七星關。十二月，三桂敗文選兵。關地險峻，前臨厤哈江，兩岸石壁陡峭，僅一小木橋可渡，其南岸石城木柵遍排巨炮，積糧以守。三桂知其險，不可攻，乃由水西至西溪河，得捷徑，至以烈，凌晨渡關下流之天生橋，抄出文選背，文選軍驚潰，至烏撒（今威寧州）。」足為《明史》作注腳。

其時，李定國駐軍盤江（永寧州地，江水流入廣西）以擋廣西方面的來敵；不料清卓布泰得泗城土官的嚮導，間道入安隆。定國以三萬人禦之於炎遮河，大敗，雞公背隨亦不守，於是，清師長驅入滇。黃草壩既危在旦夕，則滇都也就岌岌不保朝夕了。

當時的景況緊急如此，永曆帝乃召集廷臣會議如何趨避。有人舉蜀王劉文秀遺表請駕幸蜀，以為可借鄖陽一帶十三家義兵出營陝洛，但是晉王李定國反對道：「蕞爾建昌，何當十萬人之至。」他主張打通廣南的通路，以便「緩出粵西，急入交趾」。李定國的目的，大約在於獲取一條通海的出路，因為他與在廈門的延平王早有宿約，無法會師，際此事急，他不能不想到海外的援手。然而其實已太遲，廣南通路早為敵人控制，「喪敗之後，焉能整兵以迎方張之勢？」（《求野錄》）而且「文武臣僚，滇人居多，皆思保妻子，勿欲遷。」（明末清初·戴笠撰編《行在陽秋》）群議紛紜，莫衷一是，討論的結果，還是依從了第三者黔國公沐天波的建議：「自迤西達緬甸，其地糧糗可資，出邊則荒遠無際，俟進勢稍緩，據大理下關之險，猶不失為蒙段也。」

沐天波是明朝開國大將西平侯沐英的後裔。明初，沐英平定西南，自洪武十五、十六年（一三八二、一三八三年）起，即留鎮雲南，後來晉封黔國公，世襲罔替，歷來的黔國公府對於滇邊的三宣六慰，都有極深厚的關係，極重大的威望，淵源既久，可資依恃。其次，永曆入滇後，軍糈國用取給於滇邊土司供應者，又復不少，哈威（G. E. Harvey）著《緬甸史》：「中國當明代衰微，其宗室後裔永曆，以眾寡懸殊，被迫入滇，作殊死戰，得以勉居數載，惟以貧乏無依，自木邦[1]與其他邊地諸土司曼莫（Maingmaw）等徵斂。」可見。其三，當時軍事形勢，滇都已在黔桂沿邊嚴密包圍之下，新敗之軍既已無力作敵前的突圍之走，自然只剩得「車駕西幸」這最後一條出路了。

於是，永曆帝即於是年十二月十五日在百官扈從之下，倉皇離滇，傳幸永昌。當時雲南的老百姓為了不願作韃子治下的奴隸，涕泣隨駕出亡者，竟達數十萬之眾。

清軍先鋒吳三桂兵乘勝長追，一路自火洪、龍元、安隆來，一路親率諸將自烏蒙入，於永曆十三年（清順治十六年，一六五九年）正月初三進抵滇都，永曆君臣則於同月初四日到達永昌，以李定國及白文選分守大理、下關兩地。

閏正月，清兵追至，與白文選一戰於下關，再戰於丁當山，皆敗，白遂率殘兵渡瀧川潞江，由沙木走右甸鎮康而入木邦。定國棄守大理後，渡潞江，軍於磨盤山下（即古羅泯山，蠻雲高黎貢山）。收集各路殘潰，約得萬人，即利用該山原始森林裡的叢莽密菁，設三路伏兵以待吳三桂，不幸變生肘腋，事為大理寺卿盧桂生所賣，告密於三桂，謀洩無法制勝，定國只得棄軍從孟定過耿馬而逃抵緬艮，此後即流寓於耿馬猛緬之間。

閏正月十八日，永曆君臣自永昌出發，崎嶇陸行，逃至騰越，時「從官以

---

1 木邦，一作「孟邦」、「孟都」。撣族土司。治所在今緬甸興威（Hsenwi，明時譯名新維）。位於今緬甸撣邦北部。相傳為蜀漢時木鹿王苗裔，元至元二十六年（一二八九年）時為雲南行省下的木邦路軍民總管府。永樂二年（一四〇四年）改為木邦軍民宣慰使司；萬曆三十四年（一六〇六年）地入緬甸。清初曾再度內屬，乾隆後又屬緬甸。

下及掃寺尚有四千人」。二十日再自騰越南行，廿四日行至茶山與緬甸交界處，總兵楊武自後趕來，報告晉王在磨盤山的敗訊，並言滿清追兵將及。一時人心惶恐，秩序大亂，紛紛各自逃竄。《求野錄》說：「帝遂接淅而行，時漸昏黑，行數里，失道途大谷中，時距故處僅一望耳，宮人竄失，公私囊橐，多為楊武劫奪。」從此人心渙散，沿途叛逃劫殺相乘。翌日，扈將旗鼓孫崇雅又叛，「劫擄殺害尤烈」。其後，總兵靳統武又「引眾叛去」。帝以從臣多叛，不得已決心入緬。

廿八日出鐵壁關，廿九日至蠻漠。蠻漠土司前來迎駕，此時檢點從者，止有一千四百五十餘人了。

清道光年間曾任騰越廳同知的江夏彭崧毓撰《緬述》，記自滇邊入緬的路程，曰：「緬甸在騰越南一千七百餘里，其道有五，或由茶山，或由木邦，或由鎮康，皆險僻。商販往來，多由南甸千　盞達蠻幕，而入貢正道則自蠻幕敂鐵壁關，由瀧川以進騰越，計程九日。」永曆君臣所走的正是這條自古以來貢使出入及元時馬可波羅來華所走的騾馬大道，計於二十日自騰越啟程，廿八日出鐵壁關，廿九日到達蠻漠，一行數千人，隨帶宮眷婦女大批行李，接淅攢行在此古道上，為時也僅首尾十天，可見他們在途中的倉皇和急促了。

二

蠻漠雖稱滇邊土司，但照當時的實際情形說，一出鐵壁關，關外就是緬甸的國境了。

明嘉靖隆慶間，緬甸莽民崛起於洞吾、古剌之間，數年之內，征服鄰封，威令全緬，繼即陰謀內侵中國。神宗萬曆元年（一五七三年），莽瑞體麾兵攻入攏川，北拒中國，勢力浸盛。於是，沿邊各土司如木邦、蠻漠、千厓、瀧川等屈於暴力，悉行歸附了它。而中緬邦交，自萬曆廿二年（一五九四年）雲南巡撫陳用賓約暹羅夾攻緬甸，翌年緬王莽應里雖求朝貢，但俟明遺黎景桂賜以銀幣之時，他又拒不接受後，貢職早絕，雙方就已斷了往來。

《明史》緬甸土司傳說：「崇禎末，蠻莫思綿為緬守襄木河。」永曆君臣流亡入緬，入境的第一關就與代緬人看管門戶的蠻漠土司思綿相遇。按蠻漠（Maingmew），一作曼莫，或作茫莫、蠻幕，其鎮在今之八莫（Bhamo），即新街，位於伊洛瓦底江與太平江匯流的右岸，南距瓦城（Mandalay）[2]二百七十五里，東北距騰衝一百一十二里，原為上緬甸水陸交通的要地，現在永曆君臣一行壓境前來，土司思綿對於天朝的大皇帝自然不敢怠慢，躬自接待，如《求野錄》言：「是日，帝至茫漠，緬人執禮甚恭，並進衣衿食物。」一面通知緬甸政府請命辦理。

緬甸政府提出來的第一個入境條件是須驗明身分，前揭《明史》緬甸土司傳說：「……及黔國公沐天波等隨永明王（永曆）走蠻漠，思綿使告緬，緬遣人迎之，傳語述萬曆時事，並出神宗璽書，索今篆合之，以為偽，天波出己印與先所頒文檄相比，無差，始信。」

入境的第二個條件是解除武裝，明史說：「緬勒從官盡棄兵仗，始啟關至蠻漠。」羅謙《殘明記事》說得更為詳明，說是日抵茫莫，緬人復遣其頭目來說，天兵壓境，諸蠻驚畏，從臣幸釋佩兵，乃可入國。

除以上兩點外，永曆還繳納了入境保證金，據哈威《緬甸史》說：「一六五八年永曆又被迫率軍駐騰越，作其最後根據地，嗣後又告敗績，乃避居曼莫，命其酋通報於緬，欲居阿瓦。贈緬王黃金一百維司（Viss）（三百六十五磅），王謂永曆如有適當保證，可以前來。曼莫酋跪奏其事於永曆前，因永曆為帝也。於是護送其全家與徒手之從人七百至緬，人以舟載，馬從陸行。」關於贈金一事，不見於我國載籍，然而戴笠《行在陽秋》記五月初八緬王接駕時，有「見中國男女財帛，心利之，欲圖害上，遂謀奉駕安置孟坑城外。」初有利心，灼然可見。

等辦好入境手續，帝在曼漠僅僅停留了一夜，翌二月初一，便即倉皇啟行，至金沙江邊，「緬人艤四舟以待……浮江東下」了。當時隨永曆帝一行入緬者，人數還有一千四百餘名，四舟自然不能悉載，所以「從官無舟，或水或陸，聽其為計」。結果是從帝登舟者只有六百四十六人，其餘隨從人員連同九百四十餘匹乘馬，便不得不另從陸路前行，期於緬京會合。

二月十八日，永曆始至井埂，自此即遭「緬人止之，不聽前進」。計在井埂逗留至五月初四，足足有兩個多月光景。

緬甸政府突然變更態度，中途截止永曆一行的行進，大抵由於在此期間內，

2 瓦城即曼德勒（Mandalay），意為「多寶之城」，因緬甸歷史上著名古都阿瓦在其近郊，故華僑稱它為瓦城。位於伊洛瓦底江中游東岸，是中部地區的經濟、文化和交通中心。

發生了若干隔閡的事故，引起一般的疑懼所致。歸納原因，不外下列幾點：

永曆左右文武大臣恐為清兵追及，所以他們避難之行，原不從容，簡直是一群雞飛犬走的難民，毫無秩序可言。既不完全跟隨帝駕同行，也不暇事先作個聯絡部署，如《行在陽秋》說：

> 初，上在永昌，大學士馬吉翔、編修貴州涂敷功、吏部左侍郎四川鄧士廉、大理寺正卿齊環、沐國公天波、左衛將軍四川徐鳳翔等二百餘員及家口二十餘，不俟大軍齊發，先入緬界。

至「二月初四日，馬吉翔、李國泰棄太后東宮，先奔井埂」。至乘船不敷，《明史》說「珉王子而下九百餘人」又各自為計，沿著陸路分頭前奔，照這樣混亂的情形，體制全失，使地方緬人對於來者究竟是天朝的君臣，還是別具野心的流亡之寇，分辨不清，驚疑莫決起來。

同時，二月初五，鞏昌王白文選又未探聽清楚，急急慌慌地率兵徑趨緬甸首都阿瓦城聲言迎駕，其實此時帝駕剛從蠻漠啟程，還在渡江船上。鄧凱《也是錄》說：「相去不過六十里，寂無知者；然皆不探聽虛實，唯焚掠為事而已。」

這番變亂，直接影響徒手入緬的君臣，最先是從沙河口分路陸行的那一班人，都遭了意外。《求野錄》續曰：「從官以下從陸者，不知帝尚在井埂也，竟抵緬都之阿哇城，緬人以為寇至，發兵圍之，被殺者過半，餘安置遠方，後竟無存焉。」陸行的從官離開帝駕時，原即期約在緬京重會，所以他們便一直跑到阿哇對河地方離城五、六里處下營，初不料此時帝駕已被阻止於井埂，而這一夥人的突然迫近畿輔，不能不使緬甸政府心生恐懼的激動，如《也是錄》言：「緬酋疑我圖其國，發兵圍之，有被傷者，餘各星散。晉王總兵潘世榮即降於緬，政通司朱蘊金、吉翔、中軍姜承德自縊死。」

此事發生後，原先主張入緬的黔國公沐天波非常失望，曾邀綏寧伯蒲纓、總兵王啟隆、馬吉翔集於大樹下商議進止。沐說：「緬酋遇我，日不如前，可即此走護臘撒、孟艮諸處，尚可圖存。」意思也許是打算往就李定國的駐軍，以策萬全，不料馬吉翔忌畏晉王，還要保持他操縱皇上的權勢，反對此議，於是大家只好默然而散。

如此僵持到同年四月間，才有一個意外的轉機。據《也是錄》：

茫漠來報，有我兵祁信者來迎駕。（《求野錄》、《小腆紀傳》均作咸陽侯祁三升）請敕止之。吉翔即以錦衣衛丁調鼎，考功司楊生芳往，至三月望後始還。

幸得祁兵奉敕撤軍，使「緬人以帝威令尚行，恐一旦移蹕，織禍無計」。（《求野錄》）這才重來獻貢，禮儀甚腆；趁此機會作交涉，才答應移寓於緬京附近較大的城市——者梗。五月初四日，緬甸政府遣官以龍舟鼓樂來井埂迎迓，表面上態度顯已好了許多，但事實上他們已經非常戒懼，所以既居者梗以後，便被「潛阻內外，聲聞不通。」永曆君臣無異作了抵拒進出邊境的明軍的人質，而哈威說：「永曆等遂獲准與其從人居於者梗（Sagaing），實則無異囚犯。」《明史》也說：「緬人於赭經置草屋居由榔（永曆諱），遣兵防之。」即明末遺臣所著的《行在陽秋》也說：「構草房十六間，上居，依然以竹為城，每日召兵守護。」黃宗羲《永曆紀年》曰：「者梗距城五十里，草殿數十間，編竹為城，宿衛數百人。」雖然外表上好像還有相當排場，而事實上流寓的景況，仍是非常不堪；舉與距者埂不過五十里的緬京相比，據彭崧毓《緬述》：

建國之地曰阿瓦，城三重，外城用磚，周十二里，為門十二。中有木城，曰漢人街，內城環王居，亦用磚，周四里，為門四，常駐兵四千以守衛。城東倚山，西南枕江。

又如《緬甸史》引當時西方旅客稱揚緬甸朝廷的景象，有曰：

金柱大殿，肅穆寧靜，極目所至，萬眾俯伏。王御嵌寶之衣，持金銷寶劍，徐步莊嚴，巡視而過……

這情形，與屈居草殿的天朝帝子，誠有天壤之別。

三

永曆既定居者埂，而流離滇緬間各土司境內的晉王李定國和鞏昌王白文選，卻分在孟艮、南緬兩地，一面招集流亡，重整軍伍，一面攻城掠野，求取據地，作其困獸之鬥。

幾個月後，即永曆十四年庚子，白文選業已集合精兵萬人，四月間他便移軍景線，準備直薄阿瓦。

李定國入緬之初，所部幾已完全潰散，隨行之眾不過千人，只能在順蒙界外界地而入。是年十月，才移營孟連，竭力聯絡沅江土司那嵩，承制加以勳爵，藉以自固；不料附近的孟艮女酋卻對晉王抱著疑懼，糾眾出戰，定國乘機消滅了她，據有其城。按孟艮（Mone），東界車里，西鄰木邦，明初置府，即今南禪部景東附近地方，部落廣袤，物產富饒，而且南通暹羅，為日後定國運用遠交近攻政策，聯絡東南各國協攻緬甸的好地位。

定國之得孟艮，不啻如魚得水。翌年，原駐廣南的慶國公賀九儀又因清軍之迫，率軍來會，定國覺察此公的態度非常曖昧，設計殺之，併有其眾，於是軍聲重振，他與白文選不期而合地先後出兵向緬京而去。

中途，李、白兩軍相會，他們高興得不得了，「刑牲歃血，誓必克緬」。兩軍中，似是白軍先到阿瓦。時在是年七月。

鞏昌王先禮後兵，初僅要求緬甸政府：「假道迎帝。」然而緬人不許，文選這才開始進攻阿瓦的新城。新城快要被攻陷時，緬王大驚。初師上年敕退祁三升兵的故智，來向永曆「求敕止之」。《也是錄》說：

> 永曆十四年七月，緬人復招黔國公沐天波渡河。天波力辭，緬使曰：此不似從前，可冠帶而行。

緬使這兩句話，活畫出勢利小人前倨後恭的眉目。

但是這一次求來的帝敕，卻已失了效用，白文選是知道上年這一事故的，立刻揭破了他們的詭計。他對緬使說道：「前者祁將軍來，詔云已航閩，若前詔為真，則今敕為贋，使今敕為真，則航閩之後何自而來？君非臣何以威眾？臣非君何以使人？蠻人不足信也。」使者曰：諾。既去不復至。

文選既不上當，緬人一去不回，事情便只好訴諸戰爭這一手段了，然而，在戰事中文選卻終於受了緬人另一方式的欺詐。如李瑤《南疆繹史摭遺》說：

> 文選急攻新城，城無備，幾破。緬人紿之曰：三日後出此讓上。文選信

> 之，卻兵十里，城中得固備，再攻之，翻為所擊。

這翻為所擊者，是緬甸政府請到了東來的法郎機炮手，攖城射炮的結果。在此高武器的火力壓迫下，鞏昌王便只得遙望鵪鴣城痛哭暫去。

然而，九月李定國軍繼至。他先上疏迎駕。有云：

> 前後具本三十餘道，未知曾達御覽否？今與緬定約，議於何處迎鑾？伏候指示。

然而，緬人既仍頑拒如故，而永曆左右的從臣，也大都「燕雀自安，全無以出險為念」者，此等奏疏，當然一無結果，於是晉王與緬人再戰於埛塢，終為大河所阻，不得已而退兵。緬人又大事抱怨道：「此輩全無實心為主，惟向各村焚掠，亦不計議恢復方略，或索本國象隻糧草相助而行。乃惟播惡於無辜，不邀天之庇也。」

翌年辛丑（一六六一年），白文選再度率兵迎駕。《也是錄》曰：

密遣緬人賫疏至，云：臣不敢速進者，恐驚萬乘，欲其扈送出關為上策耳。候即賜璽書，以決行止。

文選一方面拜疏希望獲得內應，一方面「率兵造浮橋，為迎蹕計」。時與永曆行在相去不過六、七十里之地，已經十分接近的了。

《也是錄》和《行在陽秋》記此一戰役的結果，但言：「緬兵斷浮橋，文選候話不得，遂撤營去。」其實，《求野錄》及其他較後的著錄，於辛丑之戰，言係李、白二王合軍之舉，記敘最詳，摘述如下：

鞏昌王白文選會晉王李定國之師……緬人知之，拔其豪邊牙鮓、邊牙裸為大將，集兵十五萬人，遇於錫波江上。臨戰，巨象千餘，夾以槍炮，陣橫二十里，鳴鼓震天，大噪而進。二王之兵不及什一，且戎器耗失，所操唯長刀、手槊、白棓而已。定國警眾橫擊之，大敗緬兵，僵屍萬計，殺其將邊牙裸；而邊牙鮓猶收餘眾，柵大榕樹林中，蔭可百里，其夕鳴鼓竟夜，如列陣，比曉竟走還，無一存者，二王遂渡錫波江，臨大金沙江，以襲緬城。

又曰：

定國等兵臨大金沙江，諭緬人假道入覲，並責其象馬行糧為入邊之計，緬人不聽，盡燒其江船，沿江據險，設炮以守。

徐鼒《小腆記傳》誤係八月亦有曰：

李定國、白文選次垌塢（即錫波江），以十六舟攻緬，緬人擊沉其五。

李瑤《南疆繹史摭遺》亦曰：

明年辛丑，緬人戰守兼修，夏四月，定國遣使入城求王，不許；相持久，乃退屯三十里。緬人於郊外立木城，日移而前逼寨下。五月，戰於垌塢；定國前軍稍卻，文選引兵橫擊，緬眾大敗，遁入城。定國與文選決計渡河，……尋與文選議，分兵進次垌塢，以十六舟攻之，復為緬人擊沉其五，遂引還。

按上述庚子（一六六〇年）、辛丑（一六六一年）兩役，戰地同在錫波江上（垌塢），庚子以大河所阻而退兵，辛丑亦以「緬兵斷浮橋」及「鑿沉渡船」而罷兵，情形正相類似，可能是一事複述而繫年不同，也可能兩次皆阻於水；但如李、白二王合軍攻緬果自庚子年起，則他們在此兩年之間一定未嘗分開，蓋定國據地孟艮，與白文選的木邦路程相去幾達二千里，會合是很不容易的。

明軍入緬以後，發展很快，哈威所言，實最詳細。記其入緬之初，有曰：

> 殘餘明軍，聞此噩耗，圖來拯救。益以明末清初之季，流寇披猖，自四川以下諸省，靡爛不堪，嗣以稱王之盜首伏誅，彼等深知不足與滿洲軍抗爭，乃轉求弱肉，占孟昆（Mone）、雍會（Yawnghwe），破緬師於眉苗（Maymyo）附近之韋桓（Wetwin），並取阿瓦近郊之東巴魯（Taungbalu）與多陀烏（Tada-U），緬軍損失甚多，潰渡密尼河（Mytinge）時，因鎧甲過重，溺斃者亦眾。（《緬甸史》）

又如前述，迎駕的孤軍在迫近緬京時，也曾遭遇西方高武器的壓迫，蓋其時有葡萄牙炮手東來，緬人借以擊退了圍城的明軍。哈威曰：其後緬得佛郎機炮手之助，得將寇眾逐退，為首一人斃於城內所放之銃下，於是退回孟艮。下接：

> 其後三年，華軍仍築寨於阿瓦城垣之下，攻勢未嘗間斷，並自雍會出襲上緬甸，據麥鐵勞縣（Meitila）之溫桓（Wundwein），其民遷避至西方高地，借免屠殺。華軍復襲蒲甘（Pagan），逐盡緬軍，並曾俘獲王子數人。

照葡萄牙炮手擊退進圍阿瓦的華軍後三年中，緬京附近的攻勢仍未間斷一節來看，則遭西方炮手擊敗的，應為永曆十四年（一六六〇年）庚子七月白文選軍圍攻阿瓦之役。

這一次白文選雖然無法達到迎駕的目的，遠望鸕鴣城痛哭而去，但是他們並不灰心，依然努力經營據點，遙制緬京；翌年辛丑（一六六一年）便又捲土重來。直待辛丑一役為大河所阻，李、白二王曠日持久，兩軍都已勢窮力竭，幾已不可支持，這才商議分兵自退。

白文選自埛塢為其部將張國用等挾以入山，旋至孟養據險自保；後來又退至滇邊為馬寶說降於吳三桂。

晉王李定國初引餘兵三千間道還孟艮，從當地土人之勸，北經鬼窟山，再臨大居江，其地饒有林木，可以燒礦冶鐵，伐木造船，便令都督丁仲柳設廠主持，不料事為緬人偵知，便以正兵緊追定國，別遣奇兵搗毀船廠，製造中的船隻全被焚毀；而定國軍中又「軍飢疫作，死亡相繼」。時當盛暑，蠻荒山野中的瘴癘甚凶，千里無人煙，不得已折向西南行，預計月餘路程可到風沙擺古，該地氣候高涼，盛產魚稻，打算到得那裡後可以獲得一番養息。《求野錄》說：「行至亦渺賴山下，其山亙數百里，登峰一覽，竟見西南大海矣！」

此在晉王，不啻黑獄中望到一線曙光。蓋在滇都廷議避兵之初，他即主張「急入交趾」，目的就在尋取一條通海的出路，以便繼續與據有金廈的鄭成功會合，共勤王事，後來格於事勢，又為眾人反對而罷，但是這一希望始終蟠結在他心裡，現在倉皇覓路中竟得望見西南大海，這重見生機的快活配著他蓬勃的雄心和忠藎的孤詣，能不使他無限地興奮起來？

然而，當時晉王又哪裡知道同年二月，鄭延平已自進兵臺灣，他此時也正以孤軍坐圍紅毛（荷蘭人），距離他們是非常遙遠的了。

四

對於永曆君臣的入緬，緬王平達格力（Pindale，一六四八－一六六一年在位）的態度，確很混沌不明，一方面力不足以自固疆圉而拒華軍之長驅，一方面卻又堅據永曆為禁臠，閉置者埂，不肯放手，這真是「據福源而弄火」的愚人愚行，以致三年之間，全緬各地兵禍不絕，《緬甸史》說：「寇等掠村舍，殺人民，擄婦女，焚寺院，僧眾驚懼，奔匿林間。」若無葡萄牙人炮手相助，或有大河阻絕，則白文選、李定國等兩圍阿瓦，緬甸的命運早就不堪設想了。然而他們卻永遠不能有一點國際的正義觀念，只肯向現實的力量低頭，如對永曆的待遇和態度，就一再因明軍的去來，變換臉色和儀節。難怪要受魏源《征緬甸記》的批評：「蠻夷之性，畏威甚於懷德。」哈威也深誚緬王平達格力的庸懦：「按緬王轄境，廣袤與莽應龍時代相若，所能調度之資源亦相等，若果莽應龍在世，則可以迅謀補救，必將發大軍，圖報復，而使華人自守於邊境以內，不敢越雷池一步，然而今王無用，在其故鄉以外實無心腹之輩，足以指揮焉。」

平達格力王這種不三不四的「保守」政策，不但招來異國軍隊以迎駕名義在其境內縱橫出入，借此徵取象隻糧草，甚至焚掠劫殺，他只抱著鴕鳥藏頭的政策，不聞不問。《求野錄》說：「自潰兵躪入緬地，其民罹兵火之厄，死者幾半，國人對其酋曰：王迎帝，故階之為禍者王也。」因此造成國內人心的離失，當是非常自然的結論。另一方面，使原來由前王以武力征服的藩屬如景邁、白古等，因為恐懼戰禍的延及自身，或為脫離緬甸的約束，都乘此機會，先後叛離，往投他們的世仇暹羅，別求庇護，終至引起後來的暹緬之戰。

緬甸藩屬為懼戰禍最先發生動搖的是景邁藩王，時當一六六〇年，即永曆十五年庚子夏秋之間。景邁原是暹羅的領土，但一向屈居於緬甸的臣服，一六三〇年曾一度獨立，並且攻陷附近的景線，但翌年（一六三一年）緬甸泰隆皇（Thalun）興兵進攻暹羅，至一六三二年夏經長期圍城後，該地仍歸緬人之手，藩王被廢，以披耶鑾帖攀濕（PyaLuangTipanet）為駐景邁之緬甸總督。自永曆入緬，明軍縱橫緬境，景邁深恐禍患及己，藩王帕線孟（Pra Sen Maang）便遣使致書暹羅的那萊皇子（Prince Narai），籲請保護，暹羅切望這一機會規復故土，不但欣然接受，且於一六六〇年冬十一月，親率大軍北上，布防於暹緬邊境。然而恰於此時，李白二王相繼退兵，景邁又恐懼緬甸罪責，發生動搖，使原先歸附暹羅的景邁軍秘密活動回去。那萊皇子大怒，派兵征伐，連陷數城。

其次背叛緬甸的，是馬都八（Martadan）的藩主。一六六一年春（比照我國記載，時當永曆十六年辛丑二月，李、白合軍錫波江邊時），緬甸政府曾召白古的馬都八總督發兵三千，赴援緬京。不料當時馬都八軍中主要分子得楞子不願為宗主作戰，中途叛逃，緬甸政府便依刑律一一追捕，捕得之後全部加以焚斃；如此殘酷的集體屠殺，引起死者親屬人等普遍的憤怒和恐懼，進而叛亂，焚燒馬城，驅逐在馬都八的緬甸人，擒馬都八總督解往暹京，全體得楞子紛紛往投暹羅，史載此時赴暹者眷屬人犯並計共有六千名之多。暹羅那萊皇子聞報大喜，即派得楞子族的在暹客卿（Smim）代表迎接這批叛民來歸，各賜耕地、居處，並恩召其中首領十一人入宮覲見。

景邁與馬都八先後叛變，以及暹羅收羅叛亡的態度，都非緬甸政府所能容忍，所以「緬人借華軍攻勢稍止之時，便發兵進攻暹羅，自阿多蘭河（Ataron）與毛淡棉（Moulmein）縣之三塔徑（Three Pagodas Pass）向甘武里寨（Kanburi）進軍，哪知尚未到達甘寨，便被暹軍擊敗，退軍時又遭埋伏，弄得狼狽而還。

如上所述，緬王平達格力後期，即自永曆流亡入緬後，緬甸與白古、景邁和暹羅之間，即不斷發生叛離和戰爭，導生的原因，都在明軍的入緬，乘時背叛者如景邁與白古，報復世仇，逞雄爭霸者如暹羅。雖然，這都各自有其歷史的因素，但很顯明的其中卻有晉王李定國等的策略在，蓋明能和平達到他們迎駕的目的，晉王等遂進一步與散居暹緬地區的遺臣舊友，利用這種關係，作顛覆緬甸的活動。如《求野錄》曰：

緬入萬曆中絕貢，且據有木邦、麓川及八百媳婦之地，雄視西南，然與古剌（即白古）、暹羅兩國為世仇。帝自蠻漠舟行，從官雲散。有入古剌者，馬九功、江國泰等；有入暹羅，絕愛之，妻以女如珍，之已以女為定國次妃（靈皋按：「有入暹羅」至此，語意不明定有脫誤，句讀未能，姑闕疑待考。）於是間道通殷勤，謀連兵伐緬。九功等亦為古剌招到潰兵，得三千人，亦致書定國，相與犄角，兩國之兵將發，會三桂執帝旋滇……暹羅、古刺之師失望而返。

晉王此一策略，實在非常高明，惜乎為時太晚，未奏實效，但如後來緬隆三十二年清兵征緬甸，魏源作記猶引其事（說如《求野錄》），論曰：

蠻夷之性畏威甚於懷德，畏治邊土勇甚於官兵，畏鄰邦之強又甚於中國……前明萬曆中，滇撫陳用賓嘗以暹羅夾攻緬，其國幾覆；李定國又嘗約暹羅、古剌將夾攻緬，是其傷弓覆車之戒，震鄰切膚之哭，於是知暹羅之大可用也。（《征緬甸記》）

永曆入緬，不但影響緬甸藩屬離心，暹緬再戰；終於在國內又引起極大的政變，平達格力因此被弑，而其弟篡立為王。

蓋自明朝的潰兵入境以後，一切軍糈象隻糧草等，不能不借地徵取，負擔已經很重，兼之明末軍紀，久已蕩失，縱然主將們大節無虧，而軍無糧餉，部下們的焚掠劫殺，自然在所難免，所以《求野錄》說：「自潰兵躪入緬地，其民罹兵火之厄，死者幾半。國人懟其酋曰：王迎帝，故階之為禍者王也。」這是國內民心背離之第一個原因。其次是饑荒。緬甸全國食糧所仰賴的要地，為有穀倉之稱的叫棲（Kyaukse，今譯皎克西），前王他隆（Thalum，一六二九－一六四八年）因鑒於前代諸王，急功好戰，故使國內貧乏達百年之久，他以穩定局勢為己任，首事復興叫棲，重修運河，更進而整頓稅收，國用民食，均告富足；不料明軍入緬，「緬中倉廩之叫棲，已在華軍掌中……乃王交臂枯坐，任令敵軍蹂躪土地，禾稻既不能植，穀倉自漸空虛……」再加以「宮中嬪妃，盡將米糧囤積，以奇貴之價出售，王不加約束。」由此造成普遍的饑荒，使得禁軍與廷臣們在悲懼之下，勾結王弟卑謬王子（Prince to Prome）莽白（Pye）統兵逼宮，將平達格力殺了，他自繼立，晉號為 Maha Pawra Tammacaia。

據《行在陽秋》，則緬甸的政變還是吳三桂使間活動的結果。辛丑（一六六一）四月記御前總兵馬寶降於三桂。即使間至緬請送帝於清，其弟受三桂命決計出獻，其兄則以為乘人之危為不義，逆天不祥，不如全之。至五月廿二日「緬酋莽猛白乃縛其兄弒之」。其實，馬寶是時正隨三桂大軍掃蕩喪亡，轉戰於孟定、耿馬之間，待白文選內移滇邊，馬寶率軍追躡，單騎說降，事在同時，似無分身入緬為間的可能，姑誌之以備一說。

五

莽白繼立，自將一反平達格力之所為，尤於永曆君臣，既認是「為禍之階」，則其命運前途，總是凶多吉少。因此，困居者埂的君臣，此時不能不有一個自謀的策劃了。《殘明記事》說：「酋弟弒其兄篡立，國中大亂，沐天波與馬吉翔謀，謂有可乘之機，具密疏請遣閣標副將張隆潛出關，諭關外營鎮為外攻內應計。隆既行，為緬兵獲，送其酋殺之，秘不令人聞，於是謀盡殺諸臣之計益矣。」《明史》說：「十八年（順治）五月，緬酋弟莽猛白代立，給從官渡河盟，既至，以兵圍之，殺沐天波、馬吉翔、王維恭、魏豹等四十有二人，存者由榔與其屬廿五人。」那就是歷史上有名的咒水之禍。

飲咒水（Thissa-Ye），本是東南亞各國當地通行的慣俗，不但官吏就職時須飲，即若干蠻族的酋長，每年都得循例被召至鎮守使前飲咒水一次，以示誠信。通常的儀式是供陳犧牲於龍神之前，以其血與麻醉藥同和於水，然後用刀矛之尖攙和，意謂水中之血將所有飲者與刀矛相結合，後如叛盟，必將不得善終。這意義實與現代文明國家的「宣誓」相彷彿，所以如《行在陽秋》記緬使來邀永曆的文武諸臣飲咒水時，便說：「我王初立，怕你們立心不好，請去吃咒水。等你眾人走動，好去做生意，不然日用亦難。」這在事理上當然無法拒絕，至則緬甸政府便以兵三千包圍漢臣駐紮處，忽然換了聲口：「爾等大漢，可出吃咒水，一個不出來，即亂槍殺死！」諸臣良久乃出，出俱被執而死。哈威《緬甸史》記此事首尾甚詳。蓋自莽白篡立後，「中國軍隊之蹂躪勢亦不稍減弱，朝廷疑永曆參與其事，乃決召其七百從人至者埂之睹波焰塔（Tubayon）飲咒水為盟，並遣散至各村度生，從人等不願前往，謂須由興威以北之芒市王（Swabwa of Mongsi）伴行，始能信任，乃許之。比抵塔中，為御林軍所圍，芒市王被挾外出，疑有詐變，奪衛士之刀而揮之，餘眾亦如狀爭抗，於是禁衛軍鳴槍射擊，未被槍殺者，奉王命概行梟首。」

是役據我國載籍，被殺者自松滋王、黔國公以下共四十二人，自繞者吉王、松滋王妃等二十三人。祇餘永曆帝及三宮世子等宮眷二十五人，移居於沐天波原居之處，《行在陽秋》說：是時僅「緬僧進食」，得免枵腹。

緬甸史記咒水禍後緬甸政府對永曆的態度，有曰：「厥後（緬）王又致書永曆，並贈酒肉，責其扈從之非禮，而重申保證。永曆云：彼等怙惡，已受懲矣，僕蒙饒命，幸毋再驚擾也。」而《也是錄》所記則無永曆此言。「廿五日進鋪陳銀布等物，且致詞曰：我小邦王子，實無傷犯諸臣之心，因各營兵殺戮村民，民恐實甚，乃甘心於諸臣以快其忿也，幸毋介於小邦。王頷之而已。」莽白把這一場集體的屠殺輕輕地諉諸民憤，其實只是一種鞏固篡立統治的手段，他還要保留永曆這個「人質」，預備應付未來的變局。

如此不過拖了半年，就在辛丑這一年的十一月初八，吳三桂兵至木邦，麾兵續進，《行在陽秋》說：「十二月丙午（十五日）朔，吳三桂兵駐舊晚坡，舊晚坡在緬城之東，是日，緬相錫真持貝葉緬文降於三桂，其文有：「願送駕出城，但祈來兵退札錫坡，猶慮三桂之襲其城也。」又記永曆被緬人出送事，有云：「初三日，是日未刻二、三緬官來見曰：此地不便，請移別所。你們兵將進我城，我上發兵，必由此過，恐為震動。言未畢，數蠻子將上連杌子抬去。太后等悲聲震天，行至二百步，乃有轎三乘至，太后等上轎，大小男女毫未收帶，步行約五里，黯黑不識何地。二更到營，始知為吳三桂營矣。」《求野錄》記其登岸一段，尤為慘戚，可以並看。

「乘舟渡河，舟大不及陸，三桂便將負帝登岸，帝問曰：卿為誰？對曰：臣平西王前鋒章京高得捷也。帝默然。」

自永曆十三年己亥（一六五九）正月流亡入緬，至辛丑十二月被送回吳三桂營，永曆帝流亡緬甸，為時整整三年。

永曆還滇以後，即於翌年四月，為吳三桂所殺，明祀遂絕。

永曆雖已被迫離緬，緬甸政府雖然暫時逃避了清兵的威脅和禍害，然而因明軍入緬所導生的鄰邦暹羅的覬覦和藩屬的變化，卻還未能澄清。白文選雖已被迫降清，而定國則方流連交趾邊境，積極聯絡暹羅、白古諸國，仍未放棄他最後的一線希望。

所以，一六六一年莽白嗣位，同年秋，暹羅那萊皇即選任他那年富力強的義兄披耶哥沙鐵菩提坤勒（Pyakosa Tibodi Kunr Lek）統率大軍十萬之眾，嚴整紀律，於是年冬再征景邁，長驅至那定南邦，始有劇戰，陷其城喃奔（Lampum）；翌年三月，那萊皇子親赴前線，卒克景邁城，緬軍來救，被暹皇擊退，俘景邁王及大批貴冑。

緬軍救援景邁不及，積怨益深，力謀報復。是年冬再攻暹羅，但那萊王則已有戒備，不僅不得一逞，暹軍反而乘勝進取，攻白古、馬都八、仰光以及其他城堡，俘虜人口甚眾，倘非當時適逢緬甸各地大鬧饑荒，暹軍才因軍糧不繼而自動撤退，則這一次緬京阿瓦也就幾乎保不住了。

自永曆還滇後，流亡西南異域的明室孑遺，也只剩了晉王李定國一人，獨自彷徨在景線一帶，忽忽不知所措。翌年壬寅（一六六二年）之夏，他才聽到永曆被弒的噩耗，不禁躄踊號哭，自擲於地，從此不食，嘔血三日而死。

六

此是南明民族革命運動史中最悲慘的一場結局。中國的皇帝從來沒有流亡異國者，有之，則自永曆帝之避兵緬甸始，其慘苦既不遜於宋徽欽二帝之北狩，而遺臣之忠烈，尤無愧於南宋的韓岳。然而明史成於清代，忌諱萬端，於永曆流亡事既寥寥數言，不盡不實。其他，縱然還有若干當時的當事人如鄧凱等所記的史料，但於明軍入緬後影響東南各國動亂的史實，又未能綜述，殊失完備，故收集舊記，同時參考英人哈威所著《緬甸史》、[3]W.A.R. Wood及Samuel Smith 諸氏所著《暹羅史》[4]等，匯為此篇。[5]魏源說：「蠻夷之性，畏威甚於懷德。」不料時歷三百年後，緬甸的進步還是不多，仍然只能犧牲國際道義來抱「事大主義」。

三百年前莽白的「事大」政策，最後還是逃不過清兵的征伐。獻出永曆後不滿四十年，好大喜功的乾隆帝就命明瑞統兵十萬大征緬甸了。向現實低頭者終為現實的力量所制，弔古傷今，應不失為是一個痛苦的教訓。

---

3 《緬甸史》，G．E．哈威原著，姚枬譯，上海：商務印書館，一九五七。Harvey, G. E. (1925). *History of Burma: From the Earliest Times to 10 March 1824*. London: Frank Cass & Co. Ltd.

4 《暹羅史》W．A．R．吳迪原著，陳禮頌譯，上海：商務印書館，一九四七。Wood, W. A. R. (1924). *A History of Siam: From the Earliest Times to the Year A.D. 1781, with tha Supplement Deali with More Recent Events*. T. Fisher Unwin, Ltd. London: Adelphi Terrace. Smith, Samuel J. (1909). *Brief Sketches of Siam from 1833 to 1909*. Bangkok: Bangkolem Press.

5 編者按：本節引述舊記有：鄧凱《求野錄》、《也是錄》，李宗昉《黔記》，戴笠《行在陽秋》，彭崧毓《緬述》，羅謙《殘明記事》，李瑤《南疆繹史摭遺》，徐鼒《小腆記傳》，魏源《征緬甸記》等，於首次引用時加註作者，餘則不一一贅述。

後記

在緬甸撣邦北部的盡頭，在中國雲南西南的底端，在一個遠離中原的地區，有一支漢民族已經在此生存繁衍了三百多年。這支漢族就是生活在緬甸撣邦果敢及周邊的漢人，在緬甸被稱為果敢族。果敢位於緬甸撣邦東北部，官方名稱為緬甸撣邦果敢自治區。歷史面積約一萬平方公里，現面積約五千九百平方公里，人口約二十萬。

一六五八年三月，南明桂王永曆帝朱由榔，為「大西軍」擁戴而舉旗反清。同年十月進入雲南，終因不敵清兵而放棄昆明，經保山、騰衝退入緬甸。一六六二年，吳三桂率清兵十萬之眾抵達緬甸阿瓦城郊，緬王莽白即將永曆帝及其母子妻妾送交清軍，永曆帝於同年六月被絞死于雲南昆明。在此之後，朱由榔的數千隨從，或降清，或逃往內地，但絕大部分官兵百姓留在了緬甸北部地方，其中包括名將李定國，他沿路護衛朱由榔進入緬甸，此後又長期在邊境地區與清軍周旋，朱由榔在昆明被殺後不久，他即病故在現中老邊境勐臘縣。通過三百多年艱苦而漫長的日子，一個華人社區崛起於緬北高原，繁衍至數十萬之多，其後果敢土司和萊莫土司均延承了中國封建王朝的官僚體系。一九六八年以前，那裡地方政權機構的官職，依然沿用明朝武官的官職來命名，如守備、千總、把總之類。老百姓的服裝仍然是明朝時的漢裝，信奉的是文聖孔子和武聖關公，由於他們是明朝皇族和士大夫的後人，故保留了相當程度的明朝官話。

羅兩峰畫鬼

一

乾嘉時代的揚州畫家羅聘，比起金農、鄭燮來，他是年輕的後輩，由於他有獨特的藝術創造，被公認為「揚州八怪」[1]中的最後一人，二百多年來，無人異議。聘字遯夫，號兩峰，原籍安徽歙縣呈坎村人，從祖父開始遷到揚州來，家住揚州郊外一幢老屋裡，已經是第三代了。

羅聘的父親是個掄槍弄棒的武舉人，在當時重文輕武的社會裡，並無地位，何況羅聘剛剛周歲時，他的父親就死了，寡母一手將他們兄弟五人拉拔長大，很不容易，他是五兄弟中的老四，自幼不能吃葷腥食物，吃了就要嘔吐，所以長年茹素；稍長，涉獵佛書，非常信服佛家的教義。

有一年，他做了一個夢，夢見自身是個和尚，住持一座古廟，廟門匾額上寫的是「花之寺」，因此，他後來自號為「前身花之寺僧」；這花之寺的寺名很美，但羅兩峰也沒說是在什麼地方。王漁洋的《分甘餘話》說：山東沂水縣有個寺廟，因為寺門前廣植草木，經年繁花如錦，而寺前的徑路，又曲折成之字形，所以就叫「花之寺」。兩峰夢到的是否即是此寺，以及他曾經去過山東沂水沒有，都沒有明白交代；不過乾隆三十年（一七六五年）乙酉，他三十三歲正月初七（人日）生日那一天，作詩自撫生平，曾說：

人日生人人可憐，花之寺裡記身前。浮蹤浪跡尋來路，流水開花又一年。……

從這詩裡，可以看出兩峰「自知前身」這個故事，實在只表顯他煢獨漂泊的身世，以虛幻的夢境來寄託他的感傷而已。

1 編者按：揚州八怪，是清康熙中期至乾隆末年活躍於揚州地區的一批風格相近的書畫家總稱，據李玉棻《甌鉢羅室書畫過目考》中，「八怪」為：羅聘、李方膺、李鱓、金農、黃慎、鄭燮（又名鄭板橋）、高翔和汪士慎。此外，各書列名「八怪」的，尚有高鳳翰、華嵒、閔貞、邊壽民等，說法很不統一，今人取「八」之數，多從李玉棻說。

二

前清時代，貧家子弟最好的出路，只有靠科舉成名，學優而仕，但是兩峰是有個性的青年，似乎從來未曾有過這個意願。他確是很歡喜讀書，卻十分厭惡帖括，好像生來具有藝術家的天分，也有知識分子那種忠於自己思想和感情的誠實，他只瀏覽自己歡喜的雜書，既好作詩，又好作畫，自己關在小房間裡，玩弄筆頭，閒雜吟哦，這樣過了好幾年，詩和畫倒也都有了一點基礎。

後來，他終於覺悟到這樣閉門造車的自學，必是費力多而成就少，總得投個明師就教才好。其時，錢塘（杭州）金農（冬心）已從漢上回到揚州來了，而且在揚州藝壇上有著極高的聲譽。冬心在漢上賣畫所得，隨手浪用，此時境況又不甚好，所以也肯收幾個學生，補貼晚年的生活。於是，就在乾隆二十二年丁丑（一七五七），羅聘預備了贄敬（金），投入金冬心門下，稱詩弟子，學詩又學畫。這一年，冬心是六十八歲，兩峰還不過是個二十五、六歲的青年。比兩峰遲一年向冬心求學的，還有一個項均（貢夫），這兩人是冬心的「關門弟子」。

冬心也很喜歡這兩個新來的學生，對他們寫詩作畫的性向，有極正確的了解，如〈畫梅題記〉一條說：

以詩為贄，遊吾門者，有二士焉，羅生聘、項生均，皆習體物之詩，聘得余風華七字之長，項得幽微五字之工，二生盛年，耽吟勿輟，無日不追隨杖履，執業相親也。

二生見余畫，又復學之。聘放膽作大幹，極橫斜之妙，均小心作瘦枝，盡蕭閒之態，可謂冰雪聰明，異乎流俗之趨向也。

老師此一論評，兩峰是心服口服。冬心歿後，他作〈項貢夫（均）畫梅歌〉，也說：「……君與我是歲寒交，曾共花前稱弟子，……僧樓日日試縑素，驅使筆墨心手狂。笑我墨汁傾一抖，長枝大幹蛟龍走；人瘦花疏合讓君，相向春風我較醜。……」

冬心作畫的題材，最主要的是梅花、竹、神佛，偶爾也畫花卉和鳥，但他從來不畫山水。他是一個很認真的老師，教學生畫雖然也從傳統的方法——傳移模寫開手，但他反對臨摹古畫，他只拿出自己的畫稿來，叫他先仿「江路野梅」，繼又學他的人物番馬，奇樹窠石。冬心稱讚羅聘：「筆端聰明，沒有一點差錯。」

這樣學了兩三年後，羅聘畫藝精進，畫得比冬心真跡還要像冬心。

這時候，金冬心詩畫的聲名遠播，各處來求畫的人很多，而冬心的健康情況，一年不如一年，尤其是兩眼昏花，視力日漸衰退，已經不容許再調脂殺粉，親自作畫了。然而，他們都需要錢用，總不能把財神爺往外推喲，於是師徒二人商定了一個辦法，由羅聘摹老師的畫，由冬心親筆題詩題跋，簽名蓋印，用這樣的「真題假畫」來應付上門求畫的人，師徒二人的生活也就不愁了。

冬心喜歡作曲，有一天偶爾與兩峰談他家鄉的「武林舊事」（南宋周密作《武林舊事》一書，此借武林指南宋臨安），作曲曰：

吾家古杭，熟食店珠子茶坊，當年畫壁，大好是劉郎李郎；今已荒涼，剩水殘山看夕陽。湖魚辣羹，不復問纖手廚娘，何況金籠蟋蟀，秋草半閑堂。

冬心此時，已將手邊所存《自度曲》的存稿，編成一帙，很想刻印行世，但是苦無這筆閒錢，羅聘就聯合同門的項均、楊爵三個人湊出錢來，把這書刻印了，冬心大悅。隨後，兩峰又把冬心的畫佛題記二十七則，編成一卷，請冬心作了自序，後來又加上杭州名士杭世駿的序，預備刊印。兩峰自己又作「題冬心先生畫佛歌」，推崇備至，開篇便稱：「冬心先生真吾師」，接下去道：「……近來畫法得妙諦，畫馬何曾墮馬趣；轉而畫佛求福禔，自稱如來最小弟，三薰三沐圖一軀，佛幌輕煙散香氣……」兩峰指出：冬心畫佛是虔誠的宗教精神與藝術感情相結合的表現，令人感動，所以又說：「我亦花之寺裡僧，執管描摹竟未能。願乞無量智慧燈，開我道眼增雙明。」

乾隆二十六年（一七六一年）辛巳，冬心兩眼終於完全失明了，隔了一年，他就病歿於揚州天竺庵，享年七十四歲。兩峰頓失良師，當時他還只三十一歲，計入金門從學，朝夕不離的長達七年之久。

三

兩峰從學金門後，城鄉往返不便，只好搬到揚州城裡來住，但又捨不得離開那座院子裡還有高大古柏的祖傳舊宅，作〈移居集陶四章〉外，又作〈別舊宅〉二首，他說：「舊宅無端我獨離，琴書結束借車時。一椽一瓦皆先澤，當日辛勤卻為誰？」自此，這老宅裡就只有三哥羅秀峰一家住了。兩峰和太太、孩子搬到天寧門尚書里彌陀巷去住，額其堂曰：「朱草詩林」。冬心為他題畫像詩，有曰：「闔戶常設太常齋，行歌不歇尚書里。」說他雖然住在長滿茅草的三椽小屋裡，每天全家人都跟著他吃素，但他嘯傲行歌，真有「居陋巷，一簞食，一瓢飲，不改其樂」的瀟灑和樂觀。

現在必須要追述一下兩峰之妻方婉儀。

婉儀也是歙縣墅村人，出身世家，卻嫁給了清貧的寒士，原因是她也能詩善畫，而以得為「兩峰之妻」為榮。最早流傳她的〈生日偶作〉：

冰簟疏簾小閣明，池邊風景最關情；淤泥不染淸淸水，我與荷花同日生。

她是雍正十年（一七三二年）六月二十四日生的，所以又自號曰「白蓮居士」。既歸羅家，當時兩峰的母親尚在，姑嫂妯娌眾多，她處身其間，孝友著聞鄉里；母死，作〈哭姑〉十二首，傳誦一時。有一年的冬天，她與嫂子、小姑，並邀同里的汪楷亭夫人作「九九消寒會」，唱酬成帙，兩峰的好友管平原為畫「寒閨吟席圖」。她跟沈大成學詩，閒寫梅蘭竹石，兩峰稱讚她有「出塵之想」。她常與兩峰合作繪畫，如為蔣士銓合畫幛額，兩峰畫梅花，她畫牡丹，蔣說：「梅花橫臥牡丹立，恍若天女下偎高士寒。」又蔣寶齡《墨林今話》卷四說：「平望張看雲（棟）藏有兩峰夫婦合畫一冊，中有〈涉江采芙蓉圖〉，淡冶清妙，是白蓮居士的手筆，所用小印曰：兩峰之妻。」婉儀真跡，非常罕見，後來，藏者將此冊賣了，今已不知流落何處。

乾隆二十六年（一七六一年）辛巳六月，白蓮居士三十初度，其時鄭板橋適在揚州，畫了一幅蘭花，題打油詩一首，為她祝壽，上款稱她為「兩峰羅四兄尊嫂方夫人」，詩曰：「板橋道人沒分曉，滿幅畫蘭畫不了。蘭子蘭孫百輩多，累爾夫妻直到老。」倒是很有趣的調侃。

兩峰夫婦二十餘年的婚姻生活，非常幸福，不僅如蔣士銓所說：「一家仙人有眷屬，墨池畫筏相扶持。」更重要的是連日家居生活上也相親相愛，其樂融融。

四

冬心先生逝世後，兩峰覺得有件大事，是他做弟子的責任，那就是收羅冬心的遺稿，日子一久，不免散失，必須現在就去做。

冬心生前，漫遊各地，所作詩詞、銘贊與雜文手記不少，但他自己不大錄稿收存，生前雖已親自編過《冬心先生集》四卷，又編詩為《續集》，但不過是手上部分存稿而已，並不完備。兩峰想：冬心先生是杭州人，離鄉以前的少作，散落在杭州的一定不少。於是，兩峰決定於乾隆三十年乙酉，冬心先生歸葬杭州鄰近的臨平黃鶴山時，他送葬到杭州去時，即便往訪冬心的同鄉好友——丁敬，請他幫助，搜尋冬心先生遺作。

丁敬，字敬身，號鈍丁，住在杭州候潮門外，曾與冬心為鄰，兩人都好碑版金石，結成知交，袁枚稱之為「世外隱君子，人間大布衣」者，就是此人。由於丁氏的幫助，兩峰搜集了冬心遺留在故鄉舊交家藏的遺文，可拿的拿，要抄的抄，忙碌了好大一陣子，收穫著實不少。兩峰也為丁敬畫了肖像，又為他畫了〈白描觀音大士像〉，作為答謝。

到了杭州，當然沒有不遊西湖的，兩峰獨自漫遊湖山，成〈西湖雜詩〉二十二首，清麗婉約，如湖上風光一樣，確是難得的好詩。所以我不得不摘錄四首如次：

乍到西湖雙眼明，春陰漠漠曉煙生。攜筇不定遊蹤跡，但揀雨絲疏處行。
紅漾粼粼酒滿瓢，湖船載月聽吹簫。白蘋花上三更雨，幾點漁燈出斷橋。
平泉金谷等滄桑，過眼豪華跡渺茫。葛嶺草深人不到，伏風秋雨半閑堂。
放翁亭前漠漠苔，風吹笑語出牆來。不辭露濺宮鞋濕，偷折孤山處士梅。

兩峰在杭州，從《西湖雜詩》可以看出，自春及冬，總在一年以上，然後他回揚州去，整理他在杭州的收穫。

五

這時候的羅聘，還是個道道地地的無名畫家，一個無名畫家要賣畫為生，則連餬口都難，遑論其他。兩峰在揚州掙扎了幾年，出不了頭，他知道：要賣畫必須先有名，要有畫名，必須先有名公巨卿的捧場、揄揚，否則，這條路是走不通的。

這情形，古今都是一樣，一九二五年，齊白石初到北京因是無名畫家，畫也不大賣得出去，弄得生活都很困難。有一天，某巨公做壽演戲，座中都是冠裳顯貴，只有白石布衣襤褸，沒人理他。梅蘭芳來了，遠遠看到齊白石被擠在角落裡，高聲叫了「齊先生」，對他執禮甚恭，立刻被眾人矚目：「連梅先生都敬重的畫家，那還錯得了嗎？」齊白石從此聲名鵲起。白石不諱言其事，題畫詩說：

曾見先朝享太平，布衣蔬食動公卿。而今淪落長安市，幸有梅郎識姓名。

兩峰想：老師生前，曾遊京師，交遊甚廣，我必須以探尋老師遺稿為名，從與冬心曾有往來的名流貴人結交，尋求賞識……

於是兩峰遂於乾隆三十六年辛卯（一七七一年），到了北京。最初住在英夢堂（廉）相國的獨往園裡。

兩峰在京師雖然人地兩疏，但他鼓起勇氣來，以冬心弟子的名義，到處拜訪先師的故交，或是認識他老師的人，探問有無冬心遺作的抄件，甚至尋到酒壚貨擔，只要有一點蛛絲馬跡牽連之處，都不放過，京中崇尚風雅的賢士大夫，沒有不知道世有金農其人的，現在看見他有個弟子，於他生後，不辭跋涉千里，又那麼精細地窮搜冥索他的遺文佚詩，心裡無不欽敬這個後輩的人品，對他另眼相看，由此也為他開拓了結交當代賢達的門路。

英相國在他的檀欒草堂裡，培養了各種各樣的海棠花，每年花季，他都在園中置酒，邀請朋友來賞花，兩峰也參加了這個盛會，在此認識了錢籜石。

錢載，字坤一，號籜石，浙江嘉興人，乾隆壬申年（一七五二年）的進士，這時候，官東宮詹事，是輔助太子讀書的文學侍從之臣，他也工畫花卉蘭竹，畫法得之於他的同鄉南樓老人陳書。這一天，他即席揮毫，畫長幅海棠，兩峰作「英夢堂相國招飲海棠花下」詩，極讚這位貴官的畫藝，有曰：

……胭脂露壓枝枝重，蓓蕾風含朵朵妍。殺粉調脂看妙筆，白頭真作海棠顛。

畫家作詩，五彩繽紛，眩人耳目，何況以內行人評畫，自然不同於一般人的信口浮譽，籜石甚有畫逢知己之感，遂與訂交，後來兩峰就成為錢家的常客了。

翌年壬辰（一七七二年）之春，翁方綱（覃溪）自粵北典學回京，在錢氏木雞軒裡，初次見到這個青年畫家，看他兩眼澄碧，炯炯有神，光芒直接逼人；他手上抱著冬心前後集，笑聲爽朗高昂，有如鸞嘯，形象活像冬心，籜石笑為介紹道：「見此君如見金壽門。」覃溪也道：「如見冬心復活了。」

覃溪是翁方綱的號，直隸大興人，他與兩峰同年生，二十歲進士及第，二十二歲授編修，其後屢次外放典學，就是派到各省去主持考舉人的鄉試。他很欣賞兩峰的詩，更歡喜他為人的瀟灑磊落，心直口快，一點也沒有矯揉造作的模樣。——翁是北方人，就喜歡直爽得像個漢子的人。

兩峰才華橫溢，又能言善道，很會表現自己，又極好勝。有一天，他在朱竹君（筠）寓處，碰到四川綿州人的李調元（雨村），兩峰久聞雨村答文作詩，向以落筆快捷出名，就逗他道：「聽說閣下作詩，最為敏捷，不知能夠像我作畫一樣快嗎？我畫一幅畫，你作一首詩，誰遲了時間，就罰酒三杯。」

雨村說「好」，兩峰就拈一個紙團，在墨水匣裡蘸了墨，連畫四幅：葡萄、孔雀、竹、梅花，他剛畫完，雨村的詩也作好了。當時在座的有朱孝純、程晉芳、吳璜等，都拍手叫好，歡喜讚嘆。

後來邀兩峰到山東去玩的朱孝純，就是在此時相識的。

這年秋天，兩峰在京任務，初步完成，就預備回南邊去了，畫了〈歸帆圖〉，邀請相識的名流題字紀念，以詩贈行者達六十五人之多。翁覃溪邀集一夥朋友，在陶然亭為他餞行，作詩送他，有「欠伊銷夏迎涼畫，樽酒城南秋雁飛」之句，為人傳誦，他自己也很得意。

但是，兩峰後來變更計畫，延至第二年（乾隆三十八年）的春天，才乘船離京，詩〈癸巳閏春，出齊化門潞河，登舟口占〉中，所謂「隔歲歸期今始決，秋帆不掛掛春帆」者，即是。

滯留的原因，他在上年中元節前，忽然發心畫〈鬼趣圖〉，這一畫，就是三四個月。

南歸後，兩峰將從京杭兩地所辛苦搜集的冬心遺稿，一一檢點編纂，就在當年刊印了《冬心先生續集》。他完成了一大心願，但距金農去世，卻已十年，在那個手刻木版印刷的年代，一書之成，如此不易。

六

兩峰在北京，先後約二十年，作畫無數，但是為別人作的畫多，自己歡喜畫的畫少。一個畫人，非得社會名流的揄揚，成不了名；要得賢達的揄揚，就非先為他們服務不可，兩峰要賣他的筆墨，取娛名公，就只得聽人驅使，不能例外。

翁方綱訪友不遇，囑兩峰畫〈寒林訪友圖〉，與朋友多人遊城西笑岩塔院、極樂寺，兩峰為作〈野寺尋僧圖〉；王葑亭給諫招他載酒同遊二閘、遇雨、張船山作詩，兩峰為作〈大通春酒圖〉；精研文字、音韻學的孫星衍（淵如）要他畫〈倉頡造字圖〉、〈伏生授經圖〉等；為伊秉綬畫〈鄭康成像〉，研究那個時代的深衣服制即已花費二十幾天；為法式善寫〈梧門圖〉、〈瀛洲亭圖〉和梧門畫冊十開；為桂馥（未谷）畫〈戴花騎象圖〉等，形形色色，山水、人物以至肖像，都要畫，而且要畫得好，畫得合他們的心意。

更甚者，翁方綱崇拜蘇東坡，東坡生日作會，要兩峰為他摹李龍眠（公麟）、趙松雪（孟頫）、陳老蓮（洪綬）諸人畫像，因為他們都和紀念東坡有關；他築一畫室，要他畫〈蘇齋圖〉；兩峰又能刻竹，為他刻畫於茶陵詩卷櫝側，拓裝於卷，又因藏有宋版顧注蘇詩，要他作〈仿東坡懸崖竹子卷〉。

凡此種種，都是以畫藝為後於人，雖非得已，但還是蒙名公賞識才能得此，否則，潦倒窮途的街頭畫家，到處都有，則更不堪了。

不過兩峰時在盛年，這些並不足以妨礙他的創造與發展，他雄心萬丈，不僅要擺脫師承的窠臼，不作金冬心第二，而且更進一步，他在默默尋求從來無人畫過的、嶄新的題材。他要從傳統的格局中解脫出來，開拓繪畫的新境至前人所不至的境域。

乾隆三十九年甲午（一七七四年），他終於畫出了題名〈野火〉的那幅傑作。

野火，是山野林間常有的景象，每於秋冬之季，氣候乾旱，草木枯萎，偶因天上閃電或林木摩擦，發生星星之火，燒著了叢生的灌木，趁著風，它就燎原起來，甚至延燒到整個山頭，瞬間看來，一片燦爛輝煌的景象。

兩峰畫的野火，滿幅是強烈的紅色的火焰，奔騰飛揚，火上再跳躍著活潑的火舌，散播出融融的熱力，充盈於黑暗又冷漠的山林中，右下角畫有一隻正在拚命逃亡的黑兔，更增加了畫面的動感，與跳躍的火焰相呼應。

這火焰，這脫兔，不久就要消失的，兩峰抓住了這個時間瞬息即逝的變化現象，是傳統畫家從未想像過的畫題，是他獨特的創造。

西方藝術家中，如美國印象派畫家詹姆斯．惠斯勒（James Abbott McNeill Whistler, 1834-1903），曾為表現克服時間的侷限，描寫時間發展中的瞬間動作，畫過〈點與金色小夜曲——墮落中的火花〉。但惠斯勒作此畫是一八七四年，後於羅聘作〈野火〉圖為整整一個世紀。

與兩峰同時代的畫家新羅山人華岩，也是一個想像力與創造力異常豐富的畫家，他從莊子〈逍遙遊〉得到啟示，畫〈大鵬圖〉，以大鵬鳥擊水三千里的翼翅，征服了廣漠的空間局限。

同是乾隆時期的畫家——羅聘與華岩，各以匠心獨運的畫筆，分別征服了時間與空間的局限，是時代的驕傲，應該不是偶然的現象。

羅聘這幅〈野火〉圖，是他畫的《姜白石詩意圖冊》中的一幅，後為曾得諾貝爾文學獎的日本作家川端康成所收藏，川端引煤氣自殺後，此冊下落不知。

七

滿清為鞏固他的異族統治，經歷康熙、雍正、乾隆三朝，實施血腥的高壓政策，大興文字獄，偶言棄市，殺戮之慘，流人之多，亙古未有。

讀書人畏禍，鉗口結舌，不敢再有一言一字涉及政治和社會。一部分人退隱書齋，埋頭於故紙堆中，做古經書的訓詁、校勘和考據的學問，後來發展為學術史上的乾嘉學派；一部分比較活潑的人，不耐這種餖飣的工作，只好以談狐說鬼來發洩他們的才智，所以，乾隆時期，談鬼的風氣甚盛。

將狐鬼故事第一個寫成專著的，是山東淄川人蒲松齡，這部《聊齋志異》，定稿於康熙四十八年，直至乾隆卅一年才得刻書家鮑廷博將它刊刻出版，流傳甚廣。

後來又有袁枚的《子不語》、紀曉嵐的《閱微草堂筆記》，都是說鬼的名著。在這一股流行風氣之下，兩峰也很歡喜說鬼故事，他本來就很會說話，講起故事來娓娓動聽，非講得你相信不可，而歡喜聽他講鬼故事的人又有很多。

他的詩集中〈秋夜集黃瘦石齋中說鬼〉詩，且看兩峰如何說鬼：

秋室昏孤燈，書棚墮飢鼠。狂鬼若無人，揶揄來三五。我豈具慧眼，惡趣偏能見。頸或曲且高，身或短而僂。齒露瓠中犀，指或大如股。風捲一院陰，倏忽遠堂廡。悄然尋潛蹤，落葉聲如雨。反覺恐怖生，肉上寒毛豎。因之嘆阮瞻，終為鬼所侮；妄聽且憑君，我語非妄語。

照這看，兩峰所說的鬼，也不過是肢體形狀，異於常人而已，並不十分可怕，還是襯托的背景，倒著實令人毛骨悚然。

兩峰在愛聽鬼故事的朋友鼓勵下，搜羅了很多這樣的故事，以便講給朋友聽，我想：《聊齋志異》出版後，他一定看過，兩峰得此，更加發展了他那說鬼的天才，也很自負。〈寄別紀半漁〉詩說：

莫管人間有別離，君真禯襶我真癡。定知後夜呼燈起，忽憶狂夫說鬼時。

兩峰是畫家，很容易從「說鬼」聯想到用畫筆來描摹鬼物的形象，一定會更動人。

畫鬼，歷史上就有，唐朝吳道子作壁畫〈地獄變相〉，其中鬼魅凶惡的形象，使長安的屠戶們，看了頓生畏懼之心，從此改業；到元朝，有龔開的〈中山出遊圖〉，畫鍾馗嫁妹的故事，其中畫了許多執役的小鬼，不過自明以來，已經沉寂好多年了。

兩峰是貧家出身的人，很熟悉平民社會的黑暗面。到了北京，驟然接觸了豪門巨室裡的人情，官僚社會裡的邪惡，心裡不能沒有感觸，然而，「人」，他不敢罵，只好借畫鬼來抒寫他對人間一切鬼魅行徑的憤懣。

周作人說過：「我們從鬼的身上，可以了解一點平常不易知道的人情，換句話說：就是為了鬼裡邊的人。反過來說：人間的鬼怪伎倆也值得注意，為的可以認識人裡邊的鬼。」（〈談鬼論〉）周作人的話，還比較含蓄，後來的史學家吳晗說得更明白：「鬼是人想像出來，鬼的世界和人間一樣，人世間有的事，鬼世界裡都有。……現實社會中，活鬼到處都是，他們成天張牙舞爪要吃人，青面獠牙嚇唬人，鬼頭鬼腦攞弄鬼心思，鬼主意，常常在興風作浪。」（《吳晗雜文選》）乾隆雖然號稱太平盛世，但是一個封閉的封建社會裡，少不了大欺小，強凌弱，詭詐、強橫，人吃人的情形，還是到處皆是。兩峰幾十年來，身行萬里路，看到過的人間鬼魅，不會很少。文字獄的恐懼和壓力仍在，他不敢用文字來表達他撻伐的心情，於是，他畫鬼，用鬼世界的形象，來寫人間百態。

八

乾隆三十七年壬辰，中元節（鬼節）前，兩峰此時已經離開英相國的獨往園，遷居於北京大明寺，寂靜的僧寮，適宜於他靜靜地畫起鬼來，第一次畫的即是《鬼趣圖》八幅。

第一圖：黑氣籠罩二鬼，一鬼大肚皮，一鬼半身。

第二圖：一鬼尖頭赤腳，一鬼奴赤體著帽相隨，狀如主僕。

第三圖：男女二鬼，幽情慘戀，旁立白無常使者。

第四圖：一鬼扶杖而坐，一鬼以巨觥進酒者。

第五圖：一巨鬼長身綠毛，口眼噴血，飛行雲霧中，是兩峰親見於焦山僧舍

第六圖：三個鬼。一鬼頭大如丘，面目臃腫，匍匐追逐二鬼，一鬼綠色疏

髮，張巨手如箕；一鬼頭如桃實，束手回顧，皆作驚避狀。

第七圖：一鬼冒雨驚走，一鬼執傘蔽之；一鬼作避雨狀，皆半身。

第八圖：背仰兩骷髏，藏於青林黃草叢石中，皆人立，一倚石外向，一據石內向，蓋男女也。

兩峰畫鬼，為要襯托出陰森幽怪的形象，有他特殊的技法。吳修〈青霞館論畫絕句〉詩注說：「罷兩峰之鬼趣圖八幅，畫時先以紙素暈濕，後乃施墨設色，隨筆毫到處，輒成幽怪相，自饒別趣。」在濕紙上作畫，墨線不但要纖細，運筆的速度也必須控制得宜，假使墨線太粗，或運筆過速，則濕紙上墨水滲開，掩蔽了原來的美感；假如運筆緩慢，則一直線變成一連串細點，而細點周圍各有滲墨痕，破壞畫面，但兩峰則能趁紙張半乾半濕的時候，以精微的墨線，仔細勾勒，雖然輪廓之外，都有水墨痕，此在平常畫作中，自然是敗筆，但兩峰筆下控制的水墨痕，卻巧妙地襯托出鬼物的背景，使整幅畫面的氣氛，幽冷而神秘，兩峰對於水、墨和筆鋒三者結合的運作，真到了爐火純青的地步。

兩峰把這八幅〈鬼趣圖〉擺出以後，這才轟動藝林，題詠者七十餘家，如王昶、袁枚、法式善、張問陶、錢載、程晉芳、伊秉綬、翁方綱、紀昀、蔣士銓、姚鼐、杭世駿、錢大昕等，都是當時領袖風騷的名流，亦皆兩峰在京的舊識，經他們品題揄揚得力，羅聘畫名，就此著聞全國。

此後，兩峰陸續又畫了好些鬼畫，如李玉棻藏有大幅〈設色鬼趣圖〉，畫園林樓閣，其間有各式奇鬼、鍾馗和土地神。樓上有夫婦二人，對坐進食，几上羅列肴撰，園中僕從往來。該夫婦似將為鬼祟，幸得鍾馗土地，吉祥解護，神情變幻，景物淒涼，令觀者瑟縮恐懼。這幅畫是表現富商即將敗落，為鬼所侮的悲景。（李玉棻《甌鉢羅室書畫過目考》）

又張問陶《船山詩草》記有〈墨戲圖〉，畫群鬼做戲，大鬼像獼猴，小鬼如鼠，登場舞蹈的景象；又有〈墨幻圖〉，寫群鬼打架，船山說：「羅生醉眼發靈光，視見人間群鬼鬥。」蔣寶齡《琴東野屋集》卷九，記兩峰有〈仿西漢石闕畫鬼圖〉，畫的是八個鬼在演武，一個鬼王狀如閻羅，在旁觀看，一鬼持蓋侍立在旁等等。——兩峰借「鬼」這個形象，畫了不少人間的活動，惜乎兩百餘年後的今日，已難盡知。

兩峰畫鬼，當然會畫鬼王——鍾馗，據說這也是吳道子《地獄變相》圖裡所創造出來的人物，他既是統治地府的眾鬼之王，當然能夠役使群鬼，也具有辟邪的權威。所以，六十年前，民間還照習慣在端午節時，各在堂屋正中，懸掛鍾馗畫像，髮眉如戟，圓睜怒目，寬袍束帶，手持利劍，用來驅逐瘟神疫鬼，兩峰也曾畫過這樣一幅〈鍾進士像〉，送給他的好友吳錫祺，這是通常所見的鍾馗造型。

但是兩峰畫鍾馗，也有不落窠臼的，他畫過一幅躬身閒倚樹丫間的鍾像，便衣便帽，也沒有金剛怒目的悍相。另一幅有名的〈醉鍾馗〉圖軸，寫鍾馗酩酊大醉，俯首閉目，面含微笑，兩個鬼分於左右扶掖著他，行於鄉野道路上，袍服幾將脫落，胸部敞開，露出兩乳，提起左腿跨步向前，而右足所著的吉莫靴卻已脫落，由一尖頭巨腹的小鬼替他拎著，後面還有一鬼，捧著他的脫掉的衣服，背景是山崖、小溪和一株照眼榴花的大樹，景色是五月的明麗。

一個畫家，攤開一幅白紙，如何在這紙幅範圍內，將他要畫的題材，各各安置在適當的位置，在整幅畫上又能構成和諧的畫面，這所謂「經營位置」的功夫，最費心力。當代畫家程十髮以畫歷史和神話人物，著譽國內外，他曾畫過一幅〈紅拂圖〉，三匹馬和三個騎在馬上的人，畫的都是背面，左右兩個騎者（黃衫客與李靖）的頭，都是向著前方的，所以看不到臉面，就是中間那個騎在馬上的人（紅拂），卻驀然回首一望，在整個畫面上，就突出了紅拂臉上的表情，風神盡見，所以此畫叫〈紅拂圖〉，不叫〈風塵三俠圖〉。程十髮說：這是受了羅兩峰一幅〈鍾馗騎驢圖〉的經營位置，所得到的啟發。

九

乾隆四十三年戊戌（一七七八年）除夕，奔走四方的兩峰，難得在家過年，婉儀興興頭頭地燒了幾色美饌，夫婦兒女圍坐一桌，飲酒辭歲。白蓮作詩曰：

推敲僕解吟除夜，渲染兒工畫歲朝。樂事人間如此少，勸君滿飲酒千瓢。

兩峰夫婦有兩兒一女，兒子都已二十來歲了，受了父母的薰陶，都能拈筆作畫。過年了，畫〈歲朝圖〉來取娛父母，甚至家裡的僕人也懂得吟詩，真是一門風雅，其樂融融。

然而，好像老天甚嫉人間有十足的完美，兩峰夫人這幾年來，身體一直不好，三日兩頭，病痛不斷；兩峰與北京的朋友新年有約，而婉儀夫人入春以後，即已病倒在床，照她的病情看，患的似是肺結核之類的慢性病，在那個時代，幾乎是無藥可治的痼疾，兩峰躊躇又再躊躇，朋友的期約，不能不赴，而他又怎狠得下心，拋下臥病在床的妻子呢？兩峰蹀躞於藥爐病榻之間，難於作決。

婉儀眼看兩峰身在兩難之間的痛苦，病中集唐成詩，勸他如期赴約，不要以她為念，婉儀面對死亡，表露了如此無私的深情，詩也很好，至性流露也。

病得清涼減四肢，膏肓終恐誤秦醫。自知死亦人間事，多是秋風搖落時。

回首那堪此別離，雨昏輕浪掛帆時。病中不用君相憶，夜夜孤眠獨枕攲。

兩峰無奈，於乾隆四十四年己亥（一七七九年），五月初六訣別病妻，啟程赴京，縱然是硬了心腸走的，但是一步跨出家門，便禁不住流下淚來：「出門落淚豈無情，君病空床我遠征。默默兩心誰會得，明知見面是他生。」（〈將之都門別內子口占〉）

過羊流店，心裡焦急著行期已經太遲了。「禿尾疲驢渡水遲，山行計日已愆期。」急急慌慌地催鞭前行，六月十一到了濟南，住在鹽運使署的朋友那裡，夜間夢見婉儀手裡拿著一幅自畫的梅花卷子，對他說道：「我到滇南去了！」別無他語。想想這一個多月來，都在路上，一點家裡的消息都沒有，現在她來夢中道別，這是一個不祥的警兆，兩峰驚醒，心如刀割，「該不會這樣快吧！」朦朦朧朧，不敢也不願相信這是事實。

八月初三，兩峰已經到了京師，他的朋友萬華亭從揚州來，告訴他說：「你的太太已於五月十九日去世了！」年才四十八歲，距他離家只有短短的十五天，結髮二十七年的妻子卻和他人天永隔了。聞訊之後，兩峰悲慟不已，作長歌以當哭：「因思出門日，遲遲復遲遲。執手話床笫，泣涕交相垂。」兩峰雖然早有預感，此別以後，再無見面機會，但他哀痛地說道：「月缺有圓夜，花落有開枝。」你死卻不能復生，我縱然現在趕得回去，而你卻已經不在了。

婉儀早年，曾將兩峰學陸放翁詩的少作三十餘首，編為一集，自己寫了序言，名為《學陸集》。她也編了自寫的詩，名為《白蓮半格詩》，這兩個小本子，曾否刻印，則不得知。

兩峰這次來京，住在琉璃廠觀音閣的僧寮裡，吳錫麒說他：「向鐙王借席，與彌勒同衾。」蕭索可想。時光過得真快，忽忽又到了除夕，回憶去年今日，一家團圓的天倫之樂，亡妻所作：「樂事人間如此少」的詩句，迴盪腦際，感喟萬端，於孤身客裡的淒涼中，悲吟道：

……迢遞家千里，飄零酒一杯；山妻詩尚在，回憶不勝哀。

十

兩峰在京，與朱孝純相交莫逆。孝純字子穎，漢軍人，雖是孝廉出身，久做州縣官的文人，但他本質上是個性情豪邁的奇士，久抱「躍馬靖邊」之志，苦無機會。他從四川重慶知事任上下來，回京等待改調時，與兩峰相遇，談話非常投契，不久，他移守山東泰安，就邀兩峰到他那裡去玩。

兩峰在他陽魯的郡廨（官舍）裡住了三個月，乘便獨遊泰山。那時候，大家都還相信「登泰山而小天下」，所以兩峰決心非登上泰山之巔的岱頂不可，不料兩次都因天不作美，半途遇雨折回，到第三次，雨似乎小一點，兩峰奮勇復上，倒又遇上了一個很好的遊伴——聶政，兩人一同攀躋，終於登上了泰山。走到南天門，已是泰山之半，兩峰作〈登泰山至南天門〉詩說：

我欲遊八極，危梯欣可借。逍遙倚天門，仍在天之下。不見玉女迎，但覺塵氛謝。……

古人崇拜山嶽，都抱有極虔誠的尊敬之心，為什麼呢？因為地面上只有山與天最接近，人們敬天，所以尊山。人們爬山，都喜歡山越高越好，登上了高山的頂上，是我征服了山，也證明我比山更接近天，所以兩峰以為到了南天門，應該有天上的玉女來迎接他的，不見玉女，他要再向上爬。

兩峰在東崖西嶺間，迂迴踏磴而上，山上到處都是千年古松，虬枝盤幹，乘風呼嘯；山間瀑布，如玉龍，如下垂的珠箔，流注潭水，大吼如濤。山上的風很大，時在盛夏，卻寒侵肌骨，吹得頭上的竹笠，屢欲飛去。

他登上岱頂了，忽然雲生山腰，不久連山脊都被烏雲遮沒了，幾次翻騰，雷雨交作，山澗裡面的泉水，濺出來遍灑林壑。兩峰遠望山下，煙雲繚繞，什麼也看不見了。

兩峰茲遊，成〈登岱詩〉二卷，又以畫家的慧眼為〈登岱圖〉，寫他親歷的層巒疊嶂，視見雲水蕩漾之奇，古松懸岩之美，定是一幅氣勢磅礡的傑作，惜未能見。

十一

兩峰這次來京，沒料到京朝情況，已經不再是五年前那樣熱鬧了，昔日舊交如英夢堂、蔣士銓、程晉涵等都已去世了，而錢載、桂馥、金兆燕等，亦皆離京他去，外放的外放，回鄉的回鄉，幾年之間，風流雲散，昔日文酒歡宴，詩畫共賞的歡樂，現在也都變了陳跡。

自從夫人故世後，兩峰為免觸目驚心，從此不再畫鬼，盡可能畫佛像，畫阿羅漢，希望別人拿去供奉，能為夫人祈求冥福。兩峰這次是帶了次子允纘（號小峰）同來的，到京後便帶兒子去見翁方綱，拿出兒子的畫作來，請他教誨。方綱甚予鼓勵，還將他的畫留下來細看。復初壘詩集裡有〈羅小峰畫二首〉：「羅小峰山水畫、借留小齋、月餘矣，今日小峰仿元四家畫來贈，因賦四詩。」等題的詩作，揄揚不遺餘力，兩峰有子，克紹箕裘，不能不算是一種安慰。

現在北京，朋友少了，畫也賣不出去，兩峰父子在京的生活境況，就越來越拮据了。這時候，有個朝鮮（韓國）使臣柳得恭常到觀音閣來看他，幾天不見，兩峰卻已為他畫好了一張畫像，旁寫折枝梅，題了冬心「驛路梅花影倒垂……」的那首舊句。他也以朝鮮的兩幀碑拓為報。

兩峰告訴他：「明年春天，河水解凍，我就要搭船回南邊去了。」又為他畫了蘭花，旁添荊棘幾枝，擲筆指棘嘆道：「別君以後，滿目都是此物，奈何！」柳得恭說：「大江南北，豈無桃李？」兩峰猛力搖頭答道：「沒有，沒有！」

果然，第二年春夏之間，兩峰父子就怏怏南歸了。

在家休息了一年，乾隆四十六年辛丑之秋，他又跑到南京去，訪問袁枚於隨園。寓居隨園時，當地名公聞名都請他畫小像，他也為袁枚畫了〈隨園五圖〉之一，此圖是寫隨園裡五個勝跡，這五圖由長江張看雲（棟）、揚州羅兩峰（聘）、山陰沈凡民（鳳）、袁枚的族人袁志祖，另一闕名等五人，各畫一景，合裝一卷，載見《隨園瑣記》。

兩峰作〈隨園先生招賞芙蓉詩〉說：「詩成要我畫作圖，醉眼熏看影欲無。漠漠秋煙飛翡翠，層層嵐翠綠菰蒲。……」詩是寫得那麼美，其實隨園的格局甚小，造園是個很花大錢的事，袁枚單憑賣文所得和幾年縣官的積儲，要造一個園林，本是僭越的念頭，不過袁子才要過名園主人的癮，但它絕對不能與蘇州園林相比。

兩峰在金陵與陳古漁、吳先之交好，吳也能畫山水的。「南朝四百八十寺」，金陵有很多寺廟，陳吳二人陪他玩了法源寺、瓦官寺、高座寺、城南天界的普德寺等。

一天，他們三人沿著秦淮河岸閒逛。明末時，這秦淮河岸的繁華，真是酒綠燈紅，衣香鬢影，夜夜笙歌不絕的地方，現在都已煙消雲滅了。當年臨河河岸上，魚鱗櫛比的房屋，那是許多紅絕一時的名妓，如《桃花扇》的主角李香君，嫁了冒辟疆的董小宛，追求陳臥子、臥子不納、下嫁錢牧齋的柳如是等的香閨，都在此處，現在卻已片瓦無存，只剩下秦淮河水日夜不停留的嗚咽流去。

續往南走，經回光寺，左面有一菜圃，據說這就是南苑名妓馬湘蘭的故居。

明末的秦淮名妓，都能詩善畫，開風氣者要以馬湘蘭為最早，湘蘭擅長畫蘭，畫名最為響亮。這婦人個性豪邁，具有俠氣。她揮金如土，常常用金錢接濟貧困的年輕士子，而自己的金銀首飾，則又在當鋪裡，但從不以為意。

馬湘蘭曾因得罪了一位貴人，被逮去要當庭笞責，故意折辱她，幸有名士王伯谷及時解救，湘蘭常在心裡感激這位恩人。萬曆甲辰（一六一四年）秋，伯谷七十歲生日，湘蘭備了隆重禮物，帶了十幾個粉面雛兒，親往吳門為王祝壽，宴飲累日，歌舞途旦，此時的湘蘭，美人遲暮，已是五十多歲的老婦了，渴望有個歸處，力追伯谷，但是伯谷卻避走他處，湘蘭失望回家未久，就生了病，一天，她起床來，燃燈禮佛，沐浴更衣，端坐而逝。死後，伯谷為她的詩集作序，也稱譽她為「紅妝季布，翠袖朱家」。

兩峰現在所看到的菜園，就是板橋舊院的遺址——馬湘蘭的故居，眼前只是一片荒涼。一道溪水流過，一列列的田畦上，種滿了綠油油的蔬菜，生意盎然，而湘蘭的香閨則連影子也沒有了，只剩下幾塊殘留的房屋礎石。園左有棵半生不死的古柏，倒還掩抑風雲，迎風筆立，園中錯錯落落有幾塊怪石，矗立在蓬蓬雜草之中。兩峰想馬湘蘭這些舊事，自然也有身世同悲之感，但他作〈秋日同古漁，先之詣鷲峰寺，因至舊院廢址，復成四絕詩〉，卻不輕易流露自己的感傷，只借舊院的荒涼，抒寫他的寂寞而已。詩四首錄二：

秋草離離太寂寥，夕陽影裡話前朝；可鄰踏遍青溪路，不見當年舊板橋。

煙水蒼茫畫裡詩，苑家橋畔立多時；西風吹送人三兩，荒寺來尋已臥碑。

湘蘭畫蘭，確屬不同凡品，別有一分靈秀之氣，洋溢畫面，現在北京故宮博物院還藏有真跡。兩峰有點自負的說道：「國香我亦能描得，翻恨卿卿不及看。」倦遊歸去，兩峰遂有〈仿馬湘蘭畫蘭〉之作，又寫〈板橋舊跡圖〉。

十二

兩峰自京回家以後，家中境況，蕭條不堪。他離鄉日久，現在揚州，連個可以說說話的朋友也沒有，家裡也沒個老伴，生活上與苦行頭陀無異，真與翁方綱初見他時的印象，與人「淡然相對，似退院老衲」。寂寞且不說它，家境更日益艱難，兩個兒子都只會作畫，也賣不了錢，兩峰一籌莫展，鬱鬱寡歡，實在撐不下去了，勉強湊了一點盤川，三上京師去，想賣掉幾幅畫來拯救眼前窮餓的煎迫。

兩峰哪一年再上北京的，已無可考，他在京仍住琉璃廠的僧舍，昔年雖曾交遊滿京華，但真正的知己也無幾人，而這知己，或者和他一樣，並無能力幫他，或者已經不在京師了，賣畫不成，他朝夕愁悶，精神耗弱，不知不覺墮入一種低級而又庸俗的宗教信仰中去了，希望從中獲得心靈上的一點解放。於是他在僧舍裡埋頭寫作《我信錄》，成書二卷（此書又名《正信錄》或《起行錄》，或一書數名，或三者併為一書），這本書的內容，有點像《太上感應篇》之類的善書，講天宮、地獄、閻王、輪迴、鬼神、儒釋同源，持咒、念佛、戒殺、放生等等，非儒非佛，只是一派低俗的迷信，令人不能相信此是羅聘寫的書。其實，兩峰此時，心智頹唐已到絕點，不再是從前那個談笑風生、倜儻磊落的詩人，也不再是「話梅花於腕下，生竹樹於胸中」的畫家了。書有自序，末署「乾隆五十六年歲在辛亥衣雲道人羅聘書於北京琉璃廠僧舍」，自稱「道人」，又說作於「僧舍」，曾是和尚，忽成道士，兩峰真已方寸迷亂。王昶、翁方綱雖都替他寫了序，但也挽救不了它內容的荒誕，此是兩峰一生筆墨中，最大的敗筆。

「冠蓋滿京華，斯人獨憔悴。」兩峰在京，百無聊賴，想想與其落魄異鄉，不如歸去，無如此時，兩峰兩手空空，竟連回家的路費也沒有了，行不得矣，每天長吁短嘆，一籌莫展。

幸而他這困境，一傳兩傳，傳到了昔年舊交曾燠（賓谷）的耳裡，賓谷時在揚州任兩淮鹽運使，此是大江南北第一大肥缺，位尊多金，又幸而他不忘故人，就拿出一筆錢來交給兩峰的兒子，要他北上迎父南歸。

兩峰行前，與他交往最為密熟的翁方綱作〈羅兩峰南歸序〉說：「兩峰羅子，三至京師，先後二十餘年，今其嗣君自揚州來奉親南返。……今一旦襆被策蹇而去，而竹井、籜石諸人，皆已不可作；惟余與味辛（錢大昕）、梧門（法式善）二三淡交，出貧苦語以充其行囊，是又贈行中之無可著筆者。善尋筆意者，其在此無可著筆處耶！兩峰笑曰：『此襌褐也。』遂書以為序。」

這時候，覃溪已官內閣學士，他不會不知道兩峰之窮，而卻以窮酸語作送行禮，人情淡薄如此，所以兩峰回答他道：「此襌偈也。」襌，空也，此言頗有皮裡陽秋的意味。

兩峰回到揚州，已是嘉慶三年（一七九八年）的初冬，到家未久，又遭三兄秀峰先生之喪，五兄弟中，唯他兩人曾在老屋共居最久，手足之情最深，現在連老兄弟都不能相偕終老，這對兩峰的又一打擊，實在很沉重。

越年，即嘉慶四年己未（一七九九年）的七月初三日，這位天才橫溢的一代畫人，就在窮愁落寞的揚州陋巷裡，與世長辭了，享年六十七歲。好友吳錫麒寫〈哭羅兩峰〉詩，把他的一生，以寥寥十餘字，寫得形象活現：

狂哆談詩口，豪揮賣畫錢；一龕依古佛，隻眼看青天……。

我對羅兩峰的印象，亦復如此。

白石老人的苦學和成名

報載一代畫師白石老人於本年（一九五七年）九月間以九十七高齡（實際是九十五歲），在北京因病謝世了。

大家都知道，齊白石本來的出身是個木匠。湖南大名士王闓運的門下，有過三個曾做工匠的弟子，一是鐵匠張仲揚，傳其經學；二是銅匠曾招吉，頗好文章；第三個就是鄉人通稱「芝木匠」的齊璜。

白石出生在湖南湘潭縣南百里的杏子塢，父祖都是力耕的田父，家境非常清貧。只在八歲那年，由他母親竭力張羅，才得在村塾裡讀了半年書，終因家中需要幫助的人力，使這個最喜歡擺弄筆墨，從舊帳簿裡扯下廢紙來塗畫的小孩，被派去擔負牧牛砍柴的責任。這在他和他的家人，都有不得已的苦衷，如〈白石自狀〉回憶他祖母當年的苦語：

> 汝父無兄弟，（吾）得長孫，愛如掌珠，以為耕種有助力人矣。……今既力能砍柴為炊，汝只管寫字！俗語云：三日風，四日雨，那見文章鍋裡煮？明朝無米，吾孫奈何？惜汝生來時，走錯了人家。

於是，這不滿十歲的小牧童，便只得將《論語》掛在牛角上，日日以負薪為常業了。

不久，他的祖父死了。其時，他家全部家財只有六十千文，僅夠辦理喪葬；靠他父親一個人耕作田地，家口既眾，幾乎無計為生，原想派這長子扶犁幫工，但經試作，到底年小力弱，還做不動這樣的粗活，沒辦法，才叫他改行去做木匠。

白石初習粗工，三四年後又改學小器作，雕刻桌椅床櫃上的裝飾花紋。每晨從他師傅肩斧提籃，到主雇人家去做活，日暮歸家以後，即用松油柴火作燈，自由作畫，從不間斷。這種木器上的雕花工作，意匠圖案，也須變化創造，就為了幫助他選取雕刻的花樣。有一天，他的師傅給了他一部《芥子園畫譜》，[1]這是白石平生第一次得見的畫冊，喜如拱璧，從此，松柴火光下的摹習功夫，便益加勤奮起來。

---

1 編者按：「芥子園」是清初著名文士李漁在南京的別墅，《芥子園畫譜》是李漁的女婿沈心友主持編著的，內容詳細介紹了中國畫中山水畫、梅蘭竹菊畫以及花鳥蟲草繪畫的各種技法，代表著清代前期雕版彩色印刷的高峰。

這一代畫師的天才，無論是繪畫或金石篆刻方面偉大的成就，卻都是從雕花木工這樣狹窄的路上，磨練出來的。

做了十餘年木匠，他的細工做得很精緻，花樣又能別出心裁，不落師傅們圖稿的窠臼，很為縉紳大家所賞識；慢慢地，也常為鄉人們畫點帳簷之類，卻被一位鄉中名士胡沁園先生賞識起來，介紹他從陳少番學詩，從蕭薌陔、文少可學寫真。其後他就做了畫匠，為紳士人家畫祖先的衣冠像，和生時的小照，資以贍家謀生。

白石學詩之前，讀書不過半年，陳老師給他讀點唐詩三百首時，他還識字不多，只好用別字注音來強記。自記往事詩曰：

村書無角宿緣遲，廿七年華始有師；燈盞無油何害事？自燒松火讀唐詩。

白石作畫，除寫真畫像外，初以工筆為主，最擅草蟲。有人說他的工筆畫，學自宋元院派，其實，他作畫的老師是養在家裡的一大批紡織娘、蚱蜢、蜻蜓和蝴蝶，朝夕凝眸觀察，不苟不懈地面對實物，作直接寫生的功夫，很少摹古之作。抗戰勝利後，我還在上海幾大箋扇莊裡，看到過他這種工筆草蟲的舊作，紡織娘翼翅脈絡的精緻，細逾毛髮，掩在翼後的胸腹肢節的形態完整之美，真欲令人叫絕；又據說白石所畫的寫真人像，能於紗衣裡面透視袍掛上的團花樣，自認是得意絕技。凡此功夫，都不是單靠師承傳授可以幸致，也唯有下過這麼大的苦功，才築就日後成功的基礎。

他在四十歲後，才離開湖南，遍歷名山大川，結交天下的詩人畫伯，他的畫風才有轉變，跟著他的胸襟，閱歷逐漸放大。書學吾鄉（杭州）金冬心，畫學八大，糅合石濤、癭瓢、青藤諸家的神髓。晚年定居北平，才又獨創紅花墨葉的兩色花卉和水墨的蝦蟹青蛙等，氣韻更加挺秀、境界更加脫俗。

至於他習治印，為時更遲，用功也更苦。

白石始學篆刻，已在三十歲後，那時候，他已與一般朋友組織了龍山詩社、羅山詩社等，與當地的縉紳子弟、文人學士相往還、相唱和了。

他到湘潭巨族黎文肅公家去畫像，才從黎家公子輩講求篆刻之學，先習浙派丁（龍泓）、黃（小松）印法。因他雕刻木器，對於刀法有過訓練，所以操運特別遒勁，章法特別樸厚，初露鋒芒，便和常人不同。後來又在黎家得見趙之謙的《二金蝶堂印譜》，此書對他治印方面的啟迪，殊不亞於初見的《芥子園畫譜》，為他開闢了另一天地。當時得書不易，他用朱筆鉤存，朝暮夕刻；但是，篆刻功夫，不比紙墨繪畫容易見功，他曾為此非常苦悶，有一天，他問黎鐵安道：「我總刻不好，奈何？」

鐵安答道：「南泉沖的礎石，挑一擔歸，隨刻隨磨去，盡三四點心盒，都成石漿，就刻好了。」

白石真能實行，後來作羅山往事詩，敘述這段學印事，有曰：「石潭舊事等心孩，磨石書堂水亦災。風雨一天拖雨屐，傘扶飛到赤泥來。誰雲春夢了無痕，印見丁黃始入門。今日羨君贏一著，兒為博士父詩人。」第一聯自注云：「余學刊印，刊後復磨，磨後又刊，客室成泥，欲就乾，移於東，復移於西，移於八方，通室必成泥底。」只此數言，已將他當時學習的辛勤與狂熱，刻畫無遺了。

一般人都以為齊白石的成名，係得自湘綺老人的提攜。其實這是因為王闓運自負大名，旁人容易附會之故，按諸實際是不大確實的。

白石認識王闓運，是王門三匠之一，又是白石的龍山詩社社友張仲颺介紹的。當時，這位大名士倒很想馬上收他這個弟子，好與銅匠、鐵匠配起來湊湊鬧，無奈白石生來傲骨，怕被人說趨附，不肯執贄。直到五年以後，即光緒二十五年白石卅七歲，他才正式拜師。《湘綺樓日記》是年正月二十日記曰：「看齊木匠刻印字畫，又一寄禪張先生也。」十月十八日又記：「齊磺拜門，以文詩為贄。文尚成章，詩則似薛蟠體。」呼之為齊木匠，訾其詩為薛蟠體，辭氣之間即已流露十分輕薄，實在也無若何愛才的誠意；然而，白石對於這位老師，卻終身敬禮不衰，但其詩文造詣，一點也尋不出曾受湘綺影響的痕跡，他能自保真純，與湘綺那一派「江湖唇吻之士」（李慈銘詈王語）的作風面目是完全不同的。

真有造於這一代畫師者，首推最早提攜他的胡沁園。白石係因胡的識拔和幫助，才得拋撇斧斤，學詩作畫的。故其哭沁園師的十四首絕詩中，有云：「學畫乖忌能精罵，作畫新奇便譽詞。惟有莫年恩並厚，半為知己半為師。」又曰：「成就聰明總孤負，授書不忘藕花池。」這都是他質樸的知己之情的寫實。

白石初次離湘，係受夏午詒（壽田）之聘到西安去為他愛姬姚無雙教畫。他在那兒獲識時任陝西臬司的樊樊山（增祥），樊因欣賞他的畫工，鼓勵白石應盡畫師的職責，當由他上薦與愛好作畫的西太后。因此，翌年春上，白石便與午詒一路首次到了冠蓋京華之地。

但是抵京不久，他又忽然覺得自己的個性頗不適合侍候貴人，所以不等約好的樊山到京，就又強辭午詒，悄悄地逃回湖南去了。此後，他又隨侍王湘綺遊江西的廬山，翌年又應樊山之約，到廣西桂林去由樊山替他訂立潤例，刻印為活；再到廣東，為當時做著欽廉兵備道的郭人漳（葆蓀）教姬人作畫，同年遠遊安南香港，轉至蘇滬一帶，去南京訪尋大書法家李梅庵。在這期間，這位藝人的行腳，真可謂是風萍浪跡，遍歷南北；而他的交遊幾乎遍接全國的勝流，除前述的夏、樊、郭三人外，他還和大詩人易實甫、大畫家陳師曾，以及楊度、姚芒父、陳半丁、羅癭公等文酒往還，詩畫唱酬。這位湖南湘潭鄉里的木匠，已經岸然廁身於領袖全國的藝文壇上了。

樊山是白石詩、印的知己，他作〈題白石詩草〉，引金冬心詩：「隻字也從辛苦得，恆河沙裡覓鉤金。」稱許他的詩作是：「看似尋常，皆從劌心鉥肝而出，意中有意，味外有味，斷非冠進賢冠、騎金絡馬、食中書省新煮捻頭者所能知。惟當與苦行頭陀在長明燈下讀，與空谷佳人在梅花下讀，與南宋前明諸遺老在西湖靈隱、昭慶諸寺中相與尋摘而品定之，斯為雅稱耳。」──這樣的揄揚，實在不易。

陳師曾自己是名滿大江南北的畫伯，但他傾倒白石的天才和功力，便竭力稱譽，幾乎無所不至地代他宣傳。一九二二年，他去日本時，就帶了大批白石的畫幅去為他推介，一幅杏花，售價百金；二尺山水，賣到二百五十元，這在當時，不得不使白石自己也驚為意外的「善價」。從此白石的畫名，傳揚海外，後來他的作品之入選巴黎藝展，淵源亦自此始。

所以，白石北平寓所的客廳裡，常年掛著三位老者的照片，正中一個鏡框是本師湘綺老人像，右邊是胡師沁園，左邊就是陳師曾——這三人都是最有造於白石的師友。

又說，北洋政府時代紅極一時的國會議員胡鄂公，也是白石書畫知己，白石之受林琴南稱譽為「南吳（昌碩）北齊」者，即係得力於鄂公的推轂。

白石老人自謙說：「雕蟲小技，感天下之知名。」而他的成名，時已行年半百，積三十餘年的苦學，又幸得提掖有人，才獲嶄露頭角的，得來何嘗容易。他是一個識字無多的木匠，卻靠著松火作燈的夜讀，廢紙堆裡的描摹，磨石作泥的刻印中，千錘百鍊出來的人物。旁人說是天才，那天才的這一份攻苦，也就非比尋常了。

抗日戰爭期中，白石住在淪陷的北平。當時敵偽中人，附庸風雅，慕名求畫者，踵趾相接。年已八旬的老翁，實在不願接待這班牛鬼蛇神，虧他想出了辦法。手書了一紙大字直幅，題曰：「畫不賣與官家，竊恐不祥，告白」，榜諸門首。文曰：

中外官長要買白石之畫者，用代表人可矣，不必親駕到門。從來官不入民家，官入民家，主人不利。謹此告知，恕不接見。

白石老人的氣節，是不可以隨便汙抹的。

湖南碩儒葉德輝

中國近代研究目錄版本的學者，恐怕無人不知葉德輝者。葉德輝，字煥彬，號直山，別號郎園，湖南湘潭人，面麻，鄉人多呼為葉大麻子。他在晚清以進士出身，曾官吏部主事，但以不甘郎署趨蹌，很早就從「冠蓋京華」中脫身出來，回到了自己的故鄉，築宅怡園，廣羅群籍，以觀古堂一稱郎園者，庋藏宋元明版諸善本，以思古人室專藏書目答問所載的全部書籍。他既坐擁百城，即便寢饋其中，手自丹黃，寒暑無間地度其研究生涯了。葉氏治學，夙稱博覽強記，而他一生兀兀，最獨特的成就，當推目錄校勘學和音韻訓詁學方面的造詣最深，前者如《書林清話》、《書林餘話》，詳述歷代出版的流變，書商的特徵，官私刻版以及各種版式的鑑別，為版本學的權威之作；後者如《讀若字考》、《同聲假借字考》、《說文籀文考證》，都是葉氏一生著述中最稱得意的收穫。

有清一代自乾嘉開始以來，考據之學久為學術界的中心，但無論考據經籍，論證史言，要求得精確的結論，必先具備兩項基本的功夫，第一是音韻文字的學問，從真正的認字，即徹底追尋字音字義才能真的讀通古籍，須能讀通古籍才能考據載記的內容，這是第一步功夫。其次即是有關目錄和校勘的學問，蓋因在那個時代以前，書籍都還以刻版印刷，工費浩繁，印數不多；兼以交通不便，流傳不廣，若再加之水潦兵燹的破壞，所以自來學人覓書不便，「目錄」這一項專門學問在中國特別重要。又古籍的流傳，受著印刷技術的限制，無論傳抄或者覆刻，不能避免因抄手刻工的錯誤使所有書籍裡面都充滿著魯魚亥豕的誤字，若要考證，則所憑藉的材料不能不先求正確，所以校讎和版本這一門功夫，又成了治學的第二個基本了。

然而，校勘一事，首在獲見善本書或最早的版本，最理想的是能獲得原版同時代的版本來校勘後來翻刻的書籍，否則，自然以出版時代愈接近者內容愈可靠，愈有作為校勘底本的價值。但是自古以來，士子大抵都很窮乏，無力購置也無緣覓見最佳的善本，所以即以清代有那麼許多治考據學的大學者，但大都只能以「推理」、「旁證」的功夫來校書，實在費力多而效果薄弱，建立不起一個科學化的校勘方法出來。

在這一點上，葉德輝得天獨厚，蓋因他的父親葉雨村，生前經營湖南兩大特產：鹽和生絲的貿易，非常發達，積貲甚巨，據說，他的父親死時，德輝弟兄各得三十萬兩的遺產，這在當時真是一宗龐大的財富。

這份財富使酷好讀書的葉氏得借之網羅群書，以高價搜求善本佳槧，不但使他成了坐擁藏書三十五萬卷的著名的藏書家，而且就只有他這讀書人才有力量購書專重版本，不以實用為足，所以，凡是一書而有異本者，他無不多方搜求，務期完備，以便拿各種版本來互校一書的異同，他這樣子地一生在求書、互勘、校讎、研索的磨練之中，造成他在目錄學校勘學方面最具權威的地位。

葉氏藏書雖富，但是非常珍惜，所有善本，輕易不肯示人，據說：他的書櫃上貼著一張字條，說：「老婆不借書不借。」以示其態度的堅決，由此可見此老性格的恢詭。

所有善本珍笈，大抵都經手自丹黃，一一親筆在卷末加以題跋，記敘該書的來歷及與他種版本的比較，從這些片段的跋文中，不但可以勾稽各書的特質，各種版本的源流異同，並且可以窺見葉氏讀書的特識，足為後學者作入門的金鑰。題跋，在他身故以後，經門人整理編纂，輯為《郎園讀書志》行世，這是他一生中點點滴滴積聚起來的知識的庫藏，成為士林的瑰寶。

葉氏讀書，不拘門類，兼以天賦的記憶力特別強，所以他所涉獵的學問領域就非常廣泛。當時世人稱述湖南的學者，皆曰二王一葉，二王者是王湘綺（闓運）和王益吾（先謙），湘綺的辭章，先謙的經史，或非葉氏所及，但論博通群學，二王實不如葉，所以王先謙有所著作，無不先賴葉氏的考核或複校。

葉氏不但愛書成癖，且更精於鑑別書畫古物，他在京城的時候與當時名流盛伯羲、王懿榮、繆荃孫、柯劭忞等品畫評書，往來非常親密，因此眼界更寬，收藏也不少。傳說有一次湖南巡撫端方得了一幅晉顧愷之畫的洛神卷子，特地請他去鑑定，甫經開卷，葉氏立即斷為贗品，並且判定是宋人臨摹之作，他的理由是根據《石渠隨筆》，唐以前畫人所畫的龍都是在地上步行的，從雲中透露鱗爪的畫法，是宋以後才有的，這樣精到的見識使眾人咸為折服。

財富固然造成葉氏成為藏書家，幫助葉氏在目錄學校勘學上特有成就；但也正因生長富家豪族，自幼席豐履厚，養成他兀傲不群，獨多恢詭奇形的個性，使他一生常遇顛沛。葉氏雖為名滿天下的學者，但他的弟子日本漢學家松崎鶴雄所說，論他的性情，卻還充滿著富家少爺的稚氣和兀傲。因此一生中有善行也有離奇詭怪的行止，結果自誤之處甚多。這確是非常衡平之論。

例如他既是個閉戶讀書的學人，偏喜歡以鄉紳的地位干預政治，而他那個時代，卻正是中國的政治社會起著巨大轉變的關頭，他的出身使他具有持盈保泰的保守心理，但他的生性，卻又喜歡高談闊論，臧否人物。於是這一個個性與環境不相協調的天真的書生，便常為舊的腐惡勢力所包圍、所利用，在那個衝激的時代狂流中，迫得常作逋逃的犧牲者。

最初是辛亥革命，湖南獨立的時候，有一次，長沙各界盛大歡迎開國元勳黃興蒞湘，當時大家主張把長沙城內的坡子街改名黃興街，城門改作黃興門，以示紀念，不料葉氏獨違眾議，為文大加反對，他搬出坡子街這個街名原來的出典，並且大罵道：「長沙街名只有雞公坡、鴨婆橋，從來未聞有以人名名街者。」此公的固陋當然可笑，但也終於因此賈禍，且遭逮捕，後來幸經章太炎致電當局力爭，稱為「讀書種子」，才獲省釋，他亦因此黯然離湘，度其浪遊生涯了。

民國二年，革命勢力中挫，他再回到長沙。當時湖南督軍湯薌銘憑藉袁世凱的威力，大肆殺戮革命黨人，他的正義感迫使他聯絡地方士紳，向北京政府歷數湯督的罪惡，陳請中央驅湯救湘。該文在北京的《亞細亞報》發表了，湯薌銘大為震怒，立派大兵包圍葉宅，要逮捕他，在此死生決於俄頃的片刻，據說葉氏竟嚇得躲入床下，才得逃過這關，然後由他的日本弟子設法，護送逃亡。不料行至京漢線的火車站上，終遭逮捕，這時候，長沙第一個大紳士熊希齡立電北京的總統黎元洪要他迅飭湯督釋放，其餘他的一班朋友如王闓運、徐世昌、柯劭忞等也紛紛起來營救，甚至向來為葉氏論敵的梁任公，也發電保救。此固梁氏為人的襟懷闊遠，但也足見葉氏實在只是個磊落的書生，而他的反湯的動機頗為大眾同情的緣故。

然而就因這次被捕，最後是袁世凱救他出來的緣故，造成他在民國五年，竟犯了一個為天下人所不韙的大錯誤。

袁世凱帝制自為之初，附和他的一班湖南方面的群小即向葉氏包圍，就拿前年袁氏救他性命的這一宗恩典，慫恿他起來領導地方人士，回應改制。葉氏這一個宅心忠厚向來反對維新也反對革命的書生，便為這一番巧言令色所動，竟作了籌安會長沙分會的會長，領銜向袁氏勸進，這不能不算是他一生白璧之瑕，即至今日，也令人有「卿本佳人，奈何作賊」的感慨。

袁氏失敗後，葉氏為清議所不容，從此遨遊滬漢，以收羅版本，批校群書，與朋友門生縱談為樂。據說葉氏精力過人，即在晚年，還很歡喜女色，縱酒征花，幾無虛夕。葉氏叢書中印有《黃帝素女經》，他的蒐藏中也富有春畫，都足反映他的生活上的嗜好之一斑。

到了民國十六年，國民革命的浪潮重起時，這一位博學而又不通世務的學者，竟又因為作了一副惡謔的聯語，而喪失了性命。

這一年的三月，葉氏因看不慣當地農會的橫行閭里，魚肉平民，葉氏目擊心傷，抱著悲天憫人的心腸，趁著恢詭的習性，作了一副鳳頂格的聯語，悄悄地去貼在農會的門口。聯曰：

> 農運宏開，稻粱菽，麥黍稷，盡皆雜種。
> 會場廣闊，馬牛羊，雞犬豕，都是畜生。

聯語的兩結尾，皆是流行的罵人口語，痛快是夠痛快，卻因此換來了殺身的奇禍，這在葉氏固非始料所及，但衡情而論，這終究不過是文人發洩感憤的一時遊戲之作而已。吳瞿安挽葉氏死難詩，有曰：「恢諧得奇禍，刑辟失常經。」今日讀葉氏遺著者，於傾折他的鴻博之餘，大抵都還有這樣相同的感憤吧。

附錄

怕太太的故事

無論古今中外，怕太太的故事，總是男女咸宜、雅俗共賞的談笑資料。男人們用調侃別人來充分表示自己絕不那麼無用，得到昂藏自負的快感；女性也不例外，因為她們借此獲得訕笑男人的機會。

好的懼內故事，往往充滿人性的善良和睿智。譬如：哲人蘇格拉底，不論如何飽學深思，以匹夫而笑傲王侯，卻有個他所對付不了的太太。話說有一天，蘇氏夫人照例發上脾氣，對他咆哮咒罵起來，聲震屋瓦，四鄰俱聞。蘇格拉底既不敢回嘴，只好趁他太太略不注意，即時悄悄溜跑。蘇格拉底一腳跨出大門，剛要長舒一口悶氣，不料門前陽臺上，一桶冷水兜頭澆下，頓時把他淋得像隻落湯之雞。其時，他家大門兩邊，早已圍著好些鄰人，探頭「聽」戰，但見蘇格拉底像沒事人兒一般，一邊走、一邊喃喃自語：「我早知道，雷聲之後，必有暴雨。」

林肯總統政治上輝煌的成就，很多人認為應該歸功於他有一個悍潑出名的太太。他若不為逃避太太喋喋不休的詈罵，就不會每天晚上都去耗在小酒店裡，和那些不相干的酒鬼，天南地北，無所不談。據說，林肯日後在政治壇坫上，那種口若懸河，滔滔不絕的辯才，就是這樣與人不斷辯難詰疑培養出來的。我每逢坐聽名人演講，於欣賞臺上口講指畫，舌底翻蓮之餘，往往會情不自禁地想起舌敝脣焦、還不敢回家睡覺的林肯來，不免低頭一笑。

中國有幾千年豐富的歷史，怕太太的名人，縱不能說「恆河沙數」，至少也該「車載斗量」，俯拾即是。然而，人們只要一提「懼內」，馬上想到「季常之癖」的那句通俗的成語，只要一說到哪家太太詈罵丈夫，便以「河東獅吼」來作形容，單挑宋朝的陳慥夫婦做代表，上不及於漢唐盛世，下更蔑視同代，竟使陳氏伉儷巍然獨享此一榮譽，達千年之久，其實是不太公平的。

陳慥（季常）是鳳翔太守陳希亮的幼子，上有三位兄長，都是讀書做官的佳子弟，唯他生來豪氣如雲，歡喜騎馬擊劍，不樂仕進。蘇東坡在他父親手下做鳳翔府簽書判官，偏偏與他氣味相投，往還莫逆。

少年時代的陳季常，十足是個花花公子。大約是在東坡父喪還籍時，曾見季常從洛陽帶了兩位絕色佳麗到眉州來。他讓這兩名美麗的侍姬，穿上「青巾玉帶紅靴」的戎裝，各跨駿馬，跟著他漫遊城郊，遇到溪山佳處，便留連數日，盡情玩耍，看得眉州的鄉下人望之如神仙中人。此事，東坡印象甚深，十數年後，他還特別為此寫〈臨江仙〉詞一闋，贈與季常。如言：「誰知巴峽路，卻見洛城花。」豔羨之情，溢於言表。

東坡謫黃州，與他重晤，季常則已剗落繁華絢爛，一歸平淡，築室於光、黃之間的岐亭山上，環堵蕭然，他只專心致志於練丹養氣，過著非常淡泊的隱士生活。不過，雖然如此，陳季常豪俠的聲名和地位，仍然活在江湖上，他到黃州來訪東坡，武漢一帶的地方豪傑還爭著邀請他飲宴留宿，季常一一婉謝，使東坡非常得意，把他比做漢朝的陳遵（孟公）。孟公任俠好客，名重天下，據說當時有一與他同名同姓的人，往訪友人，僕傳：「陳孟公到。」闔座震動，等進來看看不是，以後大家便都叫他「陳驚座」，所以，東坡戲作陳孟公詩說：

……長安富兒求一過，千金壽君君笑唾。汝家安得客孟公，從來只識陳驚座。

照說，像陳季常這樣放意自恣的豪俠之士，是不大會臣服在石榴裙下的。然而，當時另一住在武昌的四川同鄉，嘉州犍為人王覘，字達觀者，卻為東坡說起季常懼內的故事。他說：「季常的太太柳氏，非常凶悍妒忌，每逢季常請客，招有歌妓侑酒，柳氏就操起一根木杖，在內室擊打廳堂的照壁，蓬蓬作響，還夾著大呼小叫，嚇得賓客紛紛離座逃走。」（王文誥編注：《蘇文忠公詩編注集成總案》）

東坡聽了，沒有作聲，直至離開黃州後，以詩代簡寄吳德仁和陳季常，他才開了龍邱居士（季常別號）這個玩笑，詩曰：

東坡先生無一錢，十年家火燒丹鉛。黃金可成河可塞，只有霜鬢無由玄。
龍邱居士亦可憐，談空說有夜不眠。忽聞河東獅子吼，柱杖落手心茫然。

「河東」是柳姓的氏族郡名，「獅子吼」，典出《涅槃經》：「佛說偈言：獅子一吼眾獸伏，金剛一杵群峰碎。修羅無數一輪降，世間黑暗一日破。」柳氏的威風固然由此可見，但即此兩句十四個字，便要確定陳季常做千古來第一號怕太太的祖師爺，卻也未必。追究原因，蘇詩不過啟其端，而明代雜劇就此大加渲染，其深入民間的力量便很強大。傳奇《獅吼記》中有〈梳妝〉、〈跪池〉兩齣，扮演陳季常跪在庭院池邊，接受太太的家法，熱心的蘇東坡便跑來打抱不平，反被柳氏十分奚落的情節。使一個能言善道的天才，也為婦人鬥敗，人心因以大快，於是，不幸的陳季常就再也擺脫不了怕太太群中第一號聞人的地位了。

事實上，同時代中，單以蘇東坡的友好而論，懼內到「眾所共知」的程度者，不是陳慥，而是孫賁（公素）。孫公素是個風流倜儻的人物，說話非常俏皮。有一次，他在京師大病，趙德麟與他交好，時往探望，因此，東坡問德麟道：「孫公素病，如何？」

「大病方安。」德麟答。

東坡忽發雅興，隨口微吟道：「這漢病中，瘦則瘦，儼然風雅。」德麟把這話傳給公素聽，公素便續道：「那娘意下，恨則恨，無奈思量。」（宋・趙德麟《侯鯖錄》）

我舉述這段故事，以為單憑口齒如此佻達這一點，孫公素即已具備該怕太太的條件，事實亦復如此，他以懼內出名。有年夏天，來求東坡替他寫把扇子，東坡提起筆來寫了四句（戲孫公素），每句各引一個怕太太的歷史名人。

披扇當年笑溫嶠，握刀歲晚戰劉郎。不須戚戚如馮衍，但與時時說李陽。

溫嶠以玉鏡臺聘姑母的女兒為妻，卻扇之夕，他那年輕的表妹新娘竟手披紗扇，撫掌大笑道：「我固疑是老奴！」這樣毫無顧忌的太太，不怕何待？第二個被介紹的是大名鼎鼎的蜀主劉備，甘露寺吳國太招親，洞房內外，新娘的侍婢百餘人，露刀環立，平劇《龍鳳呈祥》中，表演劉備在新房門外觳觫不前的恐懼，非常淋漓盡致。

漢馮衍（敬通）曾因不堪妻子虐待，忍痛離異。最後一句所說的李陽，則又不同，非但不怕太太，且是懼內者的福星。王夷甫的太太郭氏，才拙性剛，先生對她一點沒有辦法。幸而夷甫有個同鄉幽州刺史李陽，原是赫赫有名的京都大俠，郭氏有點忌憚他。夷甫善於利用，遇到彆扭時，便勸她道：「不只我說你不可如此，李陽也說不可。」郭氏才稍收斂。

無論溫嶠、劉備、馮衍和王夷甫，在時代上都是陳季常的前輩，假使公平推舉一個怕太太的祖師爺，怎麼也輪不到「吾生也晚」的陳季常的，何況他有李陽一樣的俠名，似乎不像是一塊「甘隸妝臺伺眼波」的材料。然而，一般的常識只說「季常癖」，只說「河東獅吼」，世事沒有一定理則，有幸與不幸，大抵如此。

東坡歡喜嘲弄朋友懼內，大抵如我前面所說，只為發洩一點自負和滿足的快感，他曾覺得自己一生在政治事業上與馮衍（敬通）一樣不幸，但比馮衍強的是不怕太太。〈次韻和王鞏〉詩說：「子還可責同元亮，妻卻差賢勝敬通。」即此大眾心理為發展基礎，使怕太太的故事，無論古今中外，雅俗共賞，不脛而走。

臺灣啤酒史

一、引言

啤酒，在酒類中，為含有酒精量最少的一種飲料，與完全以致醉為目的之其他酒類不同。查若干高級清涼飲料中，為幫助胃腸消化起見，亦常含有微量酒精；所以，就性質言，啤酒實係介於酒與汽水之間的一種中間飲料。

酒類嗜好之普遍，即在未開化地區，亦無例外；唯社會文明愈進步，經濟環境愈富裕，則以酒精含量較為稀薄之飲料比較流行。蓋酒質品衡，每以營養價高、芳香醇美而無礙健康者為上。以啤酒取代烈性飲料之使用，實有利於一般國民健康之維護；尤以臺灣地處亞熱帶，此項飲料，更為需要。

日據臺灣以前，本地與中國大陸均尚未有此類飲料流行，自日人據臺之後，才有啤酒輸運進口，復經相當時期，始漸浸成嗜好的風習。

臺灣的啤酒市場，自始即由日本政府借高率關稅排斥外來進口，而為「移入」的日本啤酒所獨占；一九二〇年創立「高砂麥酒會社」，為臺灣自產啤酒之嚆矢，當時臺灣總督府並曾予以免稅的優待。兩年後臺灣實施酒類專賣，啤酒又獨在專賣範圍之外，聽任自由產銷。揆其用意，實有保護私人資本之特殊作用在焉（見矢內原忠雄著《日本帝國主義下之臺灣》）。後此時一年，即迄一九三三年七月，始以市場混亂，專賣的時機成熟而續施啤酒專賣；不過，生產方面，仍由「高砂」繼續經營；臺灣所產不敷消費部分，依舊仰賴於日本的「移入」；故就專賣體制言，仍不免於破碎。直至光復以後，我政府統一接收，才能綜攬產製運銷，建立完整的啤酒專賣制度。

溯自一八九七年臺灣始有啤酒行銷以來，距今適有六十年周甲之歷史，爰述經過如次。

二、日據時代

（一）啤酒之行銷與設廠自造

臺灣之有啤酒，始自日據以後，從日本和香港兩地運輸進口；在此以前，本地人民也和中國大陸一樣，對於這種不以致醉為目的的飲料，並無飲用的習慣。因此，起初外來啤酒，幾乎完全以供應移臺日人消費為主；當時臺灣瘴疫頻仍，交通未便，渡臺拓殖的日本人本就不多，所以啤酒的需要量也為數甚微。照現有記錄來看，從一八九七至一九〇六的十年間，自日運臺的啤酒總額不過二萬八千餘石，每年平均僅二千八百石，在同時期進口的日本酒類平均每年七十九萬元中，只占百分之二十點二五。

至於從日本以外地方輸入的酒類，僅在最初的一八九七至一八九九這三個年份，為數較大，每年平均達二十六萬元，約為同時期自日輸入酒類的三分之一；但自一八九九年日本政府實施〈關稅定率法〉，此一稅法同時通行於臺灣以後，外來酒類便遭到了高率輸入稅的壓迫，顯然已為日本人稱為「移入」的日本製酒所強力排斥了。其中源自香港輸入的啤酒，當然沒有例外。

自香港輸入的啤酒，一八九六年的總額為十三萬八千餘元，其後一八九七至一八九八兩年，都在十八萬元以上，自〈關稅定率法〉規定外國輸入啤酒從價徵收百分之二十五的輸入稅以後，即無法再與免除關稅「移入」的日產啤酒爭取市場，當年銷數即已慘跌至一萬二千餘元，不到原額的十分之一。其後日本政府為增加國庫收入，保護本國產業的發展，屢次提高關稅稅率，本已年額不足千元銷路的香港啤酒，至一九〇七年便已完全絕跡於臺灣的啤酒市場，從此便是日本酒商所獨占的天下了。

此後，由於渡臺的日人漸眾，需要漸增，所以從一九〇七年以後，自日進口的啤酒，便年有增加；計自一九〇七至一九一六年的十年之間，輸入啤酒的總量即已達到七萬石，每年平均約七千石，較之上十年，所增已在一倍以上。

然而，這還是照平均數量計算而言，實際上，起初五年的增加數字還不很大，不過從二萬四千箱增加到三萬二千箱而已；但自一九一二年以後，當年的輸入總額就已跳到四萬二千箱，到了一九一六年便再高達五萬四千餘箱的新紀錄，進口總價已至六十萬元以上了。

按此項供需數量激增的情形，並不限於啤酒，同時期自日輸入的一般酒類，年額亦高達五、六百萬元之巨，與臺灣酒生產率相較，占百分之三十至六十之多。這一期間酒類進口數量激烈增加之最大原因，係由於一九一四年後，第一次世界大戰的景氣刺激所致；社會經濟普遍發達，一般人民的消費能力與生活水準漸次提高，於是需要增多。雖然日本酒的價格高於本地酒，但因品質較優，行銷自亦暢盛；而在此亞熱帶環境中最易銷行的啤酒，已經十餘年來的推廣，嗜好逐漸養成，需要數量比普通酒類增加得更快，如前述一九一六年啤酒輸入六十餘萬元，比較十年前（一九〇六）的二十四萬元，固已上增兩倍光景，但自一九一七至一九一九這後來的三年之間，更迭創高峰，激增至進口八萬餘箱，總價將近二百萬元，較諸一九〇六年啤酒進口的總金額幾已高達十倍之巨，這充分說明在這一段時間裡面，啤酒消費在臺灣普遍發展的趨勢。

在此以前，臺灣需要的啤酒全部是從日本「移運」進口的。到了社會需要日趨旺盛而普遍，再加以當時是在第一次世界大戰的景氣年代，各種企業勃興，無論為本地產業發展計，或從飲用品的新鮮上著想，臺灣自行產製啤酒的企業也就應運而生了。

世界啤酒市場向來是以德國為中心，第一次大戰既起，德國啤酒供應中斷，日本的啤酒工業便圖乘時躍起，打算在華南和南洋方面擴展銷路，爭取原來德國啤酒的市場。因此，臺灣的酒業界，便於一九一九至一九二〇年間，發起在臺灣創辦啤酒工廠，不但供應本島的消費，更以外銷南洋做業務的標榜。

此臺灣唯一的啤酒廠即係高砂麥酒會社，是由當時臺灣的製酒公司日本芳釀會社的社長安部幸之助等人發起，邀約日本酒業界合作組織的。一九一九年初在橫濱開發起人會，定資本為二百萬元，實繳半數。設廠於臺北市內上埤頭（即今建國北路），全廠占地一萬四千餘坪，主要的機器設備皆從夏威夷購來。生產能力以每年十萬箱為度。一九一九年四月開始動工，翌年四月工廠設備完成，六月間第一批臺灣啤酒便出廠應市。

高砂啤酒原定計畫是以輸出為主，並為結帳方便起見，特選臺灣銀行與華南銀行設有分支機構的海外地方，作為輸出的對象。北起大連、天津，經上海、福州、廈門、汕頭、香港、海防而至巴達維亞、蘇門答臘、山打根、馬加撒等地。但自一九二二至一九二四年間試行輸出以後，結果不如理想，外銷數字年僅萬箱左右，而且貨款匯回又有困難；其後，大戰結束，戰後德國的啤酒工業恢復甚快，臺灣啤酒在世界市場中的腳跟尚未站穩，即已遭遇壓迫，新成立的高砂麥酒會社，基礎薄弱，自然只好放棄外銷政策，轉回頭來以臺產臺銷為業務之主了。

高砂麥酒會社成立未久，前述的戰時景氣即告消失。接著是戰後的經濟蕭條籠罩著整個企業界，商業凋敝、金融停滯，公司面臨帳面擱呆、資金周轉困難，每期都有巨額損失，負債累累。然而高砂當局在「總督府」的特殊保護之下，並不氣餒，依然努力改良品質，推廣銷路，在臺灣各地分設特約店，與華南及南洋各方面締結銷貨契約，自一九二〇至一九二五年間，產量雖自第一年的一萬餘箱略有增進，但顯然與其年產十萬箱的預定目標，距離還是很遠。

(二) 酒類專賣對啤酒市場的影響

臺灣在本地未產啤酒以前，全年消費所需已至八萬餘箱，所以高砂所產的本地啤酒是遠不足以自給的，大部分依舊仰賴於日本啤酒的移運進口。

由於高砂的生產量為數微薄，比照同時期日本啤酒進口的數量，除最初的三、四年間顯然受到臺灣自產的影響，年有一、兩萬箱的短少以外，至一九二四年起即已恢復原來年入八萬箱的紀錄，而自一九二五年開始，則更扶搖直上，從九萬餘箱一直擴展到十四、五萬箱的最高紀錄。

當此百業蕭條時期，臺灣啤酒業一枝獨秀的原因，不外兩點：一、自一九二二年七月起臺灣實施酒類專賣，唯有啤酒不在專賣範圍之內，特別刺激民間的消費。二、一九二八至一九二六年間，由於啤酒即將續施專賣的謠傳刺激業者囤購和傾銷，促使進口與本地產製，都脫離了真實的消費需要。

至一九三〇年，臺灣政府當局鑒於啤酒市場如此盲目的競銷，流弊很大，特組織業者，成立聯營性質的麥酒販賣會社，統一購銷，方才把動亂的市場安定下來。但是經過這場猛烈的競銷以後，民間對啤酒的嗜好卻更加普遍起來，所以穩定以後的輸入紀錄，雖稱降抑，也還保持年額十一萬箱以上，而高砂的產量也能經常保持每年五萬箱。

今就酒類專賣之刺激消費、啤酒業者的競買競銷以及聯營組織的建立，分敘如次。

1. 酒類專賣刺激啤酒的消費

臺灣酒類專賣，自一九一四年佐久間總督時代即已創議，嗣因當時財政當局鑒於社會輿論、特別為在臺經營酒業的日本人所反對，暫時停手；但至一九二〇年秋，臺灣總督府地方制度變更，國庫負擔加重，經費無法平衡，基於此一財政上現實的要求，臺灣總督府便斷然宣布，自一九二二年七月一日開始實行臺灣的酒類專賣。

本來，凡酒精及含有酒精的一切飲料，應該都為專賣的對象。啤酒雖然所含酒精成分比較微薄，但其為酒類，應該包括在酒類專賣範圍之內，應無疑義。不過臺灣總督府當時為了保護啤酒業的資本家起見，藉口從財政收益的觀點，認為啤酒專賣，頗不經濟。理由是：(1) 當時全年銷售量還不足十萬箱，實施專賣，收益有限；(2) 高砂麥酒會社歷年損失，負債甚巨，政府如實施啤酒專賣，必須支付巨額償金收購該廠，直接影響開辦經費，為政府財政所不能負擔。

基於上述理由，臺灣酒類全部實施專賣制度中，唯有啤酒獨成例外。不但高砂麥酒會社繼續放任民營，即進口啤酒亦別無管制的規定，仍舊保持自由經營的方式。

啤酒既不在專賣範圍之內，售價無疑地較諸其他酒類為廉，更能刺激消費，同時在臺的啤酒商又乘機競事擴充，從日本進口大量啤酒，推廣飲用，傾力銷售；所以，實施酒類專賣那一年，全年進口不過六萬六千餘箱，以後即年有增進，至五年以後的一九二七年，輸入的日本啤酒即已高達十二萬箱光景，激增幾已近倍，而當時市場，並沒有任何泛濫現象發生，足證當時對於此項飲料的嗜好，也確在廉價的刺激之中，逐漸普遍起來。

2. 啤酒業者的惡性競銷

至一九二八至一九二九年間，社會上忽然風傳總督府即將續施啤酒專賣的消息（事實上，一九二八年七月間，臺灣總督府確已製成啤酒專賣案，川村總督和常吉專賣局長先後赴日，向日本的中央政府折衝，嗣因業者的反對而作罷。）這一謠傳使啤酒業界發生異常的衝動和紛亂，一面大聲反對，一面加工生產；同時，進口商則又拚命裝運，而為過量的輸入；零售店、食堂、旅館等又不免搶購囤積，競買競銷；在此一衝動之下，完全突破了正常的需給關係。高砂麥酒會社的產量突然跳到年產近七萬箱的新紀錄，而自日輸入的啤酒也達到年十五萬箱從來未見的高額，產購合計，總量竟已竄出二十萬箱。整個臺灣的啤酒市場，陷於非常紊亂，售價也就變化莫定，直至同年十一月，政府公開聲明取消啤酒專賣的原議，風浪才漸平息。

3. 啤酒聯營組織的建立

競購的浪潮，雖因總督府的聲明而告平息，但是，一般進口商膨脹的倉存與緊迫的金融，則又不得不力求消化和鬆解，於是盲目的競賣發生，市場的流弊更大。當時總督府當局便出來邀集產銷雙方共同協議，自行組織一個購銷聯營機構，依照一定比率分別規定各種牌號啤酒的訂購數量，由該組織統一配銷，用以避免因毫無計畫的競賣而發生的損失，消弭因此產生的種種流弊。

由於訂購比率頗難求得日本各大啤酒會社的協議，因此很費周折，至一九三○年六月才正式成立「麥酒販賣會社」；設本社於臺北，設分社於臺南，指定特約店兩百家，分設貯藏倉庫於基隆、臺北、嘉義、臺南、高雄等主要城市。照各個進口商以往兩年銷售實績的平均數量作為訂購比率的基礎，決定各牌啤酒的配額，臺灣自產的高砂啤酒也由該會社一手經銷。

自該聯營性質的「販賣會社」開設以後，競銷的熱狂雖已平靜，但零賣商的吸胃卻早已飽和，更加以社會經濟的不景氣此時更加深刻，還有二、三未參加聯合販賣協定的日本酒廠廉價滲入，所以聯營組織的營業狀況並不如理想。自一九三○年販賣會社成立後，輸入數量便從每年十四、五萬箱跌到十一萬箱，根本達不到預定的配銷額，臺灣生產的高砂啤酒也從年產六、七萬箱降至四萬餘箱，一直到實施啤酒專賣為止，情況沒有好轉。

（三）啤酒專賣之實施

自「麥酒販賣會社」成立，辦理統一配銷以來，其業務性質，早已令人有「民營專賣」之感。距一九二二年實施酒類專賣以後，中經十年，當初將啤酒劃出專賣圈外的若干表面理由，幾已完全消滅；例如當時臺灣全年的總消費量已近十七萬箱之巨，專賣收益已是不再微薄；再如高砂麥酒會社幾經整頓，當時已成為年有八釐股息可分的優良企業。不但如此，尤於最近幾年啤酒市場經歷盲目競爭的風波，日本的酒公司和各進口商都已深嘗競銷的苦果，而聯營組織的統一配銷，已為啤酒之實施專賣奠定了推行的基礎。同時專賣當局更認為啤酒與一般酒類在需要季節上具有互相交替的作用，在財政收入及專賣業務上具有均衡調配的效益，不必花費巨額經費，即能達到增加政府收益的目的，於是，完成整個酒類專賣體制的時機，顯然已經非常成熟。

一九三二年三月，臺灣總督府專賣局田端局長，於蒞任之初，即以實現啤酒專賣為其最大的任務。是年冬，擬定計畫草案，攜赴日本，該案於翌年二月提經眾議院預算委員會通過，三月續經第六十四屆帝國議會通過有關預算，嗣即修改專賣令，完成法律手續，五月正式公布有關啤酒專賣的各項律令，同年七月一日起，臺灣修正式實施啤酒專賣。主要原則，決定如下。

1. 專賣範圍

實際上仍為維護啤酒資本家的利益，而表面上則以總督府限於財力，啤酒專賣的創業預算限於五、六十萬元之內，無法收購高砂麥酒會社，只得放棄政府獨占產銷的完全專賣制度，聽任高砂會社繼續民營，並照「麥酒販賣會社」的成例，改由專賣當局整批訂購高砂的產品，連同進口啤酒，統一配銷。但為確保專賣成績計，在正式開始專賣之兩個月前，即自五月一日起，禁止啤酒的自由輸入。

2. 政府的採購

統計歷年啤酒銷數，估定實施專賣後的預計需要數字，然後分向本地及日本各大麥酒會社訂購。對高砂麥酒會社則按原來售與「麥酒販賣會社」年額五萬二千五百箱為採購基數。對日本各大麥酒會社，以由政府直接訂購為原則，但因現貨買賣、運銷處理等經費技術上有設代理商之必要者，由政府指定代理商承辦。

3. 民間販賣的禁止

啤酒既經政府專賣，大小民間販賣業者，當然必須取締，禁止繼續販賣。但為維護本業商人的權益，彌補他們在專賣政策下遭受禁業的損失計，其不由政府指定繼續為專賣酒類之配銷業者，由政府給付「禁業補償金」，停止營業。

4. 配銷辦法

原則上包含於一般酒類的配銷體系內，與當時酒類配銷制度大體相同，採用二級制，由政府配售指定批發商，由批發商轉配零售商戶。其例外者，如「軍隊酒保委員」與「番地警備人員」的需要，或因情形特殊，或因地點僻遠，統由專賣當局直接配售。又生啤酒因品質特殊，由政府特定生啤酒零售商，以專門店的立場獲得直接配售（此一特定辦法後因發生窒礙，旋又取消）。

臺灣實施啤酒專賣，範圍既限於購銷，故創辦經費與開業事務，較諸一般酒類專賣初時，簡單得多，況酒類專賣實施已歷十年以上，一切均有成規可循，自然容易措手。茲將有關採購，即對日本各大麥酒會社出產之各牌啤酒，如何甄別選訂，以及對於原來經營啤酒的販賣業者之處置如何規定禁業補償，在配銷方面如何指定經銷商，如何建立配銷制度暨專賣價格，經銷佣金之如何釐訂等，分別敘述如下。

1. 採購方面

除臺灣出產的高砂啤酒外，日本各大麥酒會社所出產的各牌啤酒，歷年在臺行銷者本有十七種之多，照一九三二年的銷售實績來說，除臺產高砂啤酒占總銷數的百分之三十點五外，以大日本麥酒會社 Ebis 占百分之二十點四為最大，餘如麒麟占百分之十一點四，Sapor 占百分之四點五，朝日占百分之二點七，櫻花占百分之二點二，Union 占百分之零點九六，Kascat 占百分之零點九，其他占百分之二十六點四四。

上列各牌啤酒，既然在臺行銷有年，為尊重消費者的嗜好、公平對待各出產會社起見，初時原擬以全部購備為原則，後來就實際銷售情況及經品質鑑定的結果，連高砂在內，決定採用十六種。各牌採購數量，則打破了以前「麥酒販賣會社」比例定量的成例，改為「依商況而異動」，這在專賣當局的甄別方面，比較自由得多。

至於交貨的檢查，規定須經下列程序：(1)以蒸餾方法測定酒精成分之定量。(2)用冰和食鹽充分冷凍，然後裝置加里球及鹽化石灰管，測計炭酸瓦斯之定量；檢查泡沸性之持續時間。(3)用比色計測定清澄度及光澤度。(4)檢查防腐劑之成分及香味。(5)以液面標線檢查容量。(6)檢查包裝材料及包裝方法是否符合樣品標準。

2. 禁業補償

當局對於原來經營啤酒的商人，於實施專賣後，如不願接受指定為酒類販賣商者，得依請求發給「禁業補償金」。

補償金之計算，以該商平均年銷量為基準，付與十二個月銷售（賣價）金額之二成（百分之二十）。計算所根據之期間，定自一九二九年十月一日起至一九三二年九月三十日止（一九二九年十月以後開業者，則以開業後之第二個月起算至一九三二年九月三十日止），以此三年內之銷售總額算出平均每月銷數，乘十二個月算出平均年銷金額，照此年銷金額給付二成作為禁業補償金。

商行申報年銷數額，必須齊備記載正確之帳冊文件，以憑稽核。補償金定年額二成之根據，蓋係參照酒類專賣當時，製造業之補償金為百分之二十五，朝鮮總督府菸草專賣之禁業補償金亦為百分之二十五。販賣商停業的損失較製造工廠為少，故所定比率亦略低。

計畫當時，自一九三〇年四月至一九三二年九月止共銷售啤酒七百萬二千三百九十九元，每年平均二百八十萬零九百五十九元，如依二成給付禁業補償金，當為五十六萬餘元，所費已巨，何況如以二級經銷計算，數額更將加倍；所幸這不過是個原則，大多數的啤酒業者，都寧願放棄補償金，繼續做專賣酒類的配銷商，故實際支付，為數不大。

3. 配銷方面

啤酒的配銷，原則上，包含於一般酒類的配銷體系之內，在同一配銷制度下執行其專賣之任務。

日據時代的配銷業務，除政府管理單位外，採兩級制。由臺北、基隆、宜蘭、新竹、臺中、嘉義、臺南、高雄、屏東、臺東、花蓮港十一個支局及埔里、鹿港、布袋、北門、烏樹林、澎湖六個辦事處（出張所）直接配與批發代理商（賣捌人），由批發代理商轉配與零售商，配售數量視各別實銷需要，並無限制，不過售價與銷售方式，都須嚴格遵守專賣當局的規定，不得自由處置。

總督府專賣局在各支局轄區內，劃定若干批發區，每一批發區各設配銷所（賣捌所）一家。由指定之批發代理商及匿名批發商合夥組織經營，為一官督民營的特許專賣單位。匿名批發商意義相當於普通的隱名合夥，可由指定的批發商自行邀約參加組織，但在實施啤酒專賣時，也曾有由專賣當局指定的例外。批發代理商的任期為三年，地位介於專賣局與零售商之間，賦有控制零售商的權力，間接控制市場，而且業務收益相當優厚。零售商菸酒分別設置，各有其指定的零售地區，不得流動兜銷。

專賣局各分支機構通過配銷所（賣捌所），稽核全面配銷業務的動態，以該區域內各配銷所的銷售量參照酒廠可能撥配的數量，綜合需要數額，分期配給。

批發代理商領取貨物，可用保護記帳辦法，每四個月內結付一次，零售商則必須交付現金，不得拖欠。

酒類配銷商的人數，也跟著專賣酒業的發達而時有增加，據統計：一九四二年批發代理商全臺九十四人，零售商六千九百二十五人。

啤酒專賣為期既遲於一般酒類，所以為保護原有酒類零售商的既得權益，專賣當局曾有下列兩項特別的規定：（一）原來已由政府指定之酒類批發商或零售商，均得無條件兼營「專賣啤酒」之批發或零售。（二）原僅單獨經營啤酒的商戶，經指定為「專賣啤酒」之零售商後，仍以零售啤酒為限，以後須視其營業地位、銷售實結，並須俟有酒類零售商缺額時，始得升格為一般酒類之零售商。

啤酒進口商，大體都已參加了進口同業所組織的「麥酒販賣會社」，他們的業務，規模大，收益也大，又特別持有麥酒販賣會社的進口及販賣權，為維護他們的權利計，雖然實施專賣，以給付補償金後禁業為原則，但如不願接受補償，得由政府依其申請指定為啤酒配銷業者。

全臺灣的啤酒特約店及零售商，總數約在一萬戶以上，其中大部分，約七千餘戶，原來即為政府指定之酒類零售商，自然繼續兼營「專賣啤酒」的零售業務。其餘三千戶中，規定年銷總額在二千箱以上者，得申請指定為啤酒批發商，二千箱以下者為啤酒零售商。其未曾參加「麥酒販賣會社」的小批發商，或本非政府指定之酒商而僅營啤酒一項之營業者，如不願停業，請求續為政府專賣酒類的配銷單位者，專賣當局為節省創辦經費起見，經分別審核，決定之結果為：(1)指定銷售數量較大的藤田敏男等四十名，為酒類批發商中之匿名合夥人，參加制定之各批發區域，繼續營業。(2)規模較小、售量較少者，經分別指定為生啤酒特定零售商者全臺七人、酒類零售商者十五人、啤酒零售商者一千六百七十六人。

4. 民間存酒之處理

實施啤酒專賣之初，經調查民間存量之巨，出於意外。此蓋由於一般商人預料專賣後酒價必漲，由此恐懼心理之刺激、大量進口所致。但專賣實施後，啤酒售價上漲不多，則又唯恐存酒變質，紛紛用廉價或緩繳押金等方法來推銷，至當年年底時，存量已大減少，所以對於專賣啤酒的銷售，並無若何嚴重的影響。

5. 專賣酒價與經銷佣金

以日本及臺灣兩地的啤酒市價為基礎，在不比一般酒類售價為高的期望下，決定啤酒的專賣價，此一定價表於專賣實施前一日公布。按此專賣價格與前一年（一九三二）十月間的市場價格比較，相距不過八個月，漲價約在百分之五以上。

至於指定配銷商之經銷佣金，其比率與原來的酒類配銷商相同，各批發商依其交通情況，距離遠近，分定七個等級不同的配價折扣，從第一級的千分之八九五，到第七級的千分之八六〇不等。所以批發代理商的經銷利益，除擔負零售商的銷貨折扣外，其淨盈最低為從價百分之二點五，最高為百分之五點五，平均為百分之四。批發商轉配零售商，一律照定價千分之九二〇結帳，故零售商的利益都為千分之八十。

6. 生啤酒配銷之特別規定

臺產生啤酒之應市，始於一九二〇年高砂麥酒會社創設之後。一九二四年該會社自營啤酒食堂（Beer Hall）於臺北者七所，於基隆、嘉義、臺中、高雄者五所，於新竹、臺南各設特別食堂一所，專門供應生啤酒；因其品味新鮮，行銷甚暢。

經銷生啤酒，為保持品質計，非有相當完善之冷藏設備不可，而配給手續更須迅速簡單，以免羈延時間，酒味變質。因此，專賣業務中對於生啤酒另有單獨的規定，採取直接配售制，指定特定零售商，每一市街限額一名，由政府指定附近倉庫，直接配給，銷售利益照售價百分之八十五結帳，即經銷佣金為百分之十五，優於其他同業。

此一制度實行以後，發生障礙，一九三七年二月予以廢止，仍與其他酒類一樣經由批發商轉配，並嚴格選擇必須具有相當優良之冷藏庫設備者，方得擔任生啤酒批發商，照售價百分之八十九配與零售商，至於政府配給批發商的折扣，則照區域等次分六級，從定價的千分之八三〇至千分之八〇〇不等。

（四）專賣啤酒的發展

啤酒實施專賣於一九三三年七月，當年已經過了一半，而且民間存酒又特別多，所以此首一半年度的專賣金額只有七十二萬餘元。但自第二年（一九三四）

起，無論進口數量或臺灣產製都在逐漸向上推進。從一九三四年的年銷總額二百六十餘萬元，至一九四〇年已達六百八十萬元以上，其間歷年遞有增加，前後相距不過七年，增進率達於百分之二百六十一，專賣啤酒發展的實績如此優良，當局亦屬始料所不及。

在啤酒專賣案向日本政府提出之時，臺灣總督府曾編具一份啤酒專賣的收支預算，送達第六十四屆帝國議會。據預算第一年度（一九三三）的下半年，收入方面臺產啤酒以二萬箱計，輸入啤酒以五萬箱計，共為一百一十六萬一千五百八十九元，除開支方面的俸給費、事務費、作業費及進貨成本共一百零一萬七千九百八十六元外，半年度可獲差益十四萬三千五百九十四元。第二年度（一九三四）為基本年，收入方面預計銷售臺產啤酒四萬八千箱，進口啤酒一、二萬箱，除開支可獲差益三十九萬五千九百九十七元。但是後來事實發展，除出最初三年實銷不足預計數額外，自一九三六年起，每年的實銷成績，都是超過計畫當時的預計數量；而且，一九三九至一九四〇這兩年，超過的銷數幾與預計數字相等。換言之，即專賣實績達到預計銷售量的一倍以上，這不能不算是臺灣總督府實施啤酒專賣之意外的成功了。

就實施專賣主要目的之財政收益來觀察，一九〇七年開始施行臺灣造酒稅規則後，全部酒稅收入每年不過十三萬元，其後酒業雖漸發達，而酒稅在臺灣總督府的歲入總額中亦不過占百分之六點九九的地位而已。一九二二年實施酒類專賣，照當時預計，每年收益約為一千五百萬元，詎知十餘年後的一九三九年竟高達三千七百餘萬元。菸酒兩項專賣收入，遂成為臺灣財政上主要不變的財源。據統計，自一九三〇至一九三九，十年中逐年膨脹的臺灣歲入總額，平均每年以一億三千萬元計，菸酒專賣的平均收益則為四千餘萬元，約占歲入之百分之三十三。其中酒類在專賣第一年只占總歲入的百分之七點九二，但其後來最高的年份，竟達百分之十七以上，不可不算是後來居上的躍進了。

菸酒兩項比較，向以菸草的專賣收益比酒類大，但自啤酒參加專賣以後，酒類收益才從一千三百餘萬元遞增至三千六百八十餘萬元，不但在專賣領域中取代了菸草第一的地位，更占全部專賣收益中百分之四十四點三的高位；其於財政收入上貢獻之大，已不可否認。

除此以外，啤酒專賣在其他有關各方面產生的績效，略舉於次。

1. 制度完整

啤酒列於專賣範圍以外，原是一時權宜之計，從整個專賣制度的運用上看，當然不免發生種種障礙和流弊。自併入其他酒類專賣後，則一切含有酒精的飲料都在一個制度之下，無論在配銷手續上、私酒取締上，直接間接的效益，非常顯著。

2. 品質新鮮

在實施專賣以前，臺灣全年所需要的啤酒，各進口商大抵於每年的三月間即已全部裝運來臺；因此，後半期的啤酒品質，往往已經不很新鮮。專賣以後，以往競爭性的傾銷絕跡了，政府得從容配合市場需給情況，陸續裝運，分期配給，使酒質常保新鮮。

3. 調節供需

政府統籌供銷，自由競爭時代「過與不及」的流弊，自然廓清。以前啤酒零售商大抵是某家進口商的特約店，不賣特約以外廠家的出品，故不能滿足顧客各有不同的嗜好。專賣後，按成配售，所有通行的牌子完全齊備，即在窮鄉僻壤的小店裡，消費者亦可自由選擇，且無斷檔之虞，供求關係，非常圓滑。

4. 扶助生產

高砂麥酒會社在啤酒實施專賣後，既得保持自由經營的權益，而全部產品除外銷外，統由專賣當局整批採購，銷售穩便，金融靈活。其時，該會社在原料及技術方面，已得大日本、麒麟、櫻等三大麥酒會社的支持，而臺灣銀行亦參加投資，於是業務更加蒸蒸日上。如一九三〇年該會社的銷售量不過五萬五千箱，但自實施專賣以後，便累有增進，至一九三九年，高砂啤酒年產量差不多已經達到創辦時預定十萬箱的目標了。而且比照同年進口日本啤酒二十三萬箱，在全臺消費總量中，已占三分之一。

一九三七年中日戰爭爆發前後，日本國內及其殖民地，一時瀰漫著畸形的戰爭景氣，一般社會經濟，突然在濃厚的火藥氣味裡非常繁榮起來，此反映在啤酒專賣的實績上，也顯示出飛躍的進展；如前所列，一九四〇年的銷售總額六百八十餘萬元，比之戰前一年的三百七十餘萬元，則短短的四年之間，消費量幾又增加一倍。

中日戰爭發生以後，臺灣當局認為這是專賣酒類向華南發展的絕好機會。一九三八年六月在臺創辦南興公司，為總督府專賣產品的輸入機關；先後在廈門、廣州、汕頭設辦事處，推銷臺產煙酒，又在廈門設製酒工廠，就地產銷；隨著侵略勢力的擴展，銷路曾達於華南、華中及海南島、南洋一帶。

然而，好景不常，一九四〇年以後，本島直接介人太平洋戰爭，從此處於空襲的炮火之下。此後數年，記錄散失，今已文獻無徵，無可考見。

三、光復以後

（一）啤酒的產製經營

一九四五年十月，臺灣光復，日據時代的專賣機構及其有關事業，全部由我政府接管。當時地方新復，一切秩序不免有待整頓，故臺灣省行政長官公署於接收之初，除對於實施專賣的品目，依照我國法令規定重經調整外，其他行政上的組織規制，業務上的操作運行，盡可能地維持原狀，少予變更。

兩年以後，地方改制，與省政府之成立同時，設置菸酒公賣局，負責全省專賣菸酒產製運銷的工作。

臺灣菸酒的專賣事業，雖自光復以來從未中斷，而專賣的立法手續，則遲至一九五三年七月，由政府頒布《臺灣省內菸酒專賣暫行條例》以及同年十月財政部訂頒同條例的施行細則後，方告完成。根據此項暫行條例第三條的規定：「酒類，凡含酒精成分未滿九十度之未變性酒精及飲料均屬之。」省產啤酒，既為含有酒精百分之三點六八之飲料，應在專賣範圍之內，乃當然之事。

事實上，光復之初，政府接收日產，就將高砂麥酒會社歸併於專賣事業的整體之內，日人久久未嘗完成產銷一體的啤酒之「完全的專賣」，至此乃告建立。省菸酒公賣局成立後，即將「高砂麥酒會社」改組為該局所屬十一個酒廠中的第二酒廠，專門產製啤酒。

該廠自一九二〇年建置迄今，已歷三十餘年，其間經歷戰時，器材未能更新補充，概可想見，所以接收之初，已不免有殘缺陳舊之感；光復以來，廠房設備，雖有若干整修添置之處，然而限於經費，補充者亦復寥寥無幾，如該局一九五五年度報告所列，自一九五〇年起第二酒廠先後補充之機器，不過冷凍機二套、酒類包裝機一套、貼標機三臺而已。主要設備，大抵還是沿用原有機件，其操作上的困難與產量之受其限制者很大。從因市場需要旺盛，迫令增產，如以光復之初年產二萬公石為準，則近年之年產將近八萬公石，其增產率實達四倍左右，不能不謂為已盡生產設備之最高負荷，但仍不能充分供應消費，則為不爭之事實。

而且，啤酒又是一種具有消費季節性的飲料，每年旺銷時期限於五月開始、十月以前；一至四月以及下半年的十一、十二兩月，銷路便轉清淡，而啤酒的性質又不適於陳藏，所以生產工廠自正月開始釀造，準備夏銷，至每年九月即須停工，生產時期既較一般酒類為短，而限於設備，又不能大量趕工，故每遇盛夏初秋的旺銷季節，就無法避免時有斷檔缺貨的現象，甚至形成黑市，亦已屢見不鮮。

因此，公賣當局曾於一九五五年四月向省政府建議籌建新啤酒廠一所，預定年產能力一百萬打。此一計畫於奉准後，即經組織籌建委員會，按交通、氣候、地質、水源等條件，選定本省中部彰化縣屬之八卦山，為建廠基址。自本年起按照計畫進行，預定兩年完成。

啤酒產製之第二個困難，亦即增產前途之第二項限制，便是原料的缺乏。釀造啤酒的主要原料是大麥的麥芽，這種作物須在氣溫低、雨量少的地區，才能發育良好，而臺灣的地理條件，恰巧相反，所以日據時代向不自製麥芽，但他們是可以從日本本土移運來臺的，我們目前沒有這項便利，完全要用外匯向國外採辦。近年來雖經有關方面竭力提倡種植，獎勵「中間作」的耕耘，但最高的年產紀錄，不過二千零七十七公噸，數量既不足用，品質亦欠理想；因此，現在用以釀製啤酒的大麥芽，大部分還須從美國輸入。

公賣當局為解決此一原料問題，自一九五二年起，即已委託省立臺中農學院向國外徵集大麥的優良品種一、二種，先後舉行品種觀察、品種比較、雜交育種、播種期、肥料、灌溉及石灰使用量等試驗；必須發芽率高，麥粒含有氮素在百分之二以下者，方合釀造規格。但品種之外，種植地區同屬重要，當以高山區域的氣溫雨量最合理想，所以須待橫斷公路開通以後，才可在沿線山區大量種植。如原料能夠自給，則啤酒的增產，才能獲得正常發展。

按自光復以來，臺灣人口激增，一般酒類的消費需要，與日俱進，如光復後第一年，臺灣酒類總產量還不足二十萬公石，但如前述，近十年來業已增加四倍，持與日據時代酒類消費最高紀錄之一九四二年銷售四十八萬公石比較，顯已增近一倍光景。

就中啤酒的產量，與一九四七年產一萬九千餘公石比較，現在年產量之增進已逾四倍，持與高砂麥酒最高產量不到五萬公石來比較，則目前年產量已超越八萬公石，亦增加甚多。按其生產進度，光復之最初數年，增加幅度還不很大，但是近五、六年來，幾乎每年平均都有萬餘公石的增產。

(二) 啤酒的配銷

光復以來，關於菸酒的配銷辦法，屢有更張，茲先略述其梗概。

光復之初，為求繼續順利執行專賣，菸酒配銷，大致一仍日人舊慣，未曾變更。

臺灣辦理公賣品配銷最早的基本法令，應為一九四九年臺灣省政府所訂頒的公賣品配銷辦法（一九五一年九月修正）。該辦法按各分局轄境人口及經濟環境劃分配銷區，區各分設若干配銷會，配銷會理監事由零售商大會票選產生，組織的方式比較民主。配貨數量由分局與配銷會商同決定。零售商的佣金規定百分之十五，配銷會的補助費分為七級，最少百分之二，最多者為百分之四點五。

此項辦法施行以後，流弊很多，主要者如配銷會的收益雖然比較日據時代「賣捌人」的收益百分之二點五至百分之五點五為低，但因綜理菸酒，而且近年來銷數激增，使這份代理收益顯得非常優厚，致為地方有力者激烈競爭，甚至非法把持，頗遭指責。

至一九五三年，前述《臺灣省內菸酒公賣暫行條例》及其施行細則公布後，同年十月公賣當局即根據改訂「菸酒配銷機構改進方案」重加調整，如配銷組織方面，採用公賣局自辦配銷處及委託代辦之配銷會（所）兩種，合作社農會代辦者稱某社（會）菸酒代銷部；比例規定最低的承銷數量，改配銷單位之補助費為十二級，百分之零點六至三點九，用以增加責任，減低中間商的佣金，確保專賣收益。經此改革，菸酒配銷機構原則上即以政府自辦為主，以零售商同業聯合代辦為輔。此項辦法，目前仍在試辦階段，尚未列入正式編制。至一九五五年，有自設之配銷處十八所，代辦之配銷會（所）九所，合作社農會的菸酒代辦部二十六處，全省零售商一萬四千零五十六戶。

至於光復以來「專賣啤酒」的銷售情形，則因前述生產條件、機器設備與原料之雙重限制，使產製數量無法充分發展；所以，雖然社會的消費需要非常旺盛，而銷售方面，既不能浪費外匯、進口外國啤酒來補苴不足，自然只好盡生產而為有限量的配售而已。

照常理，消費社會的需要，常常決定產製數量的升降，所以，產量在同類中的比例地位，足以表示一般消費需要的程度。現在試看啤酒在全部酒類生產中的地位。按臺灣公賣酒類的年產量中，以太白酒占總額之百分之四十三居第一位，啤酒占總額之百分之九點八六為第二位，紅露酒占百分之九點七二、特級清酒占百分之六點五四分占第三、第四位。此中高踞產量首位的太白酒原以價格最廉、適於一般工人為恢復疲勞買醉之所需，任何社會總是體力勞動者的人數最多，所以太白酒遂在酒類總產量中占了首席。但如本地習俗祭祀宴客通用的紅露酒和特級清酒，產量卻都屈居於省產酒中價格最昂的啤酒之下。

但是，啤酒雖在總產量中位居第二，唯所占比率還不到酒類總產量的百分之一，持與日據時期啤酒恆居酒類總產量之百分之二十以上的地位，現有產量顯已落在其他酒類增產比率之後；日據時期，臺產啤酒不過是本地總消費量的三分之一，其供應不足之大部分，概自日本進口，兩項合計，年銷九至十萬公石，如其他酒類的消費比照日據時代已高四倍，而啤酒則連十年前的紀錄還不能突破。這並非啤酒的需要獨不增進，而係產量限制，有以致之。其消費不足，鑒於自一九五一年以來，市場時有啤酒缺貨、發生黑市的情形，可為明證。

臺灣啤酒受著生產條件的限制，不能依從消費社會真實的需要而為充分生產與配銷，既如前述；但另一原料不能自給、成本高昂、售價增漲限制消費的因素，也不容忽視。按自新臺幣發行以來，啤酒配售價格即已數度增加，計一九四九年自每瓶新臺幣一元八角漲至二元二角，翌年從每瓶四元漲至七元，一九五二年漲至十元一瓶，至一九五〇年四月起又提高到每瓶十四元，在專賣酒類的單價中，價格最高，此亦為影響銷售成績之一大因素。

四、餘論

政府之經營專賣事業，固以擴充財政收入為其主要目的；但如為綜攬產製運銷之完整的專賣，則其專賣收益中實含有企業利潤在內，所以此項機構，與財政系統上單純之徵課機關不同，其性質並為國家資本之公營企業。

就政府財政的收益言，日據時代的結果，已詳前節，茲不再贅。光復以後，政府曾以命令規定：公賣收入照售價扣除配銷佣金後，年以總額之半數解繳省庫，其餘半數抵補銷貨成本。準此執行，臺灣公賣收入對省財政所作的貢獻，即此項解庫金額所占臺灣省歲入的比率，自一九四九至一九五六年間，由於專賣品產銷旺盛而年有增進，從居總額百分之二十二點一七進至百分之四十九點五五，幾為全省歲入之半數。如就政府的財政而言，不能不說業已收穫非常理想的結果。

但就專賣企業而論，公賣局的解庫數從一九四九年占銷貨總收入之百分之五十開始，最近三年則為一九五三年占百分之五十五點八九，一九五四年占百分之五十五點九五，一九五五年占百分之六十四點五九；在這樣的情形之下，可以抵補銷貨成本的餘額幾僅三分之一，平常的生產周轉已不免捉襟見肘，更無餘力擴充再生產的資本與設備了。

此項影響，在全部專賣酒類中，要以啤酒工業最為嚴重，據業者預測，啤酒產銷照目前數量還有增加百分之一百到一百五十的餘地，回顧以往的產銷紀錄，比照同時期其他酒類的增產率，此一推論是可以相信的。為發展臺灣啤酒工業，我們待望籌建中的新廠趕快開工，原來的第二酒廠能夠有逐年更新設備的計畫與餘裕；更望大麥的栽植能夠推廣；唯原料自給，成本減低，庶可平抑售價，普遍行銷，用以取代烈性酒類的飲用，而有裨於國民健康之維護。

參觀《北宋景祐監本史記》影印記

二十五史編刊館影印《北宋景祐監本史記》集解的出版，在臺灣的文化界，不能不算是一件大事。

承主辦此書印務的某友好之招，使我有獲得觀賞真本、參觀大部分攝製工程的機會，此在對於版本和印刷實務兩皆外行的我，深有極開眼界的欣幸。

先就本子來說，北宋真本，原已稀如麟鳳，尤以乙部書為更少，不但常人如此，就是一生汲汲於搜奇采秘的藏書家，也未必能有機緣得以拜見「佛祖真身」。譬如這部北宋監本的《史記》，在未經大藏書家江安傅增湘氏的發現，並收藏到他那雙鑒樓去以前，大概只有一位癖愛宋版書成狂、寧願以愛妾易取《漢書》的朱子儋，才見過這部原本，這不但從原書的收藏印鑑僅有朱、傅二氏的圖記這一點上可以想見，即歷來藏家學者有關書版的著錄，從未露過這本天壤孤槧的名目，也就可知此書自傅氏得之山西書賈，山西書賈得自趙城舊家以前，數百年間，深藏密緘，從來未曾為外人所見的了。

論正史版本者，皆視宋刻為上乘，宋以下者，以初刻為上乘，蓋以版本愈舊，訛奪愈少，幾經覆刻，脫略錯誤益眾。所以葉德輝《書林清話》說：

南宋人重北宋本，元明人重宋本。國朝（清）收藏家並重元明本，舊刻愈稀，近刻亦貴。

這短短一行論述，不但說明南宋以來讀書人對於版本所重視的趨向，每況愈下，亦所以慨嘆即使近如南宋之人，亦已不甚容易得見北宋刊本了。此中緣由，蓋因金人入據中原，宋室南渡時，京師所藏圖籍書版，悉數被擄北去，如《三朝北盟會編》云：

靖康（元年）丙午冬，金人既破京城，當時下鴻臚寺取經版一千七百片，是時子砥（趙）實為寺丞，兼是宗室，使之管押隨從北行。丁未（二年）五月，至燕山府。

《靖康要錄》亦言：

靖康二年二月二日，壞司天臺渾儀輸軍前。虜圖明堂九鼎，觀之，不取，止索三館文籍圖書，國子監書版。

國子監書版既已捆載北行，民間所藏，幾經兵燹以後，自然蕩毀無存，此所以縱在南宋時，北宋本已成稀見的瑰寶，明清之人自然更要覺得北宋真本之渺不可求了。

且看黃佐《南雍志》所記明代南監所藏經籍的情況，關於《史記》，據說有大中小字三種版式，此三種中除十四行小字本為北宋真本外，餘如九行大字本為南宋淮南漕司所刊，十行中字本為南渡後重翻景祐本的復刻之本，皆非北宋真品了。即使是北宋真刊的小字本，當時書版已經漫漶模糊，補刻之處隨可脫落，到了不堪複印的地步，實際上還是拿南宋復刻或元九路本來代替而已。

由此可知，北宋真本之稀如麟鳳，南宋已然，明代益甚，幾如廣陵散之絕響人間者，已經甚久甚久的了。

不料數百年而後，此北宋景祐真本，竟為傅沅叔氏所發見，繼為中央研究院歷史語言研究所的故所長傅孟真氏所購藏，而今又由胡偉克氏所創辦的二十五史編刊館借而影印行世，應是士林的書緣不淺。

至於正史的流布，則在趙宋以前，尚無雕版印刷的刊本，當時讀者求書，還須手自抄寫，有之，則自宋太宗淳化始。蘇軾〈李氏山房藏書記〉有言：

> 余猶及見老儒先生，自言其少時欲求《史記》、《漢書》而不可得；幸而得之，皆手自書，日夜誦讀，惟恐不及。近市人轉尚模刻，諸子百家之書，日傳萬紙。

可見淳化以前的士子讀書之辛苦，蘇東坡還算已在「日傳萬紙」的幸運時代了。

《史記》的修訂和造刊，始於淳化五年。宋．程俱《麟臺故事》記曰：

> 太宗淳化五年七月，詔選官分校《史記》、《前後漢書》。崇文院檢討兼秘閣校理杜鎬，秘閣校理舒雅、吳淑，直秘閣潘慎，修校《史記》，朱昂再校。……既畢，遣內侍裴愈賚本就杭州鏤版。

葉夢得《石林燕語》也說：「國朝淳化中以《史記》前後漢付有司摹印。」這是《史記》一書第一次造刊的記載；但此淳化祖本，成於眾人之手，修校不甚精，所以到了宋真宗咸平景德間，又有第二次造刊的改修本，這次改修，異常認真，受事者博訪群書，掄觀諸本，單是《史記》的刊誤文字竟達五卷之多。《麟臺故事》續言：

> 咸平中，真宗謂宰相曰：太宗崇尚文史，而三史版本，如聞當時校刊官未能精詳，尚有繆誤，當再刊正……景德之年校畢。

咸平改修，側重校勘，降至景祐，則因余靖的上言，遂作第二次的改修重刻，前揭書又詳記其再修的原因，有曰：

（景祐二年九月）議者以為前代經史，皆以素紙傳寫，雖有舛誤，然尚可參讎，至五代官始用墨版摹六經，誠欲一其文字，使學者不惑。至太宗朝又摹印司馬遷、班固、范曄諸史，與六經皆傳，於是世之寫本皆不用。然墨版訛駁，初不是正，而後學者，更無他本可以刊驗，會秘書丞余靖言：《前漢書》官本差舛，請行刊正……而司馬遷、范曄史尤多脫略，惜其後不復有古本可正其舛謬者云。明年以校勘《史記》、《漢書》，官秘書丞余靖為集賢校理，大理評事國子監直講王洙為史館檢討，賜詳定官翰林學士張觀，知制誥李淑宋郊器幣有差。

這便是景祐監本的來歷，它是淳化祖本的第二代，一切款式，都係遵照祖制的複本，當淳化咸平本絕跡人間以來，這久已是天地間僅存的孤本了。

我之所以不憚辭費闡述此一版本的源流，一以這一孤本的稀貴，為從來學者所未見；二則此一版本造刊時代之早，世無其二，所以欣幸我自己的眼福。

猶記兩月以前，某友好伴我同往郊外去參觀他們影印工作的第一部——拍攝和修校，當時得到了親手捧讀的機會，想到此是數百年來多少藏家學者所夢想不到的幸運，不禁歡欣欲狂。

原書框高十五點五公分，寬二十二公分，分裝八函，函各五冊，共四十冊，全書一千六百五十一頁，外加曹元忠、沈曾植兩個跋文，半頁十行，行十九字，注雙行，行二十五、六、七字不等，白口雙闌，版心下記刻工姓名；趙萬里《兩宋諸史監本存佚考》據常熟瞿氏鐵琴銅劍樓所藏北宋景祐本《前後漢書》版心所記的刻工，姓名與本書相同者甚多，斷定此書與瞿藏《漢書》同為景祐的刻本。

此書由於向無流轉，所以保存得特別好，紙墨皆新，真要叫人不能相信為幾近千年的古文物，紙雖作黃，但毫無灰敗之色，紙紋作橫簾，墨色略灰，其裝訂原為蝶裝，這本是宋元間通行的裝幀方法，現在卻已經過襯裱，改成線裝了，但從書耳上墨筆題字的地位，還可看出原來蝶裝的舊跡。

書經前人眉注批校，有朱筆墨筆的眉批和原來寫在書耳的上題字，墨筆眉批大抵是節抄張守節《史記正義》和司馬貞《史記索隱》的注文，不見得怎樣重要，惟第一卷五帝紀上，有前人以朱筆注上五帝的名字，其中顓頊的頊字，正缺末筆，此乃避宋神宗趙頊的名諱，足見還是宋人的手跡，在千年以後的讀者眼前，不禁令人有神與古會的遐想。

我坐在中央研究院的禮堂裡，當窗披讀，油然有「三宿碑下」之願，惜乎其時某友好已在一旁催我去看他們另一重要過程的修校工作了。

關於照相製版和印刷，在我這外行人的眼中，都是極陌生的技術，跑進照相室，只見弧光燈發著強烈的白光，窗外驕陽似火，一間小小的房間裡面，擠滿了汗流滿面的工作人員，不停地在裝換夾書照相的玻璃框。

原來，二十五史編刊館向中央研究院借拍這部北宋本《史記》的時候，附有一個事非得已的條件，即為防損壞，原書不得分拆，因此，無論在攝影技術和校修工作上都發生了極大的困難，第一是書的頁次不能挨著原來的順序上照了，它必須半頁半頁地分開來照，為了爭取時效，他們設計一種玻璃木框，一次拼夾四本書，即拼照四個不同冊的半頁，拼成一個鏡頭上照。第二是原書厚薄不同，書經攤開之後，書脊隆起，為使每一版面都能平伏，他們在板框的後背加上彈簧，同時每次翻揭書頁，都須用等量的白紙墊平較薄的一方，使四個書面在一版中高低均勻。第三是翻開而不用的另一半頁，另有襯上絨布的活動木板掩護，資以保護原書，避免反映侵入鏡頭。

我雖外行，但對於這個克服特殊困難的工具，很感興趣，然而，看著他們用著這樣兩隻玻璃框輪替著上下換書，在那麼大熱天氣裡，工作人員個個戴著白紗手套，忙碌的情形，實在動人。

第二個問題是原書拍照以後，除出擔任校對的人員外，他人再也難有機會可來翻對原書；書既混合各冊拼照，不能作有次序的排照，而原書正如任何古書一樣，只分卷頁，另無頁碼，所以一經攝成照相底片以後，這一千五、六百頁的原書，便成了三千幾百張個個獨立的單頁，若不先加編號，則先後倒錯，如何整理，如何措手查對？

於此，他們設計一種記錄簿，照原書分成四十冊，每冊的頁數也與原書一樣，然後每頁順次編一總號碼，記錄簿上每頁浮黏一條編號浮籤，拍攝時將浮籤揭下，貼上玻璃框，拍這底片的角上，這本簿子上每頁編號，每號記明冊數卷數頁數，以便隨時的檢查；另外再分校對意見，版面鑑定，墨色鑑定各欄，登記工作每一過程中對於該頁的工作要點，供工作者作準繩，作參考。

以記錄簿來取代原書，不能不算是個聰明的設計。

繼復參觀他們的修校部分，此一部分訂有極詳細的校修程式。從前商務印書館編印《百衲本二十四史》時，據張菊生先生所寫的《百衲本二十四史》描潤記，他所經過的校修程式，反復周詳，精細無比，今日二十五史編刊館的實際條件，自然遠不能與從前的商務比較，但他們對於拍下來的每一張底片，也還是經過兩次修潤，三次校對，而且特別請了中央研究院的高級人員幫忙校看。

有人以為「照相製版，如鏡鑒影，不比鉛字排印，哪裡會有錯誤？」其實不然，照相底片必須加工修版，底片膠膜也很容易剝落，原書上汙漬斑紋必須修淨，但是一經人手，就不免有郢書燕說的錯誤發生，所以修校相連，必不能省，而況何者應修何者應留，抉擇之間，頗關學養，都須極大的細心與忍耐，古人說：「校書如掃落葉。」這底片的校修功夫，幾乎也有同樣的況味。

二十五史編刊館所定的校修原則，與百衲本不同，當年商務是補殘闕，修漫漶的，而他們則是絕對保存原書的本色，無論為浸漶模糊，為殘字闕筆，甚至斷版裂紋，也都一仍舊貌，不加描潤，只做清修版面，後人塗粉塗墨等污漬，但不擅動一字。李兆洛〈澗蘋顧君墓誌銘〉說校書之弊，有曰：

校者荒陋，不守闕如之戒，妄緣疑而致誤，至剜肉而成瘡，本初無誤，校乃致誤。

由是可知，二十五史編刊館此一校修原則，亦屬其來有自的了。

這部《史記》，已於今年（一九五六年）十月三十一日那天出版了。主辦印務的某友好說：「這部書的印刷，另一困難是所用的國產仿宣紙，質地較鬆，所以一上橡皮印機，油墨既難快乾，又難固定，照通常的辦法該在油墨裡面滲入六穀粉或煤油，但是一加雜質，墨色便易滲化，所以只得拼著大量損耗紙張，不敢摻雜。」這是像我這種外行的讀者所想像不到的犧牲。

然而，書成之後，我聽一位熟悉書物的學者說：「這是橡皮版印的？倒很像珂羅版呢！」我亦具有同感。

歸途中，腦際上總還盤旋著適才展觀的一個個秀勁有力的字體，它的精神、它的鋒稜、它的神韻。這是千年以前我國特出的手工藝，本是藝術，雖稱刻工，何嘗不能千古，我默默地念著剛才在版子下面所辨認的刻工姓名：屠式、陳忠、張宣、牛賢……

某友好是浙江杭州人，雅愛金石書畫，曾為西湖西泠印社的社員，我偶然從他的籍貫，聯想到北宋刻書，為了當時優良的刻工都在江南，所以都特地派人將書稿從迢遙的汴京送到杭州去開雕鐫版的，前據那些著名一代的刻工中，想來該有不少是某友好的同鄉，都是聖水湖邊的杭州人吧。

宋人葉夢得的《石林燕語》說：「天下印書以杭州為上，蜀本次之，福建最下。」而前述《麟臺故事》記淳化初刻《漢史》，即曾具載：「這內侍裴愈賫本就杭州雕版。」為其明證。

> 宋有天下，南併吳越，嗣後國子監刊書，若《七經正義》，若「史漢」三史，若《南北朝七史》，若《唐書》，若《資治通鑑》，若諸醫書，皆下杭州鏤版。北宋監本刊於杭州，殆居泰半。

又曰：

> 北宋國子監正史如《史記》、《前後漢書》、《南北朝七史》及《唐書》，皆於杭州鏤版，具有明文。

這真是上下相距千載的巧合，這次，二十五史編刊館也委託了一個杭州人士來主辦北宋景祐監本《史記》的影印工作，不能不說是似有宿緣吧。

自敘家世

我家原籍安徽，本非士族。

安徽多山，境內山脈縱橫，甚少有大片的綠野平疇，所以農耕作業，極難發展。皖人一到成年，就離鄉背井，出外學藝，而全國各大商業城市，也處處都有安徽人的蹤跡，自明以來，民間就有「無徽不成市」的口語流傳。

吾家在鄉，原亦業商。明末，滿清兵下江南，民族義士據浙皖邊界山區，結寨抗清，清兵來剿，焚燒劫掠，十室九空，吾家一族數十餘口，翻山越嶺，避難來杭。

華宇公是我家遷杭的始祖（墓在西湖烏石峰東山弄），二世祖時洽公（墓在西湖玉泉），少年時，我曾瞻拜墓地，營建都還平常，想是初遷異地，經商尚未發達。至三世祖玉亭公，墓在里桐塢大通路西，建於嘉慶二十四年，則墓園寬廣，石器建制都很考究，碑文為「皇清誥贈奉直大夫候選州同知加二級先考玉亭府君暨元配沈太宜人合葬之墓」，是則營商富裕，得循捐納取得「候選州同知」的官銜，提高了社會地位。

玉亭公有六個兒子，長子朗齋公，是我本生高高祖，墓在留下鎮楊家牌樓。次子聲遠公、三子品三公，四子寶賢公，民國前後，各家尚有往還；五子衡如公，於洪楊之亂中，失蹤殉難；當時，他還年輕，尚未婚配；六子嘉成公，舉家遷粵，遂成隔閡，後人無聞了。

清嘉慶年間，我家始創「李廣裕號」，專營杭州特產的絲織物。浙西農村，家家養蠶，盛產蠶絲，大部分集中在杭州，以木機手織綾羅綢緞，如杭紡、杭羅、杭州的大綢等，名聞全國，不但行銷國內各個通都大邑，甚至出口海外，真有「衣被天下」之盛。李廣裕的生意也越做越大，在朗齋公的大力經營下，全國沿海各大港口，如南方的廣州、中原的漢口，以及北方的天津、哈爾濱等地，都有李廣裕的分店，成為行銷杭州此一特產之最大的商行。

朗齋公在杭州泗鄉，買田兩千餘畝；又在菜市橋大街上，開設一家典當。典當是安徽人的傳統行業，我幼時所見，杭州的典當都是徽人經營，幾無例外，這也可以算是我家的本業。

朗齋公三子，長子梅喬公、次子竹泉公、三子春湖公。我們是三房，春湖公是我們這房的高祖考。

清咸豐年間，太平天國洪楊亂作，杭州兩度淪陷，焚燒搶掠，殺人盈野，這是杭州歷史上最大的一次浩劫。我家四處避難，歷盡苦辛，到同治三年，左宗棠率領湘軍收復杭城後，我們才能重回家鄉，但是劫後家園，幾已摧毀殆盡。我家原在大前道巷的老宅，已被夷為平地，成了一片瓦礫之場，開設在菜市橋的典當，雖已空無一物，幸還剩下殘破的屋舍，我們只能修修補補，住到這座劫餘的老屋裡去了。

這座縱深三進的大宅，本來不是普通的住宅，是專為開設典當特造的建築，這老屋四周圍牆，高達一丈五尺以上，幾為平常牆高的一倍，廂樓皆有「複壁」及「地窖」，作用為防火、防禦竊盜，完全是一家典當房屋的特殊建置。

自春湖公以次，六代相延，我們都住在這座老房子裡，以至我的兒女——李眉、李松都是在這老屋裡誕生的。這棟有百年以上歷史感情的祖居，解放後已被拆毀，在這塊地上，造了浙江省立第一醫院。

洪楊亂定，我們雖然回得家來，但是「李廣裕」本鋪卻已寸縷無存，各地分店，都被掌櫃們乘亂捲逃，無從追尋，數十年杭州第一的出口字號，只剩下各處收回來的大堆帳簿，堆滿了一間廂樓。

李廣裕倒閉了，典當搶光了，我家只能靠點房產田地的租息過日子，既無資力重振舊業，而亂後百業蕭條，更無任何生意可做。曾祖父蓮卿公只能把主意打在教子弟「讀書應考」的路上去，希望借科舉重振家聲。

蓮卿公有兩個兒子，長子勉齋公因二房無子，依宗法成規，出繼二房，次子便是我的祖父舜庭公。

祖父甚好讀書，我家之有藏書，始自祖父手置，其中有宋撰的《冊府元龜》那樣大部頭的百科全書，是普通人家罕見的巨籍；其次，最豐富的收藏是古醫籍，祖父寢饋其中，晚年成為婦產科的儒醫，常為親友義務義診。

祖父賦性淡泊，沉默寡言，除讀書外，不問外事，更無意追求功名利祿，曾祖知不能強，於是以全力督教孫子——我父——讀書，逼得我父親每日天色已暮，他還蹀躞於庭院中執卷背書，使他成了高度的近視。

我父筱庭公（諱馨）生於光緒丙戌（民前二十六年）十二月初八日。他是一個生長於深宅大院裡的忠厚子弟，寫得一手好字，「光潤圓整」，極合於應科考，不料僅僅應考一次，光緒三十年詔廢科舉，他少學的功夫就完全白廢了。

光緒末年，我曾祖和祖父先後謝世，我父親在家人主導下，與我母親裴氏夫人結了婚。三年後，發生辛亥革命，滿清皇朝推翻了，成立了中華民國，我是民國元年出生的。

民國初年，父親進商務印書館任編輯，但他不能適應單身寄宿舍的生活，每晚藉酒解悶，做了沒有多久，他就回家了。他沒有別的嗜好，每天下午沽一壺老酒，一碟瓜子，一本書，邊飲邊讀，借消永晝。民國七年（一九一八）冬天，他到四鄉去收田租，巡行於阡陌間，忽遇暴雨，四顧田野，毫無掩蔽，衣履盡濕，返至居停主管家，取酒解寒，不意次日回家，遂病，寒熱交作，以為感冒，服表解藥，無效，改延西醫診治，病已轉為肺炎，熱度時高時低，日益沉重，蓋已不幸染患了一九一八年禍延全世界之流行性感冒，此病當時無藥可治，全世界患此死亡者，達四千萬人之多，喪亡之重，比一、二次世界大戰傷亡的戰士還多。吾父不幸罹此沉痾莫挽，遂於是年十一月廿八日棄小子而逝，得年僅三十三歲。余年七歲，即成世上煢獨之鮮民矣，嗚呼哀哉！

自此吾家即剩了祖母關、母裴和我及兩個姊妹，三世一身，形單影隻，幸蓮卿公與荔生公偶於同治八年（一八六九）在城西湖墅合夥創設「怡生號」，經營顏料、煤油及雜貨。第一次世界大戰時，顏料價漲，獲利甚溥，基業因以厚立，吾家賴此得以不墜。

民國廿二年，吾奉祖父母及父親靈櫬，安葬在西湖龍井篔簹嶺後山梅家塢。舊戚朱老先生夙精風鑒，延請入山定向點穴，柩安墓穴後，朱老再三檢核喟然嘆曰：「可惜，可惜，偏了一點，財則不旺，不過子孫多能讀書。」族中長輩立刻接口道：「能讀書就好，能讀書就好。」及今念此，青烏之術，[1]不能說它毫無道理。

一九九一年五月記於洛杉磯

1 編者按：堪輿之術又稱青烏，得名於漢代相地家青烏先生。

本書各章出處一覽

- 王昭君的悲劇

一九五九年刊於《暢流雜誌》第十九卷第三期。

- 玄奘出國以前的困學

一九五七年刊於《暢流雜誌》第十六卷第二期。

- 玄奘曲女城之會

一九五七年刊於《暢流雜誌》第十六卷第二期。

- 新羅的花郎

一九五七年刊於《暢流雜誌》第十五卷第十期。

•蘇東坡的俗語入詩與詩成俗語

未曾刊登，寫成於一九七八年。

•罨畫溪

未曾刊登，寫成於一九七七年。

•宋人與茶

一九九七年刊於《聯合報》。

•南宋琴師汪水雲

一九五四年刊於《暢流雜誌》第十卷第九期。

•從衝冠一怒為紅顏說起——為陳圓圓訴不平

一九五九年刊於《暢流雜誌》第十九卷第三期。

•史可法與馬士英

一九五三年刊於《暢流雜誌》第八卷第八期。

- **民族詩人張蒼水**

一九五四年刊於《暢流雜誌》第十卷第一期。

- **明末縱橫浙海的張名振**

一九五一年刊於《暢流雜誌》第九卷第七期。

- **明末海師三征長江事考**

一九五四年刊於《大陸雜誌》第六卷第九－十期。

- **前哨金門說魯王**

一九五五年刊於《暢流雜誌》第十卷第十一期。

- **明永曆流亡緬甸記**

一九五九年刊於《暢流雜誌》第十八期第一－二卷。

- **羅兩峰畫鬼**

未曾刊登，寫成於一九九一年。

• 白石老人的苦學和成名

一九五八年刊於《暢流雜誌》第十卷第十六期。

• 湖南碩儒葉德輝

一九五五年刊於《暢流雜誌》第十二卷第二期。

• 怕太太的故事

一九六九年刊於《中央日報選集》第五集。

• 臺灣啤酒史

一九五八年刊於《台灣銀行季刊》第十卷第二期。

• 參觀《北宋景祐監本史記》影印記

一九五五年刊於《海風月刊》創刊號。

冰心玉壺：李一冰文存

2022年12月初版　　定價：新臺幣520元
有著作權・翻印必究
Printed in Taiwan.

著者　李一冰
叢書編輯　杜芳琪
內文排版　張靜怡
審訂　高美華
校對　吳美滿
封面設計　木木Lin

副總編輯　陳逸華
總編輯　涂豐恩
總經理　陳芝宇
社長　羅國俊
發行人　林載爵

出版者　聯經出版事業股份有限公司
地址　新北市汐止區大同路一段369號1樓
叢書編輯電話　(02)86925588轉5394
台北聯經書房　台北市新生南路三段94號
電話　(02)23620308
台中辦事處　(04)22312023
台中電子信箱　e-mail：linking2@ms42.hinet.net
郵政劃撥帳戶第0100559-3號
郵撥電話　(02)23620308
印刷者　文聯彩色製版印刷有限公司
總經銷　聯合發行股份有限公司
發行所　新北市新店區寶橋路235巷6弄6號2樓
電話　(02)29178022

行政院新聞局出版事業登記證局版臺業字第0130號

本書如有缺頁，破損，倒裝請寄回台北聯經書房更換。　ISBN 978-957-08-6610-0 (平裝)
聯經網址：www.linkingbooks.com.tw
電子信箱：linking@udngroup.com

國家圖書館出版品預行編目資料

冰心玉壺：李一冰文存/李一冰著．初版．新北市．聯經．
2022年12月．436面＋3面彩色．14.8×21公分
ISBN　978-957-08-6610-0（平裝）

848.6　　111017395